MAC E SEU CONTRATEMPO

ENRIQUE VILA-MATAS

Mac e seu contratempo

Tradução
Josely Vianna Baptista

Copyright © 2017 by Enrique Vila-Matas
Publicado mediante acordo entre Enrique Vila-Matas e MB Agência Literária S. L.

*Grafia atualizada segundo o Acordo Ortográfico da Língua Portuguesa
de 1990, que entrou em vigor no Brasil em 2009.*

Título original
Mac y su contratiempo

Capa
Bloco Gráfico

Foto de capa
Momento de fronteira, de Waltercio Caldas, 1999. Impressão offset
com recortes. Coleção Itaú Cultural. Reprodução de Iara Venanzi.

Preparação
Julia Passos

Revisão
Vaquíria Della Pozza
Luciane Helena Gomide

Dados Internacionais de Catalogação na Publicação (CIP)
(Câmara Brasileira do Livro, SP, Brasil)

Vila-Matas, Enrique
    Mac e seu contratempo / Enrique Vila-Matas ; tradução Josely
Vianna Baptista. — 1ª ed. — São Paulo : Companhia das Letras,
2018.

    Título original: Mac y su contratiempo.
    ISBN 978-85-359-3102-0

    1. Ficção espanhola I. Título.

18-13931   CDD-863

Índice para catálogo sistemático:
1. Ficção : Literatura espanhola 863

[2018]
Todos os direitos desta edição reservados à
EDITORA SCHWARCZ S.A.
Rua Bandeira Paulista, 702, cj. 32
04532-002 — São Paulo — SP
Telefone: (11) 3707-3500
www.companhiadasletras.com.br
www.blogdacompanhia.com.br
facebook.com/companhiadasletras
instagram.com/companhiadasletras
twitter.com/cialetras

A Paula de Parma

Lembro de me vestir, quase sempre, de vagabundo ou de fantasma. Um ano fui de esqueleto.

Joe Brainard, *I Remember*

1

Adoro o gênero dos livros *póstumos*, ultimamente tão em voga, e estou pensando em falsificar um que, ainda que parecesse *póstumo* e *inacabado*, na verdade já estaria completamente terminado. Se eu morresse enquanto o escrevo ele iria se transformar, aí sim, num livro de fato último e *interrompido*, o que acabaria, entre outras coisas, com esse meu anseio por falsificar. Mas um estreante tem de estar preparado para aceitar tudo, e eu, na verdade, não passo de um principiante. Meu nome é Mac. Como estou estreando, talvez seja melhor eu ser prudente e esperar um tempo antes de encarar qualquer desafio da envergadura de um livro *póstumo* falso. Dada minha condição de principiante na escrita, minha prioridade não será construir imediatamente esse livro último, nem tramar qualquer outro tipo de falsificação, mas simplesmente escrever todos os dias e ver o que acontece. E então quem sabe chegue a hora em que, sentindo-me preparado, eu resolva ensaiar esse livro falsamente interrompido pela morte, pelo desaparecimento ou pelo suicídio. Por enquanto me contento em escrever este diário que começo hoje, completamente apavorado, sem me atrever sequer a me olhar no espelho, pra não correr o risco de ver minha cabeça afundando no colarinho.

Como eu já disse, meu nome é Mac. E vivo aqui, no bairro do Coyote. Estou sentado em meu aposento habitual, onde parece que sempre estive. Escuto a música de Kate Bush e depois vou ouvir Bowie. Lá fora o verão é ameaçador, e Barcelona se prepara — os meteorologistas anunciam — para uma grande elevação da temperatura.

Me chamam de Mac por uma famosa cena de *My Darling Clementine*, de John Ford. Meus pais viram o filme logo depois que eu nasci, e gostaram muito do momento em que o xerife Wyatt pergunta ao velho que atende no *saloon*:

— Mac, você nunca se apaixonou?

— Não, eu fui garçom a vida inteira.

Eles adoraram a resposta do velho, e desde então, desde um dia de abril do final dos anos 40, eu sou o Mac.

Mac daqui, Mac de lá. Sempre Mac, pra todo mundo. Nos últimos tempos, em mais de uma ocasião me confundiram com um Macintosh, o computador. Quando isso aconteceu eu curti loucamente, talvez por pensar que é melhor ser conhecido por Mac do que por meu nome verdadeiro, que, afinal, é horroroso — uma imposição tirânica do meu avô paterno —, que me recuso a pronunciar, que dirá a escrever.

Tudo o que eu disser neste diário direi a mim mesmo, porque ninguém vai lê-lo. Eu me isolo neste espaço privado no qual, entre outras coisas, procuro comprovar que, como dizia Nathalie Sarraute, escrever é tentar saber o que escreveríamos se viéssemos a escrever. É um diário secreto de iniciação, que não sabe sequer se está dando sinais de já ter sido começado. Mas acho que sim, acho que já estou emitindo sinais, em meus sessenta e tantos anos, de ter iniciado um caminho. Creio que esperei tempo demais por este momento para agora pôr tudo a perder. O instante está chegando, se é que já não chegou.

— Mac, Mac, Mac.

Quem fala?

É a voz de um morto que parece estar alojado em minha cabeça. Imagino que ele quer me advertir de que não devo me precipitar. Mas nem por isso vou frear as expectativas de minha mente. Essa voz não vai me intimidar, então fico na minha. Será que essa voz sabe que há dois meses e sete dias, desde que a empresa de construção da família quebrou, eu me sinto abatido mas também imensamente livre, como se o fechamento de todos os escritórios e a dura suspensão de pagamentos tivessem me ajudado a me situar no mundo?

Tenho motivos para me sentir melhor do que quando ganhava a vida como um construtor próspero. Mas essa — vamos chamá-la assim — felicidade não é algo que eu esteja exatamente querendo que os outros percebam. Não gosto de nenhum tipo de ostentação. Sempre tive necessidade de passar o mais despercebido possível. Daí minha tendência, sempre que isso é possível, a me esconder.

Esconder-me, entrincheirar-me nestas páginas vai fazer com que eu me sinta muito bem, mas que conste que se eventualmente me descobrissem, eu não veria nisso uma catástrofe. Em todo caso, a opção é que o diário seja secreto; isso me dá mais liberdade para tudo, como para dizer, por exemplo, que alguém pode passar anos a fio se considerando escritor e certamente ninguém vai aparecer e se dar ao trabalho de dizer: "Esqueça, você não é escritor". No entanto, se um dia essa pessoa resolve estrear e pôr todas as cartas na mesa e finalmente escrever, o que esse principiante atrevido logo vai notar é que, se for honesto consigo mesmo, sua atividade não tem a menor relação com sua ideia grosseira de se considerar escritor. Pois na verdade, e quero dizer isso sem mais delongas, escrever é deixar de ser escritor.

Embora nos próximos dias eu vá vender por um preço lamentável um apartamento que consegui não perder depois da derrocada econômica, tenho receio de acabar dependendo totalmente do negócio que Carmen gerencia, ou de ter que pedir ajuda a meus filhos. Quem diria que eu ficaria à mercê do ateliê de restauração de móveis da minha mulher quando, há apenas poucas semanas, eu era dono de uma sólida estrutura imobiliária? Acabar dependendo de Carmen me deixa preocupado, mas acho que, se eu falisse completamente, não ficaria pior do que estive na época em que construí casas que me deram mundos e fundos, mas também insatisfações e várias neuroses.

Embora os assuntos mundanos logo tenham me levado por caminhos inesperados e até hoje eu nunca tenha escrito nada com intenção literária, sempre fui apaixonado pela leitura. Primeiro, fui leitor de poesia; mais tarde, de relatos, um amante das formas breves. Adoro contos. Por outro lado, não simpatizo com romances, porque eles são, como dizia Barthes, uma forma de morte: transformam a vida em destino. Se um dia eu escrevesse um romance, gostaria de perdê-lo como quem perde uma maçã ao comprar várias no paquistanês entulhado da esquina. Gostaria de perdê-lo para mostrar que não dou a mínima para romances e que prefiro outras formas literárias. Me marcou demais um relato muito breve de Ana María Matute, no qual se dizia que o conto tem um velho coração vagabundo e chega às cidades caminhando e logo desaparece... E Matute concluía: "O conto vai embora, mas deixa seu rastro".

Às vezes penso que me salvei de um grande infortúnio quando, ainda muito jovem, tudo foi conspirando para que eu não tivesse um minuto sequer para comprovar que escrever é deixar de escrever. Se eu tivesse disposto desse tempo livre, talvez agora estivesse transbordando de talento literário, ou então estivesse simplesmente destruído e acabado como escritor, mas, nos dois casos, sem condições de aproveitar o maravilhoso espírito de principiante que tanto me alegra neste preciso — mais que exato — momento, instante perfeito, ao meio-dia em ponto desta manhã de 29 de junho, justamente quando me disponho a abrir um Vega Sicilia de 66, como que sentindo o contentamento de quem se sabe inédito e comemora o início de um diário de aprendizagem, de um diário secreto, e olha ao redor, no silêncio da manhã, e percebe um ar frouxamente luminoso, que talvez só exista dentro de seu cérebro.

[PUTORÓSCOPO]

Quando já se pode dizer que a tarde virou noite, levemente embalado pelo álcool, comecei a procurar uma edição espanhola de 1970 de *Poemas*, de Samuel Beckett. A primeira parte do livro se intitula "Whoroscope", traduzido para o castelhano como "Puthoroscopo". É um poema que medita sobre o tempo e que foi escrito e publicado em 1930. Agora eu o entendi menos que da primeira vez que o li, mas, não sei bem por quê, talvez por não ter entendido tanto, gostei mais dele hoje do que naquela época. Parece que é preciso atribuir a Descartes — à sua voz impostada — os cem versos de Beckett sobre o correr dos dias, a dissipação e os ovos de galinha. O que mais fugiu à minha compreensão foram as galinhas e seus ovos. Mas não entender bulhufas me divertiu muito. Perfeito.

&

Eu me pergunto por que, sabendo que sou um mero principiante, hoje me esfalfei inutilmente tentando inserir uns primeiros parágrafos impecáveis neste caderno. Quantas horas perdi nesse empenho insano? Não serve de desculpa dizer que tenho tempo de sobra, que sou um desocupado. O fato é que escrevi tudo a lápis nas folhas arrancadas do caderno, depois as revisei com lentes de aumento, passei tudo a limpo no computador, imprimi e li tudo de novo e continuei pensando nelas, revisei as cópias — esse é o verdadeiro momento da escrita —, e então, depois de ter transferido o texto revisto para meu PC, não deixei nenhum rastro do manuscrito e finalmente aprovei minhas notas do dia, que ficaram bem escondidas no enigmático interior do computador.

Agora percebo que agi como se já soubesse que, no fim das contas, os parágrafos perfeitos não resistem ao tempo, porque são apenas linguagem: são destruídos pela desatenção de um linotipista, pelos diferentes usos, pelas modificações; em suma, pela própria vida.

Mas você é apenas um principiante, diz a voz, os deuses da escrita ainda podem perdoar seus erros.

2

Ontem, o eterno leitor alegre e doido que há em mim pousou os olhos na mesa, no pequeno retângulo de madeira situado num canto do escritório, e estreou.

Comecei meus exercícios no papel sem um plano preliminar, mas sem desconhecer que ninguém que estreia na literatura já tem sobre o que escrever e então escreve sobre isso, e sabendo que o processo de escrever propriamente dito é que permite ao autor descobrir o que ele quer dizer. Foi assim que comecei ontem, com a ideia de estar sempre disposto a aprender sem nenhuma pressa e de um dia alcançar, quem sabe, um estado de conhecimento que me permita enfrentar desafios maiores. Foi assim que comecei ontem e assim vou continuar, me deixando levar para descobrir aos poucos para onde minhas palavras me guiam.

Vendo-me sentado, tão modesto e mínimo, diante do pequeno móvel de madeira que, anos atrás, Carmen construiu para mim em seu ateliê — não para que eu escrevesse, mas para que também em casa trabalhasse em meu próspero negócio —, me lembrei que, nos livros, certos personagens mínimos e até bastante singelos às vezes perduram mais que certos heróis espetaculares. Penso no cinzento e discreto Akaki Akákievich, o copista de *O capote*, de Gógol, um burocrata cujo destino é ser, pura e simplesmente, um "sujeito insignificante". Akákievich passa brevemente por esse relato, mas se trata de um dos personagens mais vivos e mais duradouros da literatura universal, talvez porque, nessa peça curta, Gógol tenha deixado de lado o bom senso para trabalhar alegremente à beira de seu abismo particular.

Sempre tive simpatia por esse Akaki Akákievich, que precisa de um capote novo para se proteger do inverno de São Petersburgo mas que, ao consegui-lo, percebe que o frio, um frio universal, sem fim, perdura. Não me passa despercebido que o insignificante copista Akákievich apareceu no mundo, pelas mãos de Gógol, em 1842, e essa data me permite pensar que seus descendentes diretos foram todos aqueles personagens surgidos na literatura em meados do século xix, todos aqueles seres que vemos fazendo cópias em escolas e escritórios, transcrevendo escritos sem parar sob a luz frouxa de uma lamparina, copiando textos maquinalmente e parecendo capazes de repetir tudo o que ainda possa restar no mundo por repetir. Nunca expressam nada pessoal, não tentam modificar nada. "Não me estendo", acho que um desses personagens diz. "Não quero mudanças", diz outro.

Também não quer mudanças o "repetente" (mais conhecido na escola como "o 34"), um personagem de *Meus documentos*, de Alejandro Zambra. O 34 tem a síndrome do repetidor. É especialista em rodar mais de dois anos num curso, sem que considere isso uma adversidade, ao contrário. Esse repetente de Zambra é tão estranho que nem sequer é rancoroso, está mais para um jovem extremamente relaxado. "Às vezes nós o víamos conversando com professores que não conhecíamos. Eram diálogos alegres [...]. Ele gostava de manter um relacionamento cordial com os professores que o haviam reprovado".

O último dia em que vi Ana Turner — uma das atendentes da La Súbita, a única e feliz livraria do bairro do Coyote —, ela me contou que tinha mandado um e-mail para seu amigo Zambra para falar do 34 e recebeu esta resposta: "Parece que nós, os poetas e narradores, é que somos repetentes. O poeta é um repetidor. Aqueles que só tiveram de escrever um livro ou nenhum para ser aprovados e passar de ano não estão na nossa situação, ainda obrigados a continuar tentando".

Diante de Ana Turner, fico totalmente surpreso ou admirado: não sei como ela faz para se comunicar, ali da La Súbita, com um escritor como Zambra, e também me intriga ver como ela consegue ficar mais atraente a cada dia que passa. Toda vez que a vejo me impressiono. Tento me controlar, mas sempre descubro em Ana algum detalhe novo — não necessariamente físico — que não esperava. Nessa última tarde em que a vi, descobri, pelas palavras de Zambra — "parece que nós, os poetas e narradores, é que somos repetentes" —, que Ana devia ser poeta. Escrevo poemas, confessou humildemente. Mas são apenas tentativas, acrescentou. E suas palavras pareceram se enlaçar com as de Zambra: "ainda obrigados a continuar tentando".

Ao ouvi-las na boca de alguém como Ana, primeiro pensei na vida, que às vezes é muito agradável, mas depois me voltei para um lado mais selvagem e pensei na última fileira de uma sala de aula e nos alunos de castigo repetindo, obsessivamente, a mesma linha duzentas vezes, sempre com o objetivo de melhorar a caligrafia.

E pensei também num romancista para o qual, num colóquio, uma dama perguntou quando é que ele ia parar de escrever sobre gente que matava mulheres. E ele respondeu:

— Prometo que, quando me sair bem, paro com isso.

Ainda hoje de manhã, ao me lembrar dos calígrafos repetentes sobre os quais escrevo agora, por um momento tive a sensação de entrever o obscuro parasita da repetição que se oculta no centro de toda criação literária. Um parasita que tem a forma dessa gota cinzenta solitária que irremediavelmente se encontra no meio de toda chuva ou tempestade e ao mesmo tempo no próprio centro do universo, onde, como se sabe, se empreendem, vezes sem fim, de forma imperturbável, as mesmas rotinas, sempre as mesmas, pois ali tudo se repete do mesmo modo incessante e mortal.

[PUTORÓSCOPO 2]

Prosa ao cair da tarde. Tomei os três drinques habituais a esta hora e dei uma olhada no horóscopo do meu jornal favorito. Fiquei atônito ao ler isto no meu signo: "A conjunção Mercúrio--Sol em Áries indica intuições brilhantes, que o levarão a ler esta previsão e pensar que é dirigida apenas a você".

Putoróscopo! Dessa vez a previsão parecia especialmente dirigida a mim, como se tivessem chegado a Peggy Day — pseudônimo da responsável pelo horóscopo — as notícias do erro que cometi na semana passada, quando, diante de muita gente, comentei que no final do dia eu costumava ler o horóscopo do meu jornal preferido e, mesmo quando o que ali me prediziam parecia não ter nenhuma relação comigo, minha experiência de leitor calejado me levava a interpretar o texto e a fazer com que aquele discurso se encaixasse perfeitamente no que acontecera comigo durante o dia.

Era só saber ler, disse naquela ocasião, e cheguei a falar dos oráculos e sibilas da Antiguidade e de seus delírios, interpretados pelos sacerdotes que pululavam por lá. Pois a verdadeira arte daquelas sibilas estava na interpretação. O fato é que lhes falei até de Lidia, aquela nativa de Cadaqués sobre a qual Dalí comentou que tinha o cérebro paranoico mais magnífico que ele já conhecera. Em 1904, ela viu rapidamente Eugenio d'Ors e ficou tão impressionada que, dez anos depois, no cassino da cidade, interpretava os artigos que D'Ors publicava num jornal de Girón considerando-os uma resposta às cartas que lhe enviava e às que ele nunca respondia.

E também comentei que pretendia continuar interpretando oráculos até morrer. O fato é que o que eu disse naquela reunião de amigos pode perfeitamente ter chegado aos ouvidos de Peggy Day, porque tinha gente lá que trabalha no mesmo jornal que ela. Não a vejo há quarenta anos e, verdade seja dita, acho que é uma falsa astróloga. Conheci Peggy na juventude, num verão em S'Agaró, quando ela se chamava Juanita Lopesbaño, e desconfio que não tem boas lembranças minhas.

A gente é modesto a vida toda, e um dia, sem pensar muito, se gaba de saber interpretar oráculos de jornal — um erro inacreditável que irrompe em meio a tantos anos de discrição — e a vida se complica de repente, de forma bem injusta. A vida se complica até limites inacreditáveis devido a um momento de vaidade no meio de uma festa.

Ou será que é só meu arrependimento por aquele erro o que me leva agora a toda essa paranoia de achar que Peggy Day pensa em mim?

3

A estupidez não é o meu forte, dizia Monsieur Teste. Sempre gostei dessa frase e poderia repeti-la cem vezes nesse exato momento, se eu não tivesse interesse em escrever agora uma que se pareça com a frase de Teste mas que diga algo diferente: que diga, por exemplo, que a repetição é o meu forte. Ou melhor: a repetição é o meu tema. Ou então: gosto de repetir, mas modificando. Esta última frase é a que mais se ajustaria à minha personalidade, pois sou um modificador incansável. Vejo, leio, escuto, e tudo me parece passível de ser alterado. E altero. Não paro de alterar.

Tenho vocação de modificador.

E também de repetidor. Mas essa vocação é mais comum. Porque essencialmente todos nós somos repetidores. A repetição, gesto humano onde quer que haja humanos, é um gesto que eu gostaria de analisar, de estudar a fundo, para modificar as conclusões a que outros chegaram. Será que conseguimos fazer alguma coisa nessa vida que não seja a repetição de algo já previamente ensaiado e realizado por aqueles que nos precederam? No fundo, a repetição é um tema tão incomensurável que pode tornar ridícula qualquer tentativa de captá-lo plenamente. Além disso, receio que o tema da repetição possa abrigar algo muito inquietante em sua própria natureza. Mas com certeza pesquisá-la tem um lado interessante, porque, para começar, ela pode ser vista como algo que se projeta sobre o futuro. Esse lado atraente da repetição foi visto por Kierkegaard quando disse que ela e a lembrança eram o mesmo movimento, mas em sentidos opostos, "já que aquilo que se lembra se repete retrocedendo, ao passo que a repetição propriamente dita se lembra avançando. Por isso a repetição, se é que ela é possível, faz o homem feliz, enquanto a lembrança o faz infeliz".

Modificante, eu agora modificaria o que Kierkegaard disse, mas não sei como o faria. Então vou esperar algumas horas e verei se meu instinto modificador melhora. Enquanto isso, me dedico a registrar que a tarde é leve, anódina, provinciana, elementar, perfeita. Meu bom humor é extraordinário, talvez por isso até o caráter anódino desta tarde me agrade tanto. Na verdade, esta tarde é a mesma tarde de sempre.

Estou sentado aqui, em silêncio, de olho na sala ampla que há depois do escritório, essa sala onde a luz e as sombras não se enfrentam. As horas, às vezes de forma inconcebível, vão caindo todas iguais no relógio da igreja deste bairro do Coyote no qual vivo há quarenta anos. Talvez no caso do relógio não haja repetição, digo com meus botões, mas uma mesma hora caindo a cada hora: a vida vista como uma única tarde, como uma tarde elementar, anódina; gloriosa em raras ocasiões, e mesmo assim sem perder seu tom cinzento de fundo.

Sempre trabalhei no negócio que meu avô fundou e que me fez conhecer tanto o esplendor quanto — nos últimos anos — a catástrofe do setor da construção. Trabalhei duro nesse convulso negócio familiar e, como uma leve compensação por um trabalho tão louco — realmente louco —, em minhas horas livres fui um leitor empedernido que espiou tudo o que pôde — às vezes deslumbrado, outras com piedade — de escritores de todos os tempos, mas muito especialmente dos contemporâneos. Quando não era devorado por esse exigente e por fim arruinado negócio, a leitura e a intensa vida em família foram minhas atividades preferidas. Não vou esconder que carrego infortúnios. Lembro quando eu estava com quarenta anos e tinha tudo, e mesmo assim me sentia um trapo, porque queria fugir do negócio e estudar mais e ser advogado, por exemplo, mas meu funesto avô paterno, de nome inominável, não me deixou.

Hoje penso que teria adorado ser como Wallace Stevens, advogado e poeta. Tenho a impressão de que, via de regra, sempre gostamos de ser aquilo que não somos. Eu teria adorado, como Stevens fez em 1922, escrever estas linhas para o diretor de uma revista literária: "Faça o favor de não me pedir que envie dados biográficos. Sou advogado e moro em Hartford. Estes fatos não são divertidos nem reveladores".

Sempre tive dificuldade em olhar para trás, mas faço isso agora para lembrar a primeira vez que ouvi a palavra *repetição*.

Cronos é um deus que, na primeira infância, a criança desconhece. Até que um dia, enquanto nos dedicamos a flutuar em meio a nosso colossal lago de ignorância, a primeira experiência de repetição nos introduz de repente, talvez como miragem, no tempo.

Tive essa primeira experiência aos quatro anos, no dia em que alguém na escola me disse que meu colega de carteira, o pequeno Soteras, ia repetir no ano seguinte o jardim de infância. O verbo *repetir* caiu como uma bomba em minha jovem mente em pleno processo de expansão e me introduziu subitamente no círculo do Tempo, pois compreendi — até então nem mesmo o intuíra — que havia um curso e um ano e a este se sucedia outro curso e outro ano e que todos nós estávamos presos no pesadelo da rede dos dias, das semanas, dos meses e dos "quilômetros" (quando criança eu pensava que os anos se chamavam quilômetros, e talvez não estivesse tão equivocado). Entrei no círculo do Tempo em setembro de 1952, pouco depois que meus pais me matricularam num colégio religioso. No início dos anos 50, o ensino básico constava de quatro graus: jardim, primário, ginásio e colegial. Entrava-se com quatro ou cinco anos de idade e se podia sair, rumo à universidade, com dezesseis ou dezessete. O jardim só durava um ano e era muito parecido com uma área de recreação, o que hoje chamamos de educação infantil, só que ali as crianças ficavam sentadas nas carteiras, como se já tivessem que começar a estudar de verdade.

Era uma época em que as crianças pareciam muito mais velhas, e as mais velhas pareciam mortas. Minha lembrança mais nítida daquele jardim de infância é o rosto compungido do pequeno aluno Soteras. Eu o chamo de pequeno porque ele, por algum traço físico que não sabíamos determinar, parecia ser mais novo do que nós, que parecíamos a cada dia muito mais velhos do que éramos, não parávamos de ficar maiores a passos largos. A pátria precisava de nós, dizia um professor, certamente satisfeito de ver como crescíamos.

Lembro que às vezes eu e Soteras brincávamos com uma bola inflável, que era literalmente dele e que ele emprestava a todos por um tempo durante os recreios. Esse fato de ter algo que era de sua propriedade era a única coisa que fazia Soteras parecer maior, como nós. Quando voltávamos para as carteiras, Soteras voltava a ser pequeno. Gravei na memória o capote cinza que ele vestia no inverno e, enfim, durante muito tempo seu caso de repetente me deixou extremamente intrigado.

Se dou a ele um sobrenome falso é porque prefiro que seja tratado como personagem e também porque, embora não espere que ninguém leia isso, não consigo evocá-lo sem pensar num leitor. Que explicação encontro para tão curiosa contradição? Nenhuma. Mas, se fosse obrigado a encontrar ao menos uma, recorreria a esta máxima hassídica: "Aquele que pensa que pode prescindir dos outros está enganado. E aquele que pensa que os outros podem passar sem ele está mais enganado ainda".

Durante muitos anos foi para mim um grande enigma que Soteras tivesse repetido o jardim de infância. Até que uma tarde, quando ele já estudava arquitetura e eu tinha largado os estudos para trabalhar na empresa da família, esbarramos na plataforma central do ônibus da linha 7 da Diagonal de Barcelona, e não pude deixar de perguntar à queima-roupa como é que ele tinha repetido o que ninguém jamais repetia, o jardim de infância.

Soteras não só não se surpreendeu com a pergunta como me olhou e sorriu, e vi que estava bem feliz de poder me responder, parecia que havia anos se preparava para o dia em que tivesse de me responder.

— Você pode não acreditar — disse ele —, mas pedi isso para meus pais porque tinha medo de passar para o primário.

Acreditei, aquilo parecia bem factível. E pareceu ainda mais quando ele disse que tinha espiado como era o próximo ano, o primário, e deduzira que lá seria preciso estudar e que, além disso, era um lugar pensado só para ser frio. Naquela época, disse ele, eu tinha medo de mudar, medo de estudar, medo do frio da vida, medo de tudo, naquela época eu tinha muito medo. Estava pensando nisso quando Soteras me perguntou se eu já tinha ouvido falar das pessoas que viam um filme duas vezes, e da segunda vez não o entendiam. Fiquei perplexo, ali no meio da plataforma central daquele ônibus lotado.

— Olha só — disse ele —, foi isso que aconteceu comigo depois de dois anos seguidos de jardim, pois no primeiro entendi tudo, e no segundo, nada.

[PUTORÓSCOPO 3]

"Problema matinal com os filhos. De tarde você vai descobrir que o mundo é tão bem-feito que não precisamos lhe acrescentar nada."

Dessa vez Peggy não se dirigiu a mim diretamente, deve ter achado suficiente ter feito isso ontem. Mas isso não me impediu, como sempre, de interpretar seu oráculo em chave pessoal. Parece estar recomendando que eu não me incomode em escrever, em acrescentar alguma coisa ao mundo, pois não farei mais que repetir e repetir. Será que tudo, por acaso, já não está escrito? Quanto ao "problema matinal", certamente não vou pensar em meus três filhos, que já são bem grandinhos e se viram sozinhos, mas nas intrincadas dificuldades técnicas que tive de resolver esta manhã enquanto escrevia. Os parágrafos que tantos problemas e angústias me causaram são esses filhos.

Quanto a esse "De tarde você vai descobrir", está bem claro o que descobri horas atrás por intermédio de Ander Sánchez e pelo que ele falou para Ana Turner e para mim quando saí pra comprar cigarros e o encontrei na porta da La Súbita rindo feliz com a Ana. Sánchez não costuma fazer isso, mas dessa vez nosso insigne vizinho, "o reconhecido escritor barcelonês", me cumprimentou sem me negar um pingo de amabilidade. Isso vindo dele era meio estranho, só que agora nós dois não estávamos andando na rua apressados, como aconteceu na maioria das vezes em que nos cruzamos ao longo dos anos, pois ele estava parado ali na porta, e era um alvo fácil para quem quisesse assaltá-lo com palavras de admiração, ou simplesmente de cortesia. Sánchez estava plantado ali, sem esconder que estava subjugado pelos encantos da maravilhosa Ana, o que me deixou inesperadamente ciumento.

Quem é que não conhece Sánchez num bairro que, se se

chama Coyote, é em parte porque, por uma casualidade muito casual, Sánchez mora há várias décadas num apartamento — situado no imóvel contíguo ao meu — que pertenceu a José Mallorquí, o narrador barcelonês mais popular dos anos 40? Talvez Sánchez o tenha comprado sem saber que Mallorquí foi o antigo morador do apartamento, mas as más línguas do bairro garantem que ele o comprou justamente porque pensou que isso podia ajudá-lo a ser, como o antigo morador, o autor mais vendido da Espanha. O fato é que foi na residência atual de Sánchez que José Mallorquí escreveu, a partir de 1943, os duzentos romances da série *El Coyote*, romances *pulp* que foram best-sellers absolutos na Espanha do pós-guerra.

Quando vim morar neste bairro, já faz tanto tempo, esta região do Eixample não tinha uma denominação concreta, e no começo, meio de brincadeira, acabamos decidindo, junto com outros moradores, que estávamos no bairro do Coyote. E aquilo prosperou. O nome foi pegando e hoje praticamente todo mundo chama o bairro assim, ainda que na grande maioria das vezes digam isso ignorando sua procedência. É um bairro que se estende, sem limites muito definidos, abaixo da praça de Francesc Macià, antes de Calvo Sotelo, e durante a guerra civil, praça Hermanos Badía.

O fato é que Sánchez, que não sabe que sou um dos que participaram da criação do nome deste bairro, hoje se dignou a me cumprimentar. Além disso, por alguns momentos ele se desmanchou em cortesias refinadas e rebuscadas que me obrigaram, logo eu que sou pouco afeito a essas coisas, a me desmanchar em outras desajeitadas cortesias.

E, no meio disso tudo, acho que mais para deslumbrar Ana, ele começou a contar com brilhantismo todo tipo de coisas e, sem que ninguém pedisse, acabou falando dos problemas que tinha para olhar para trás e se lembrar de seus anos de juventude, muito especialmente para se lembrar de um ano inteiro, um só, no qual certamente deve ter bebido mais do que nunca, disse ele, porque escreveu um romance sobre um ventríloquo e uma sombrinha de Java (que ocultava um artefato assassino) e sobre um maldito barbeiro de Sevilha.

— Mas não me lembro de muito mais — disse ele —, a não ser que era um romance com alguns trechos incompreensíveis, ou melhor, trechos espessos, confusos, além de trechos, digamos, muito burros...

Ele sabia rir de si mesmo, é claro. E pensei que devia imitá-lo, ainda que, se tentasse ridicularizar a mim mesmo diante de Ana, a única coisa que ia conseguir, dado que faria isso estabanadamente, seria me prejudicar.

O que mais o intrigava, disse-nos Sánchez, era como conseguira fazer aquele livro, esse dos trechos tão néscios. Ele estava falando, sem dúvida, de um romance dos primeiros tempos, *Walter e seu contratempo*. Ficava surpreso por ter escrito o livro estando sempre tão bêbado, e mais ainda por esse romance ter conseguido ser aceito sem maiores problemas por seu editor, que o publicou sem chiar, talvez por pagar tão pouco que não podia mesmo exigir muito.

Era um texto, como ele disse, repleto de incongruências, erros, uma ou outra mudança absurda de ritmo, todo tipo de disparates, embora também — aqui ele quis se vangloriar — contivesse uma ideia genial, consequência curiosa desses disparates. Ele só se lembrava parcialmente do romance, sua memória do livro era sempre aquosa, como se só se lembrasse da água dos gins-tônicas que bebia sem parar enquanto escrevia aquelas memórias tão deliberadamente oblíquas de seu ventríloquo.

Depois de nos dizer tudo isso, que chegava a soar exagerado, ele se calou bruscamente. Ana parecia cada vez mais encantada com ele, e isso me irritou tanto que lembrei que, segundo declarações que o próprio Sánchez fez outro dia, ele está preparando um total de quatro romances autobiográficos no estilo dos romances do norueguês Knausgård.

— Como pode!— gritei em voz bem baixa ao pensar nisso.

Os dois me olharam sem entender o que estava acontecendo, mas não deram bola, o que deixou claro que ali eu não apitava nada. Pensei em *Walter e seu contratempo*, por ser um livro que não me era totalmente desconhecido. Em minha lembrança, era às vezes estranhamente belo, às vezes irregular e desengonçado, mas eu não terminara a leitura, disso tenho certeza. Se bem me lembro, minha leitura parou lá pelo meio, porque aquela história de cada conto ou capítulo das memórias do ventríloquo Walter incluir um ou dois parágrafos que não tinham nenhuma sustentação começou a me cansar; parágrafos insuportáveis que, se não me engano, ele justificara depois, em entrevistas posteriores ao lançamento do livro, dizendo que eram confusos de propósito, "por exigências da trama".

Por exigências da trama! Essa trama não era exatamente consistente. Apesar de o livro tratar das memórias de um ventríloquo, a trama ou linha de vida era composta — se bem me lembro — de apenas algumas "lâminas de biografia". Parecia uma vida da qual só nos ofereceram o esqueleto: uns tantos momentos significativos, junto de alguns mais laterais, e outros pouco ligados a seu mundo, como se fizessem parte da biografia de alguém que não era o Walter.

— Quando escrevi esse livro eu era muito jovem — disse ele — e acho que desperdicei meu talento. Hoje em dia só posso lamentar pelo romance que deixei escapar, que perdi por minha própria idiotice. Mas fazer o quê... Agora não tem mais jeito. Minha sorte é que ninguém se lembra dele.

Abaixou a cabeça por um momento, depois a levantou para dizer:

— Tem dias em que me pergunto se alguém não o escreveu por mim.

E por pouco não me olhou.

Vá saber, pensei apavorado, tomara que ele não pense que fui eu quem escreveu o livro.

4

Hoje de manhã eu estava sonolento, justo quando um pobre principiante finalmente descobria sobre o que queria falar e iniciava uma pesquisa sobre a repetição, que sem dúvida era o tema ao qual o haviam levado seus três primeiros dias de exercício de escrita. Será que esse estreante não percebeu que era o processo de escrever propriamente dito que lhe permitiria descobrir o que queria dizer?

Em face disso, uma voz dizia:

— A repetição é o meu forte.

Enfim... Quando, ainda meio dormindo, compreendi que o pobre principiante podia ser eu mesmo, levei um susto mais bobo do que o do magro Stan Laurel quando, num filme mudo, está cochilando e um ladrão enfia a mão pelo encosto do banco e, como ele está com as mãos cruzadas, confunde, em seu devaneio abobado, a mão do desconhecido com a sua.

Um pouco mais tarde, enquanto pensava no tema da repetição, pareceu-me que, supondo que alguém vença sua primeira batalha como escritor e consiga o melhor — dizem que o excep-

30

cional é encontrar um caminho, descobrir uma voz própria —, essa espécie de vitória pode se transformar num problema, pois contém em si mesma o gérmen que mais cedo ou mais tarde vai fatalmente levar o escritor a se repetir. Mas isso não impede que o excepcional — aquele tom ou registro inigualável — não deva ser o mais desejado possível, pois ninguém pode evitar a visão dessa brecha que separa o escritor com voz própria do coro literário maria vai com as outras da grande vala comum dos escritores nulos, por mais que, no fundo, no final do grande caminho, haja um único prato glacial para todos.

Claro que também daria para enfocar as coisas de outra forma e observar, por exemplo, que não seríamos nada sem a imitação e outras atividades parecidas e que, portanto, a repetição não é tão terrível quanto pintam: "Vê, quando algum pintor quer ficar famoso em sua arte, procura imitar os originais dos pintores mais exímios que conhece, e essa mesma regra vale para todos os demais ofícios ou atividades de monta que servem de adorno às repúblicas". (*Dom Quixote*, capítulo xxv.)

Em outras palavras: a repetição, em si mesma, não é nem um pouco prejudicial; o que seríamos sem ela? Por outro lado, de onde vem essa crença tão arraigada em alguns escritores muito autocríticos de que, se começarem a se repetir, estarão caminhando infalivelmente para a perdição? Não consigo entender de onde vem tal crença, porque, de fato, não há ninguém no mundo que não se repita. Se alguém observar, por exemplo, com bastante atenção o cinema de Kubrick — de quem sempre se elogiou a forma como mudava de gênero, de estilo, de temas; de quem sempre se disse que mudava muito de um filme para o outro —, vai ficar perplexo ao ver que, na verdade, toda a obra desse grande diretor está construída sobre um círculo fechado de repetições obsessivas.

O medo de se repetir. Hoje cedo, quando ainda estava meio

adormecido, caí no famoso pânico, e olhe que só faz três dias que estou com este caderno. Diante disso, só posso dizer que as mulheres têm uma facilidade admirável para resolver todos esses problemas que desconfio terem sido inventados por invejosos que só querem paralisar as mentes mais criativas.

As mulheres são mais hábeis para pulverizar essas compensações ridículas que tanto afligem e massacram os coitados dos homens, sempre mais bobos e atormentados do que elas, que parecem ter um sexto sentido que as ajuda a simplificar as dificuldades com inteligência. Penso em Hebe Uhart, a escritora argentina, por exemplo. Quando perguntaram se não tinha medo de se repetir, ela disse que de jeito nenhum, que estava livre disso graças às viagens, porque escrevia sobre deslocamentos e estes eram sempre diferentes; encontrava coisas novas nelas o tempo todo, a conjuntura a obrigava a escrever coisas diferentes em cada uma de suas viagens...

Também Isak Dinesen, por exemplo, resolvia logo esse tipo de problema. "Ao medo de se repetir sempre pode se opor a alegria de saber que você avança na companhia das histórias do passado." Dinesen sabia que era recomendável construir a partir do ontem. Em *Yo ya he estado aquí*, Jordi Balló e Xavier Pérez falam do prazer repetitivo que não impede que os criadores façam novas e inesperadas descobertas, e também de como o mercado cultural viveu muitos anos do mito do valor único da novidade, desse mito da novidade editorial que se vulgarizou a extremos insuportáveis, justamente porque esse culto queria encobrir *as fontes originais das narrações*: "Nas ficções da repetição, por sua vez, o encadeamento com o passado é reconhecido como substancial a sua matéria narrativa. E é essa consciência que transforma essas ficções em território experimental, porque não buscam a originalidade só na rememoração de seu *episódio piloto*, mas também na potencial capacidade dessa origem de se desdobrar em novos universos".

&

Ao cair da tarde, ao recordar as palavras que Sánchez disse ontem sobre seu romance repleto de absurdos e de momentos carregados, me lembrei daquele dia, há três meses, em que me sentei no terraço do Baltimore, bem perto de um grupo de quarentões grisalhos com ar de boêmios e cara de mendigos — era difícil saber com certeza o que eram, embora no fim se optasse pela primeira, uns boêmios muito de meia-tigela —, que eu nunca vira antes e que depois de falar sucessivamente de mulheres, drogas leves e futebol, sempre em tom muito alto, acabaram contando umas histórias confusas protagonizadas por cães.

Dos interlocutores presentes, o que mais se manifestou, o mais brilhante e também o mais charlatão, foi ninguém menos que um sobrinho de Sánchez, do qual eu já não tinha nenhuma notícia porque, para começar, ele não era do bairro, ou pelo menos eu nunca o vira por aqui; me lembraria se o tivesse visto porque seu físico — de poderosas costas largas — não era comum e se notava com facilidade.

Escutando as histórias caninas que todos iam contando — e que ouvi com muito esforço, porque rapidamente mudaram de tom, que passou a ser cada vez mais baixo, quase sigiloso, como se quisessem me impedir de ouvir suas barbaridades — acabei tendo que escutar — de viés, mas ouvindo alguns fragmentos perfeitamente íntegros e nítidos — a incrível história do cão de um escritor. Alguém acabou perguntando de que escritor estavam falando. E então o sobrinho sentenciou:

— Estamos falando do Sánchez. Do cachorro do Sánchez.

E seguiu-se uma desagradável fieira de calculados insultos dirigidos a esse tio, que ele chamou várias vezes de "o idiota da família".

Excessivamente agressivo, o sobrinho era um sujeito que logo me pareceu muito dependente da suposta glória de seu familiar famoso. Dizer muito dependente é pouco. Em todo o tempo que o observei, ele não parou de parodiá-lo ou de lhe atribuir atos estúpidos e, principalmente, não parou de massacrar seu estilo literário com deboches sórdidos, sarcasmo sinistro, sempre sem o menor dó do tio — ou do cão — maltratado.

Era fácil notar que a descontrolada vaidade do sobrinho o corrompia; não parava de se gabar de seu talento, como se estivesse plenamente convencido de que era muito superior a Sánchez. Porém, de vez em quando cometia erros que delatavam que ele era um grandessíssimo paiol de inveja: "E pensar que desisti de escrever um monte de poemas e de novelas que, se tivessem sido publicadas, seriam lidas com gosto pelas futuras gerações...".

As futuras gerações!

Que jeito de falar, e tudo indicava que não era de brincadeira, mas totalmente a sério. Para o sobrinho, os escritores que venciam — não sabia detectar neles nenhum outro tipo de mérito — deviam seu sucesso simplesmente ao fato de terem se adaptado melhor do que os outros ao mercado, à indústria do livro. Era indiferente que tivessem talento, ou que fossem um poço de genialidade: todos os que venciam, pelo simples fato de terem conseguido leitores, não valiam nada. Os bons de verdade, os danados de bons, eram alguns autores marginais e marginalizados, alguns desconhecidos que estavam completamente fora do sistema. Para estar entre esses heróis era preciso ser elogiado por um crítico de Benimagrell, cujo nome e sobrenomes ainda hoje não me dizem nada, como não me disse nada, naquele dia, a cidade de Benimagrell, ainda que ao voltar para casa eu tenha visto na internet que ela existia, ficava na província de Alicante, sem que constasse, de qualquer modo, que ali tivesse nascido algum tipo de crítico minimamente conhecido que fosse. A bem da verdade — porque a última coisa que eu faria aqui seria me enganar —, naquele dia percebi que poderia até concordar com algumas das coisas que o sobrinho execrador disse, se ele não tivesse falado com uma raiva exagerada. Ele tinha um quê de "sobrinho de Rameau", aquele personagem com o qual Diderot, talvez sem saber, anunciou que estavam vindo tempos nos quais não haveria contrastes éticos entre grandes indivíduos e seus ridicularizadores. Mas também a bem da verdade devo dizer que, quando consegui esquecer, em grande parte, aquele seu tom raivoso, bem como sua capacidade para insultar, comecei a reconhecer que o sobrinho tinha sua graça, um engenho incomum, especialmente nas frases mais violentas. Aquele monstro era um monstro, mas, apesar dos pesares, tinha certa cepa de escritor.

Fingi que ia buscar alguma coisa no balcão do Baltimore para que ao voltar pudesse vê-lo de frente, de forma mais completa do que conseguira até então.

Fui até o balcão e pedi uma Cherry Coke, uma coca-cola sabor de cereja (um tipo de coca-cola do qual ninguém se lembra mais) e, como era de se esperar, não tinham, nem sabiam do que eu estava falando. Bom, eu disse, então deixa pra lá. E comecei a voltar para a mesa, aproveitando para olhar o monstro de frente e por inteiro, e o que vi foi um gigante metido, de barba antiestética na qual — talvez para ficar à altura dos infelizes que o acompanhavam — as andorinhas pareciam ter feito ninho...

É curioso, mas ontem, ao ver o Sánchez na porta da La Súbita, nem me lembrei desse seu sobrinho, muito menos do crítico de Benimagrell. Hoje, porém, o gigante de costas largas não me saiu da cabeça o dia todo, porque comecei a relacionar o encontro de ontem com Sánchez ao involuntário encontro que tive, há uns três meses, com esse sobrinho execrador do qual eu nunca mais soubera nada. E percebi que essas duas sequências compunham um breve enredo romanesco: como se de repente alguns eventos autobiográficos tivessem se combinado para me alinhavar uma história com toques até mesmo literários; como se alguns capítulos de minha vida cotidiana estivessem confabulando e pedindo para ser narrados e, além disso, quisessem se transformar em trechos de romance.

Mas isto aqui é um diário!, grito para mim mesmo, e de quebra digo que ninguém pode obrigar uma pessoa a fazer um romance, muito menos eu, que gosto tanto de livros de contos. Além do mais, o que escrevo aqui é exclusivamente um diário, isto é um diário, não tenho nem por que ficar me lembrando disso. Aqui eu vivo a escrita como segredo, como atividade íntima. É um exercício cotidiano que me vale para fazer minha estreia na escrita — primeiras escaramuças literárias com os olhos voltados para o futuro — e também para não me desesperar com o estado de ruína em que meus negócios me deixaram.

Isto é um diário, é um diário, é um diário. E é também uma reivindicação secreta da "escrita da literatura". Então não vejo com bons olhos a realidade da rua conspirando para que o que escrevo tome um rumo romanesco, embora eu lhe deva ser grato por estar me dando material para escrever, pois, do contrário, talvez eu não tivesse nenhum. Mas não. Não consigo ver com simpatia essa conspiração da realidade da rua, muito menos essa tensão incômoda entre romance e diário, tensão que deveria acabar agora.

5

Ontem falei dessas ficções que não buscam a originalidade só na rememoração de seu *episódio piloto*, mas também na capacidade potencial dessa origem de se desdobrar em novos universos. E agora me pergunto o que aconteceria se, a partir da capacidade potencial de um original como *Walter e seu contratempo*, eu me propusesse a repetir esse livro que Sánchez diz ter praticamente esquecido.

Primeiro, como um principiante, eu teria de ralar muito e não me desviar do rumo. Porém, mais à frente poderia aceitar esse desafio, e quem sabe realizá-lo no próprio diário. Pois afinal foram estas páginas que me levaram a me aprofundar na repetição, no tema que agora vejo que parece me interessar mais do que eu pensava.

Um segundo trecho de minha vida de principiante poderia ser ocupado pela reescrita de *Walter e seu contratempo*. Por que não? Se viesse com uma boa bagagem de práticas de escrita, talvez eu até me atrevesse a mudar, no original, tudo o que considerasse oportuno alterar. Por exemplo, é mais provável que, ao repeti-lo, no mínimo eu suprimisse os parágrafos insuportáveis de Sánchez, todos aqueles que o álcool o fez construir de maneira confusa…

E eu reescreveria tudo, é claro, para me vingar radicalmente de ter perdido tanto tempo de vida no caos das construtoras borbulhantes. E também por mero jogo. Mas não só para dar início a um jogo de ordem literária, como também por mero — podemos chamá-lo assim, se me entendem — "jogo humano". E também para tentar ver o que se sente quando se mergulha numa causa tão santa quanto justa: melhorar em segredo a obra literária do vizinho.

[PUTORÓSCOPO 5]

Prosa ao cair da tarde. Leio o horóscopo já quase sem luz diurna: "A conjunção Mercúrio-Sol em Áries indica que só importa o que você vai fazer, mas pense que o que você vai fazer só está aí, afinal, para que você descubra o que quer fazer de verdade".

Isso é um horóscopo de jornal? Que eu saiba, eles não são escritos desse jeito. As previsões de hoje para os outros signos não são filosóficas, são apenas normais. Portanto, ela tratou o signo de Áries de forma diferente dos outros. Tem toda a pinta de que escreve sabendo que eu vou ler. Seja como for, não consigo deixar de interpretar sua mensagem de hoje. Ali ela parece dizer que tudo o que venho fazendo neste diário vai me levar a saber o que eu quero fazer de verdade. É como se quisesse dizer isto: "A conjunção Mercúrio-Sol em Áries indica que só importa a obra, mas que a obra só está aí, afinal, para levar à busca de outra obra".

E a coisa não acaba aí, pois se ela — é improvável, reconheço, mas gosto de pensar assim — quis indicar isso, eu ainda faria alterações, e diria: "A conjunção Mercúrio-Sol em Áries indica que sua livre repetição de *Walter e seu contratempo* pode acabar se transformando na busca de sua própria obra".

Considerando que essa possibilidade acaba de me passar pela cabeça, não a excluo. Se essa busca realmente ocorresse e se, é lógico, se eternizasse, a suposta sugestão *horoscópica* de Peggy estaria dando passagem à sombra do grande Macedonio Fernández, o escritor que dedicou muitos anos de sua vida ao *Museu do romance da Eterna*, livro que nunca passou de um projeto, pois ele não chegou a começar o relato e o preâmbulo foi montado com base em buscas, refletidas em múltiplos prólogos. Macedonio foi uma espécie de Duchamp da literatura. Assim como este jogava xadrez num bar de Cadaqués, Macedonio Fernández tocava violão numa roda de amigos: o ponteio foi, no fundo, sua marca distintiva, o selo de sua prosa de lugar nenhum.

Museu do romance da Eterna é o livro incompleto por excelência, mas em nenhum momento simula ter ficado inacabado. É incompleto porque essa é sua própria natureza. Se além disso tivesse sido um livro *póstumo*, estaria mais próximo do tipo de texto que um dia eu talvez tente fazer: um livro que pareceria interrompido, mas que na verdade estaria completamente terminado.

Outro dia li que num museu de Nova York havia uma exposição de obras inacabadas. Havia peças de Turner, nenhuma delas exposta quando o autor era vivo: tratava-se de esboços para outras telas, e faltavam os portos, os barcos, as alusões mitológicas. Havia também uma batalha de Rubens em que a parte de cima da tela fora terminada com virtuosismo e a de baixo, por sua vez, estava apenas esboçada, mostrava o esqueleto do que ia ser feito, como o museu Pompidou de Paris, cuja fachada não é tradicional, pois mostra a própria estrutura do edifício, seu interior nu e cru. De forma involuntária, ali Rubens aparecia numa versão ultramoderna — quase de arte de vanguarda contemporânea — porque oferecia um comentário sobre seu próprio trabalho: entregava um campo de batalha e o método para construí-lo.

Quem comentava essa notícia dizia que a arte contemporânea não oferece obras *terminadas*, somente inconclusas, para que o espectador as complete com sua imaginação. Essa exposição de obras incompletas, dizia ainda o articulista, na verdade descrevia a forma como olhamos hoje em dia, quando as obras não bastam e precisamos de um vazio, de uma fissura para completá-las.

Imagino que essa fissura tenha algo de código secreto. Lembra-me um aforismo de Walter Benjamin em "Sombras curtas": "Signos secretos. Todo conhecimento deve conter uma pitada de contrassenso, assim como, na Antiguidade, os desenhos dos tapetes ou dos frisos em algum ponto se desviavam um pouco de seu curso regular. Em outras palavras, o decisivo não é o avanço de um conhecimento para outro, mas a brecha que se abre em cada um desses contrassensos". Essa fissura que se abre nos permite acrescentar detalhes nossos à obra-prima inacabada. Hoje, sem essas brechas que abrem caminhos e põem nossa imaginação para trabalhar e são a marca da obra de arte incompleta, certamente não conseguiríamos dar nem mais um passo, talvez nem respirar.

&

Talvez o que eu mais recorde do romance do meu vizinho é que era feito das memórias do ventríloquo Walter, umas memórias narradas com um punhado de elementos sutilmente distribuídos ao longo dos relatos: uma sombrinha de Java, um barbeiro de Sevilha, a cidade de Lisboa, um amor interrompido... Essas memórias, se não me engano, estavam centradas no conflito principal de Walter, um ventríloquo que lutava com o grave contratempo que, para seu ofício, representava ter uma única voz, a famosa voz própria que os escritores jovens tanto almejam encontrar, e que para ele, por motivos óbvios, era um problema, que ele acabava superando quando conseguia se desagregar em tantas vozes quantos relatos ou lâminas de vida essas memórias continham.

É isso que eu mais recordo de *Walter e seu contratempo*, que pretendo reler nos próximos dias. Na época em que saiu, quando o li, na verdade não passei da metade do livro, embora tenha dado uma espiada, é claro, no último capítulo — volta e meia faço isso, quando quero deixar de lado uma história e ao mesmo tempo saber como ela acaba —, e soube que o ventríloquo acabava fugindo de Lisboa, e depois de atravessar vários países se atirava no centro de um canal em que havia uma espiral que penetrava no globo terrestre, e quando parecia que nosso homem se perdera naquela escuridão sem fim a espiral o empurrava de volta para cima e o fazia emergir novamente, para então deixá-lo numa região estranha e remota da terra, onde, longe de ficar desorientado, ele começava a trabalhar como narrador no próprio centro histórico das fontes do conto, na antiga Arábia Feliz.

O livro, no fundo — creio que tive essa intuição naquele dia em que li em diagonal aquele fim —, era uma viagem às origens do conto, ao seu passado oral.

6

O que eu não daria, principiante debruçado sobre um retângulo de madeira em seu escritório, o que eu não daria para ter essa voz própria que, para o ventríloquo, é um enorme contratempo no exercício de seu ofício?

Eu não daria nada, pois nem sequer o vejo como um assunto que realmente me diz respeito. Porque não sou ventríloquo, tampouco sou exatamente um escritor, não passo de um fazedor de diário em fase de testes, que anda pelo escritório estudando qual aspecto pode ter aquele inseto, aquele parasita obscuro da repetição que está sempre minguando o vigor das folhas verdes, ou corroendo o papel escrito, e se escondendo nas mil voltas que a vida dá.

Eu estava pensando nesses termos — ensaiando o que depois iria passar para o computador — quando vi em plena Diagonal uma mulher na qual, numa viagem de anos atrás, eu e Carmen prestamos muita atenção quando, devido a uma avaria, o Transalpino parou numa estação de Kirchbach. Achei tão incrível, para não dizer impossível, que fosse aquela mesma mulher que um dia vimos fumando com elegância diante da neve e da qual nem chegamos a saber o nome, que me perguntei se, em minha ansiedade por comentar no diário acontecimentos cotidianos e me afastar da ameaça de um romance, eu mesmo não estaria desejando ver muitas coisas que não existiam.

Então me aproximei mais e, previsivelmente, não era a mulher de Kirchbach. Exatamente nesse mesmo trecho da Diagonal — uma faixa de pedestres que leva à rua Calvet — uma outra mulher, alguns meses antes, me deixara inquieto. E decerto foi isso que me fez pensar que esse trecho tinha alguma coisa estranha que eu não devia perder de vista. Na primeira ocasião, alguns meses antes — bem poucos dias depois de meus negócios estarem totalmente arruinados —, a jovem desconhecida, que ia a poucos metros à minha frente falando no celular, deu um grito repentino e rompeu num choro convulsivo que a fez se dobrar sobre si mesma e cair no chão de joelhos.

Então essa é a famosa realidade, pensei naquele dia. Foi essa minha única e fria reação inicial ao ver a jovem cair daquela forma. Uma reação, de minha parte, em câmera lenta, talvez porque desde o fechamento de minha empresa eu andasse pela rua distraído, o tempo todo imerso em meu mundo mental, paralelo ao real.

Voltar sobre o que aconteceu naquele dia — fiquei sabendo que tinham comunicado à jovem o falecimento de um ente querido — me fez ver que aquela transeunte estava na vida e tinha sentimentos, e que eu estava, como ela, na mesma vida, mas com menor capacidade de sentir, de sentir de verdade, que eu talvez só soubesse sentir com a imaginação. Mas não foi só isso que essa volta me fez notar, também comecei a ver a mulher como uma pessoa admirável e até invejável, porque só contava com sua vida e nada mais, e talvez por isso sentisse sua dor com uma força tão verdadeira, enquanto eu esboçava a fumaça de um mundo paralelo que me deixava um pouco desconectado da vida real.

A verdade é que hoje cheguei até a dar um passo atrás, quase de medo, ao ver que ela não era, de maneira nenhuma, a mulher de Kirchbach. Mas não sei o que esperava. Como podia querer que aquela mulher fosse a que eu imaginava? Percebi que nos últimos tempos houve dias em que ao pensar em algo minha veia caprichosa quis ver aquilo instantaneamente à minha frente, ali mesmo onde eu estava, como se me acreditasse capaz de criar, eu mesmo, a realidade.

Nota breve: esse maior apego repentino ao real talvez seja a primeira consequência de já estar há seis dias nestes exercícios de escrita. Em todo caso, também decidi incluir no diário o episódio da mulher de Kirchbach. Mas tive a impressão de que se tratava de algo que eu esqueceria antes de voltar para casa. E teria sido assim se hoje de manhã esse episódio não tivesse se vinculado estreitamente ao súbito aparecimento de Sánchez em meu campo de visão: meu ilustre vizinho estava encostado numa parede, fumando, com o olhar perdido, junto à vitrine de uma loja de roupas da calle Calvet.

Ao me aproximar, não demorei a perceber que ele estava esperando Delia, sua mulher, que olhava umas roupas dentro da loja. Quando me viu deu um sorriso amarelo e jogou fora o cigarro com um lance de nojo e teatralidade, como se quisesse me dizer que fuma, mas já não curte isso. Tive a impressão de que não gosta que sua mulher o deixe plantado desse jeito no meio da rua, pois ele vira um alvo fácil para os pedestres que já leram seus livros, pedestres como eu, por exemplo.

Mesmo com uma cara de tédio e um olhar de superioridade, ele falou comigo com a mesma naturalidade e franqueza do outro dia na porta da livraria La Súbita. Dirigiu-me a palavra para dizer que os sábados são terríveis. Na mesma hora eu quis saber por quê. Porque sempre se abrem ao diálogo, disse ele.

Como sou paranoico, no começo pensei que estivesse dizendo isso por ter topado comigo novamente, e que talvez hoje não se sentisse tão cortês como da outra vez e, além disso, estivesse com receio de que eu o arrastasse para alguma conversa. Mas não, a coisa não era bem por aí; o fato é que ele dedicava os sábados a Delia, que só o deixava trabalhar das nove às onze da manhã no artigo que ele publica aos domingos no jornal. Às onze, segundo o pacto que tinham estabelecido, chegava a hora do passeio e da vida social, do diálogo, da abertura para o exterior. Tudo isso ele me contou assim, de repente, e de alguma forma — como se fôssemos velhos conhecidos —, me fazendo um desabafo.

Tinha certeza, falou, de que ele não tinha sido talhado, de maneira nenhuma, para os fins de semana. Mesmo assim, reconhecia que esses dois dias inteiros de liberdade que as pessoas comuns desfrutavam deviam ser um luxo. (Olhou para mim como se eu fizesse parte dessa classe de gente comum e me deu um desconto.) Na verdade, continuou, sempre invejara os fins de semana de todo mundo. Para ele um sábado e um domingo eram uma tortura de tédio, de frustração, ao que era preciso acrescentar o esforço amargo de ter de se fazer passar por ser humano. Quando não estava sentado diante da escrivaninha, sentia-se vazio, "como uma pele esfolada sem ossos", definiu. E acreditei nele, mas acho que nisso aí ninguém poderia acreditar, nem mesmo ele.

Perguntei sobre o que falaria em sua coluna do dia seguinte.

— Sobre a fascinação — disse ele.

Resposta lacônica e misteriosa.

Sobre a fascinação, assim, em geral? Sobre a que temos, disse ele, por trechos de livros e filmes que não entendemos. Amanhã falarei sobre À *beira do abismo*, por exemplo, sobre a cena em que Lauren Bacall canta num tugúrio, sem que o motivo nunca fique claro. Falarei sobre coisas que saem nos filmes ou nos livros e que não fazem o menor sentido, pois é evidente que não têm nenhuma relação com o contexto.

Nesse momento Delia saiu da loja; estava muito feliz, radiante, e quis saber do que estávamos rindo. Como não havia chance de estarmos rindo, não soubemos o que responder, e nós dois, um tanto obscuros e ridículos, ficamos mudos por longos segundos. Dava para ouvir perfeitamente o barulho da água que caía de um pequeno chafariz barcelonês que havia ali perto, um som pouco musical, um som de chape, ou tamborilante.

— Estávamos dizendo, Delia, que você tem nome de série *noir* — disse Sánchez, sem dúvida improvisando no calor do momento.

Então ela quis saber se era por causa do filme *Dália Negra* que dizíamos aquilo e não me ocorreu nada melhor do que olhar para Sánchez e lhe dizer que, de fato, os sábados são terríveis. Disse isso com a intenção de dar um passo à frente em minha relação com ele, ou melhor, com os dois. Mas logo percebi o tamanho de minha gafe, pois fora ele quem me dissera que os sábados eram terríveis, e tinha dito isso porque naquele dia da semana sua mulher o obrigava a ir às compras. Fiquei com remorso por alguns instantes e tive a impressão de que Delia me pedia uma explicação em vez de pedi-la ao marido.

Falando a primeira coisa que me veio à cabeça para acobertar essa frase, perguntei — como se fosse um admirador de sua obra — qual era a melhor época do ano para escrever. O verão, disse Delia. O verão é a época menos propícia, disse Sánchez, pois a tendência é ficar ao ar livre, já de outubro a fevereiro o tempo é de reclusão, ideal para a liberação de energias mentais.

Enquanto eu mantinha minha cara de ignorante, pensava — perversamente, porque gosto de aparentar que li pouco — num verso de Mallarmé.

"O inverno lúcido, estação da arte serena."

&

Subimos por alguns minutos a calle Calvet, sem saber aonde estávamos indo. Uma brisa agradável se mesclava ao sol já poderoso do início de julho e eu diria, sem medo de exagerar, que a manhã estava perfeita, embora o fato de estar subindo uma ladeira com aquele casal com o qual eu nunca passeara antes tornasse tudo mais complicado, entre outras coisas porque eu não sabia muito bem o que estava fazendo ali, caminhando e conversando tão normalmente com eles, que em nenhum momento me pediram que os acompanhasse.

De repente aquele momento me pareceu insuperável para comentar com Sánchez que eu pretendia reescrever seu romance quase esquecido. Para informá-lo de que aquilo até daria sentido ao fato de eu estar passeando com eles naquele momento. Mas logo me lembrei de que tinha decidido não lhe contar nada e que, aliás, não era preciso dar um sentido à nossa caminhada, bastava pôr um pé na frente do outro e continuar andando.

Ciente de que lhe contar que eu ia reescrever *Walter e seu contratempo* era me meter num rolo sem tamanho, acabei sem coragem até de introduzir o assunto. Não quis esquecer, também, que nosso relacionamento, apesar de já sermos vizinhos há muitos anos, nunca foi particularmente fluido ou amistoso, foi sempre friamente cordial: um relacionamento entre duas pessoas que às vezes conversam sobre assuntos banais e às vezes nem se olham nos olhos para não terem de se cumprimentar. O fato de agora estarmos caminhando e conversando como se fôssemos conhecidos de longa data me deixava um pouco inquieto, talvez pelo caráter extraordinário da situação. Mas eu não queria me enganar. Sánchez tinha um traço evidente de vaidade, provavelmente se considerava superior a mim em tudo. Na verdade, eu não sabia quase nada dele, como me acontecia com tantos outros vizinhos do Coyote, todos estranhos; a maioria, inacessíveis, cordiais mas distantes, às vezes nem mesmo cordiais.

Então acabei decidindo não lhe contar que um dia, quando me sentisse devidamente preparado, ia reescrever seu velho romance. Mas daí disse que, desde que ele me falara do livro três dias antes, eu estava pensando em encontrar um tempo para procurar *Walter e seu contratempo* em minha biblioteca e dar uma olhada nele.

Seu rosto me pareceu empalidecer de terror.

— Dar uma olhada? Mas se ninguém mais o lê! — disse ele, e acho que essa recomendação indireta para que eu deixasse em paz seu livro equivocado lhe saiu das profundezas da alma.

Na verdade, menti ao lhe dizer que ia encontrar um tempo para procurar seu velho romance, pois eu já o encontrara justamente na noite anterior e, lendo a contracapa, estive refrescando a memória.

Dos dez relatos do livro, nove tinham sido escritos por cada uma das diferentes vozes do ventríloquo. Pois ao superar, no primeiro capítulo, seu contratempo de ter voz própria — o que logicamente o deixava travado e totalmente paralisado —, Walter se esparramava em tantas vozes — nove — quanto os capítulos existentes em suas enviesadas memórias. Os capítulos eram contos e os contos eram capítulos. E o que o leitor encontrava no livro eram as memórias contadas por Walter, mas também um romance que, por seu turno, era um conjunto de relatos. Pelo menos era isso que se lia na contracapa, e na época eu, embora o tivesse largado pela metade, já formara uma boa visão do conjunto do livro, e ainda a mantinha.

Por trás das diferentes vozes correspondentes a cada um dos contos, encontravam-se umas "imitações camufladas, às vezes paródicas, outras não, das vozes dos grandes mestres do conto", e assim, por trás de quem narrava o primeiro relato — o primeiro capítulo do romance —, havia uma voz e um estilo influenciados por John Cheever; por trás de quem narrava o segundo conto, uma voz que parecia ter sucumbido à influência da prosa de Djuna Barnes; por trás do terceiro, alguém que pretendia evocar o estilo inimitável de Borges; por trás de "Algo em mente", o quarto relato, havia um narrador que utilizava uma estratégia narrativa muito característica de Hemingway; por trás de "Dois velhos cônjuges", as marcas do estilo pedregoso de Raymond Carver...

No fim, não tive coragem de contar a Sánchez que na noite anterior, ainda que de forma muito superficial, eu estivera examinando seu livro de trinta anos atrás e que isso me fez lembrar que todos os relatos eram abertos por uma epígrafe do "grande mestre do conto" correspondente, o que dava um selo bem concreto a cada capítulo. E como eu não quis lhe contar que dera uma olhada em *Walter e seu contratempo*, tampouco quis mencionar, obviamente, o assunto dos trechos confusos e desastrosos dos parágrafos insuportáveis, quando não francamente ébrios, que na época ele justificou dizendo que só eram insuportáveis por exigências da trama.

Posso ser um principiante na escrita, mas tenho um longo percurso de muitos anos como leitor contumaz, e não me escapa que Sánchez deveria ter simplesmente eliminado aqueles parágrafos. Ainda mais se considerarmos que havia no mínimo um ou dois, às vezes até três, trechos confusos em cada um dos capítulos. Neles o narrador — em geral o próprio ventríloquo —, que era quem organizava suas memórias, mostrava-se particularmente arrastado e mareado, viscoso e imensamente espesso, denso e desventurado em seu enfado, como se sua cabeça estivesse a ponto de explodir, como se seu talento narrativo de repente se visse à deriva: uma escrita mais própria de uma pessoa de ressaca e preguiçosa do que outra coisa.

Também não quis comentar com ele que *Walter e seu contratempo* lembrava aquela época, especialmente na França de fins do século xix, na qual o conto, para alguns escritores, era um tipo de gênero que se opunha ao romance, um tipo de gênero que o superava ou o evitava; o signo de uma nova estética.

Não queria lhe dizer nada disso, mas não sei como foi que acabei por dizer que o que eu mais lembrava de *Walter e seu contratempo* era o estranho caso dos trechos densos e confusos. Ele se lembrava deles? Esperei para ver o que ia dizer, mas seu silêncio foi longo, como se estivesse magoado por eu ter me lembrado justamente disso. "A sorte é que ninguém mais se lembra do livro", dissera ele havia pouco para Ana Turner. E eu certamente acabava de lhe causar um dano irreparável. Olhei para ele para comprovar seu desconforto, e me pareceu que, na verdade, Sánchez também estava furioso e que pensava: a gente pode até falar mal de um livro nosso, mas o vizinho fazer isso é bem diferente.

&

Ao virar na calle Rector Ubach, Sánchez rompeu o silêncio para me dizer, com uma voz amável que muito provavelmente ocultava um mal-estar de fundo, que essas passagens dentro dos contos foram classificadas por um crítico, na época, de "momentos mareantes", e talvez ele tenha acertado na mosca. É claro, continuou dizendo, sempre foi falso que eu tenha posto aqueles trechos espessos de propósito.

A partir daí, começou a falar aos atropelos. E acho que percebeu que estava pagando um preço alto por ter dito na minha frente, em seu flerte do outro dia com Ana Turner, que tinha escrito um romance ruim no passado.

Em cada um desses "momentos mareantes", começou a me dizer, em um após o outro, sem exceção, que o que havia acontecido era ele ter sofrido invariavelmente as consequências de seus excessos etílicos na noite anterior. Ao publicar o livro daquela forma tão louca, sem ao menos revisá-lo minimamente, ele depois teve de inventar alguma coisa para justificar aqueles "altos e baixos mareantes" inapresentáveis mas sempre presentes em todos os capítulos, e foi aí que ele disse para a imprensa que eram erros criados por ele mesmo, deliberadamente, com a intenção de mostrar para o mundo que "os grandes mestres do conto" — como definiu sua seleção de dez narradores — também tinham momentos irregulares, pois não eram deuses, mas gente de carne e osso. Altos e baixos criados por ele de propósito, disse a todos os jornalistas. Altos e baixos para que se visse que as principais obras dos dois últimos séculos eram obras-primas imperfeitas, pois os melhores autores assumiram, em suas próprias estruturas narrativas, o caos do mundo e a dificuldade de entendê-lo e de expressá-lo... Foi isso que ele disse para todos os jornalistas, mas só para disfarçar e para que não se imiscuíssem demais naquelas páginas tão estupidamente confusas. Ele poderia, sem dúvida, ter corrigido os "momentos mareantes", mas naquela época não dispunha de tempo para se dar a um trabalho desses, pois tinha um anseio desmedido por publicar, uma pressa grandiosa (que classificou de péssima conselheira), precisava de dinheiro e também queria ser conhecido; pensava que, se publicasse livros, estaria nas vitrines e encontraria mais trabalhos de escrita e assim poderia ir sobrevivendo.

— Eu disse aquilo tudo só pra disfarçar, simples assim. Você nem imagina a tranquilidade que dá, depois de publicar o livro, espalhar que seus contos têm trechos confusos de propósito, que eles estão lá apenas para demonstrar que os grandes mestres do conto não só são imperfeitos como têm um lado muito maçante. E o melhor foi que a desculpa funcionou. A maioria das pessoas acreditou que eu tinha feito um exercício experimental muito interessante, ainda que enfadonho, disso ninguém podia me livrar.

— Se arrependa, pilantra — interveio Delia inesperadamente, e demorei um pouco a perceber que ela estava brincando.

Sánchez parou e acendeu pausadamente um cigarro, como se acreditasse que isso ia diminuir sua agitação.

— De joelhos, pecador — disse Delia com um olhar de ódio que se pretendia fingido, embora isso não estivesse muito claro.

Nesse meio-tempo, eu pensava: mas que ideia, nada mal, você publica o livro e imediatamente procura uma desculpa para não ter estado à altura de John Cheever, por exemplo. Nem à altura de Djuna Barnes. Nem de nenhum daqueles que você considera "os grandes mestres do conto". Assim você evita os pentelhos que só querem detoná-lo com suas críticas. E quando a noite vier, quem sabe até durma melhor.

Também pensei que, no fundo, aquela história de os grandes mestres serem imperfeitos não podia ser mais verdadeira.

E com tudo isso rolando, Delia sorria, agora enigmática.

Por que aquele sorriso e por que tão misteriosa? Talvez Delia fosse enigmática, mais nada, sem que isso necessariamente tivesse de encerrar algum mistério.

Que me importava Delia, que me importava tudo isso? E eu também não estava a fim de muitos enigmas. Mas, pensando melhor, eu veria que tudo aquilo me importava sim, muito especialmente a tensão que dominava aquele encontro, bem como as palavras um pouco excessivas de Sánchez, seu nervosismo, sua repetida saraivada de frases convulsas, o caráter forçado da situação.

Eles por acaso tinham me convidado para subir com eles a

calle Calvet e dobrar na Rector Ubach? Na verdade, acabei me metendo naquele rolo todo porque estava a fim de jogar, e quem sabe também porque estava a fim de aprender a escrever e a fim de conhecer melhor o homem de quem um dia eu iria copiar — certamente melhorando — um romance esquecido.

Me afastei do casal ao chegar à altura da calle Aribau. Receava que a qualquer momento Sánchez fosse me pedir explicações e me dizer que deixasse suas coisas em paz. E eu sabia que, caso ele dissesse algo do tipo, eu ia me sentir um xereta ridículo e intrometido e ficaria literalmente com cara de tacho.

— Tchau, Mac — disse ele, como se fosse meu amigo de longa data, como se sempre tivesse me chamado pelo primeiro nome.

— Até mais — disse Delia.

E comecei a me afastar pensando em como conhecia pouco essa parte alta do bairro do Coyote, lugar que em minha imaginação fora secretamente reinventado nos últimos anos, virando um lugar aterrorizante, não sei por quê, se era tão parecido com o Coyote Sul.

[PUTORÓSCOPO 6]

"Procure cultivar relações envolvidas num projeto que, ainda que lento, apresenta grandes perspectivas."

Talvez Peggy se refira às grandes perspectivas que a ideia de repetir em segredo o romance de Sánchez me abre, e também ao fato de que hoje, sábado, cultivei relações importantes.

Como no jornal aparece um endereço de e-mail ao lado de Peggy Day, tive um ataque súbito de ousadia e, num momento de impaciência nervosa, preocupado em saber se chegou a seus ouvidos o que há pouco falei dela em público, e também num momento de fraqueza — encharcado de gim —, lhe escrevi isto:

"Aqui é o Mac Vives, talvez você se lembre de mim, da S'Agaró de quarenta anos atrás. Se chovia, ficávamos escutando a chuva. E também os trovões. Se não chovia, íamos descalços até a entrada do Flamingo, onde nossos bailes não tinham fim. Queria muito protegê-la do mundo, mesmo que você provavelmente não precisasse disso. Saí de sua vida como quem sai de uma frase. Me desculpe por ter sido irresponsável. Saiba que hoje você acertou ao prever o que ia acontecer comigo. Porque é verdade, comecei a cultivar com força uma relação que deve me levar a grandes coisas. Seu, Mac".

Depois de enviar o e-mail, percebi que poderia ter evitado essa loucura, mas já era tarde para remediar. E comecei a andar meio baleado pela casa, como se o erro de ter enviado aquele e-mail tivesse me deixado muito mais que desorientado. Em protesto contra meu desconcerto, resolvi ir para o quarto sem apagar as luzes, ou seja, desperdiçando energia, mas não para desperdiçá-la à toa, e sim por pensar, só isso, que o excesso em si mesmo pode ser sentido como vida e, curiosamente, fazer com que nos sintamos mais vivos.

&

Acordo, me levanto para anotar a única lembrança que tenho do final do pesadelo. Alguém, insistentemente, me dizia:

— É que, olha, é muito estranho querer escrever o romance do vizinho.

7

Carmen teve de ir com urgência para o ateliê de restauração de móveis, seu próspero mas às vezes punitivo negócio, porque a obriga a fazer cada vez mais horas extras inesperadas. Como se não bastasse, apareceram clientes demais, e dá pra ver que isso, a longo prazo, vai virar um problema, porque nesse passo ela terá de trabalhar todo domingo. Perguntei se ia voltar logo e descobri — porque ela me disse — que tinha uma rara habilidade para deixá-la de mau humor. Tantos anos de casados e com três filhos já feitos, os três já bem situados no mundo, e eu ainda não sabia que tinha essa rara aptidão para deixá-la de mau humor só de perguntar a que horas voltaria para casa.

Desci com Carmen até a garagem e, com cuidado, levando em conta sua suscetibilidade, entrei no carro e pedi que me deixasse na banca de jornal.

— Mas ela fica a dois passos de casa... — reclamou.

Nem respondi, porque temia a explosão de seu perigoso mau humor.

Já na banca, fiquei irritado porque, como todo domingo,

havia fila e eu tive de esperar a vez; mas o que mais me chateou é que a maioria dos que vão comprar jornal nesse dia são os mesmos que não leem nada no resto da semana. Na verdade, vão à banca aos domingos como antigamente, pelo menos em meus anos de adolescência, aos domingos se ia às confeitarias, onde havia filas de espera às vezes intermináveis. Claro que no Coyote há, além disso, um atrativo extra na hora de comprar o jornal de domingo: vai-se lá também para admirar os seios da jornaleira. Cada bairro com sua mania.

Sentado no Black Bar, fiquei pensando por um momento que, como não vejo a menor possibilidade de meu estado de principiante estar próximo do final, acho que vou me sentir muito confortável na onda de Macedonio, o Duchamp da literatura.

Eu tinha três jornais para ler, mas me distraí pensando nisso e também numa coisa que ultimamente tem me chamado a atenção: o alto número de narradores que pensam estar preparados para escrever um romance; eles se sentem tão inesgotavelmente preparados que em sua inesgotável vaidade estão convencidos de que o farão, e de que o farão muito bem, porque se instruíram para isso durante anos, são inteligentes e lidos, estudaram literatura contemporânea e, como detectaram onde outros romancistas erraram, sentem-se preparados para tudo, especialmente desde que compraram não só uma boa cadeira que não acabe com as costas, mas também um perfeito processador de texto.

Depois, quando não conseguem escrever o romance com que tão platonicamente haviam sonhado, alguns enlouquecem. Para a ensaísta Dora Rester, redigir um romance é escrever os trechos de uma tentativa, não o obelisco inteiro: "A arte está na tentativa, e esse modo de entender o-que-está-fora-de-nós usando apenas o que temos dentro de nós é um dos trabalhos emocionais e intelectuais mais difíceis de fazer".

Eu não iria tão longe. Ou iria. Não sei, mas a verdade é que nessa história de se propor um romance é aconselhável ir passo a passo, movimentar-se com arguta cautela. Só pra dizer que vou agir com muito cuidado, e olhe que só pretendo reescrever o de Sánchez...

&

Na hora do jantar, fui buscar Carmen no trabalho e a encontrei com um mau humor insuperável, embora ela prontamente tenha se esforçado para diminuir a tensão que ela mesma pôs para circular entre nós. Mas seu esforço durou pouco e logo o conflito explodiu novamente. Eu queria ceder em tudo para perder o quanto antes a discussão, mas nem isso ela me permitiu, o que me fez tentar fazê-la reconhecer que sofria de depressões voluntariosas e que devia, portanto, tomar providências a respeito. Também quis que ela visse que, se estava no clima de continuar reclamando da casa e de propor mudanças (reforma da cozinha etc.), também seria bom lembrar que, como ela sabe muito bem, não estou completamente arruinado, o que não quer dizer que tenha dinheiro sobrando para contribuir para essas melhorias.

Como previsto, as coisas pioraram quando eu lhe disse tudo isso, e ela não parou de gritar comigo na rua. Por fim, quando chegamos ao Tender Bar, justo quando eu só pensava em me separar dela — ficaria sem suporte financeiro, e às vezes penso em me separar mas logo deixo essa ideia de lado —, começou a cair uma tempestade de verão fenomenal, e eu, nervoso, cheguei a pensar que o vento tinha mudado duas vezes de direção.

A chuva invadiu tudo, e talvez eu nunca tenha me sentido como hoje, tão travado emocionalmente. Longe demais, para piorar, do meu escritório e também do meu jornal, o que me fez ver que, no espaço de uma única semana, os dois acabaram por se tornar imprescindíveis.

De repente, fui invadido por uma inquietação muito singela: será que não estou me transformando numa outra versão daquela "pele esfolada sem ossos" na qual Sánchez dizia se transformar quando estava fora de seu escritório? Ou será que comecei a me pôr na pele de John Cheever, o escritor que, com seu talento por vezes submerso em negríssimas espessuras, está por trás de "Eu tinha um inimigo", o conto que abre *Walter e seu contratempo*?

Nesse primeiro capítulo do livro do meu vizinho, o narrador tem uma voz parecida com a de Cheever quando, em seus tensos diários, discursava sobre assuntos mundanos e, depois de cada gole potente de gim, sempre pensava em se divorciar.

Nos últimos tempos, quando penso em me separar de Carmen me pergunto por que não ir até La Súbita ver Ana Turner. Ir até lá vê-la sem tomar nenhum cuidado, agir sem nenhuma reserva: entrar com passo decidido e pôr todas as cartas na mesa ao lhe propor que fujamos juntos. Eu me daria mal, sei disso, não sou nada interessante para ela e, além disso, não posso financiar uma fuga nem nada parecido, mas gosto de pensar que deveria tentar para ao menos esquecer momentaneamente minha última briga com Carmen e ficar um pouco mais em paz comigo mesmo.

"Eu tinha um inimigo", onde a voz do narrador imita bem a de Cheever, é o relato com que o próprio ventríloquo abre suas memórias oblíquas dizendo que há tempos tem um perseguidor chamado Pedro, uma espécie de "execrador gratuito" que, de modo muito persistente, tenta minar sua moral, e às vezes o consegue: uma espécie de Moriarty de araque.

Como todos os seus males procedem desse perseguidor, Walter acaba atribuindo também a seu tão gratuito inimigo o lamentável fato de dispor de uma única voz, o que vem dificultando muito seriamente seu trabalho com os bonecos, com suas marionetes. As desgraças se sucedem com uma regularidade espantosa, até que chega uma noite verdadeiramente surpreendente, não só porque nela se dá o súbito desaparecimento de seu execrador — que sob uma lua cheia perfeita viaja aos Mares do Sul para não mais voltar —, mas porque o ventríloquo perde completamente a voz.

Não que Walter fique afônico, ele fica literalmente mudo, e além disso pensa que é o fim de tudo e que nunca mais vai falar e não poderá ganhar a vida com nada. No entanto, alguns dias mais tarde sua grave afonia começa a se esfumar e ele vai recobrando as palavras e descobre com assombro que, com a paulatina volta da fala, ele vai recuperando a grande variedade de vozes que um dia teve e que perdeu por causa de seu obstinado dissidente íntimo, por culpa de seu ferrenho inimigo particular, por culpa de seu irritante execrador gratuito, o metido do Pedro.

Superado o obstáculo daquele inimigo que o obrigava a ter uma só voz — "a voz própria tão almejada justamente pelos romancistas" —, o ventríloquo com ares estilísticos de John Cheever arremata o conto dizendo:

"O desaparecimento de meu execrador me permitiu recuperar todas as minhas vozes, então espero que ele fique muito tempo nos Mares do Sul e que nunca, jamais, volte; com certeza lá, em alguma remota e suja ilha do Pacífico, numa cabana com teto de palha, junto a quatro irmãos maristas babões, o tal do Pedro guarda minha *voz própria* numa dessas caixinhas de prata que, dizem, dão tanto orgulho aos colecionadores de ódios insensatos."

Enquanto cismava nisso tudo, tive a impressão de que no Tender Bar o vento mudava pela terceira vez de direção. Depois a chuva, quase como um milagre, estancou de repente. O calorão foi voltando timidamente, confirmando que estamos no verão barcelonês mais quente dos últimos cem anos.

Os ânimos foram amainando, principalmente os meus. E eu, para não persistir na discussão com Carmen, passei a me dedicar à divertida mas impossível tarefa de captar os diversos tons de verde que podem ser descobertos em cada uma das gotas de chuva que permaneceram sobre as folhas das árvores.

— Você entrega os pontos? — perguntou Carmen.

— Claro, nunca gostei de ganhar.

Disse isso enquanto pensava numa coisa bem diferente: em sair dali a toda velocidade e partir para onde quer que fosse, para qualquer lugar menos aquele onde eu estava.

— Para a antiga Arábia Feliz — diz a voz.

É a voz do morto que ressurge em minha cabeça.

— Nem sonhando. Aquilo virou um campo minado — respondi.

Ocorre que o romance do meu vizinho termina — dá pra notar que ele o escreveu há trinta anos — no Iêmen, quando esse país era um lugar ao qual se podia ir sem problemas, quando ainda era um espaço que conservava lampejos idílicos, e onde, segundo alguns amigos que viajaram para lá naquela época, ainda dava para passar uns dias na extraordinária cidade de Sana'a e ter a sensação de estar vivendo num reduto em que ainda restavam luminosos rastros da antiga Arábia Feliz, o paraíso no qual, na época dos gregos clássicos, se exportava café e incenso do porto de Moca.

[PUTORÓSCOPO 7]

"É um período difícil no terreno econômico, principalmente em relação a recursos conjugais."

Sem sombra de dúvida, hoje Peggy Day acertou de vez a pontaria em seu oráculo, e só faltou dizer — na certa alguém assoprou isso no ouvido dela — que eu não estou totalmente falido, mas que a longo prazo talvez tenha de viver às custas de Carmen, quando a vida toda pensei que fosse acontecer o contrário. Quero crer que foi essa a fórmula que Peggy escolheu para responder a meu e-mail de ontem. Ela me responde com uma mensagem de fundo falso, na verdade uma grosseria com a qual tenta me dizer que sabe que dependo, de alguma forma, de minha mulher. Mas também pode ser que nada disso que imagino tenha a ver com o que está acontecendo e talvez Peggy ainda nem tenha lido meu e-mail. Na verdade, houve um momento hoje de tarde em que decidi parar de pensar nesse assunto e mudei o rumo de meus pensamentos e me dediquei a ler críticas da apresentação de Bob Dylan ontem à noite em Barcelona. A primeira música que ele interpretou foi "Things Have Changed", canção que compôs para o filme *Wonder Boys* e que, dizem, cantou sem se mover.

8

Almocei na casa de Julia, repeti uma das visitas que mais devo ter feito na vida, porque já não sei quantas vezes fui almoçar na casa de minha irmã. Mas a visita de hoje foi um pouco diferente. Primeiro, por essa síndrome do tema da repetição que parece ter se tornado parte de minha própria natureza e que me fez sentir, já dentro de casa, o peso de todos os encontros que aconteceram ali ao longo do tempo. E, segundo, porque notei uma coisa que antes me passara despercebida: minha irmã mais velha não escreve, seu marido tampouco escreve, isso sem falar de minha outra irmã, Laura, ou de meus três filhos — todos debruçados sobre negócios prósperos —, nem meus pais nem meus avós nunca escreveram, e não há nenhum parente próximo que tenha tido tentações literárias.

Isso me fez notar que só estou há uma semana com este diário e já comecei a prestar atenção em histórias que até agora não me interessavam. Por exemplo, pensei que a síndrome faz fronteira com aquele gênero que poderia se chamar de "ficção da repetição".

Antes eu não pensava nessas coisas. Já na casa de Julia, imaginei que ela me perguntava o que ando fazendo agora que fiquei tão inativo, e eu respondia:

— Ficções da repetição.

Mistério para Julia, e em parte também para mim, que não conseguia saber em que consistiria, exatamente, esse possível novo gênero.

Mas minha irmã não é das que perguntam "o que você está fazendo agora que não está fazendo nada", então comecei a pensar numa coisa que parece mais banal, mas que é bem importante: a extraordinária qualidade das sopas que, mesmo agora no verão (quando tem gaspacho, como hoje), minha irmã me prepara há muitos anos. Essa é realmente uma verdade incontestável: elas são boas de verdade. São uma delícia, sempre foram. E também são, como disse a grande Wisława Szymborska quando falou de sua família (uma família também ágrafa, como a minha), "sopas extraordinárias, que a gente pode tomar com a tranquilidade de saber que em nenhum momento nenhuma delas trará o risco de se derramar sobre algum frágil manuscrito".

Bebi demais no lar dos que vivem sem literatura, na casa de Julia e de seu marido. E acabei à beira do ridículo, ainda que, por sorte, não tenha caído nele totalmente, pois soube me conter a tempo e não disse para Julia — numa linguagem meio confusa que agora espero poder reproduzir aqui — que eu a via como se ela fosse um grande rio e como se sua súbita condição de poderosa corrente de água e não de irmã a estivesse transformando, a meus olhos, na mais justa e precisa imagem do curso de minha vida, como se ela e seu caudal condensassem minha experiência e meu destino, ambas as impressões muito relacionadas a nossa excursão preferida da infância, aquela navegação feliz na qual, de barca, seguíamos o curso do Garona, em nossos verões pirenaicos, quando eu quase desmaiava se via restos de carne nos pratos...

Por sorte percebi a tempo que dizer tudo isso para Julia para dar um tom literário à minha visita era uma coisa tão enlouquecida quanto confusa, e que, além disso, delatava claramente tanto minha falta de equilíbrio por ter perdido o negócio como minha tendência cada dia mais excessiva de beber quando estou em sua casa, sem contar minha tendência às frases longas e intrincadas que há alguns dias creio que digo apenas com a intenção de memorizá-las e depois passá-las para o diário, o que no fim, felizmente, nunca faço.

Então me segurei e a costumeira refeição fraternal foi celebrada em paz, ainda que de uma forma estranha, porque realmente bebi além da conta.

Agora vejo, retrospectivamente, a última cena da minha despedida: mudo, imóvel, me despedindo em silêncio no patamar da escada, e depois esperando as portas metálicas do elevador se fecharem e, assim que elas se fecham, por causa da bebida ingerida em excesso, chorando em silêncio enquanto falo sozinho: somos irmãos, mas minhas palavras sempre acabam me parecendo uma espécie de acontecimento metafísico que ela nunca conseguirá conhecer plenamente. E vice-versa. Não importa quanto a gente viva, não importa quanto a gente ame, permanecemos sempre confinados em cada um de nós mesmos. E olha que somos irmãos.

[PUTORÓSCOPO 8]

"Não é um bom momento para fazer valer suas propostas nem para travar relações importantes, pois encontrará obstáculos", diz Peggy Day.

Ela sugere que não me relacione com ela agora? Ou se refere a essa pessoa com a qual comecei a cultivar "uma relação que deve me levar a grandes coisas", e então talvez queira dizer que eu espere um tempo para anunciá-la e assim me poupar de problemas?

Escrever aquele e-mail para ela me deixou, de certa forma, mais do que nunca à mercê de seus vaticínios e, naturalmente, o mais provável é que eu mesmo tenha começado a virar uma espécie de Lidia de Cadaqués, interpretando, enlouquecido, os oráculos de Peggy como uma resposta diária ao e-mail que em má hora lhe enviei.

É verdade que isso também me diverte. Mas, no fim, a festa sempre acaba me deixando angustiado. Há pouco, olhei pela janela e controlei imaginariamente os movimentos dos poucos transeuntes que passam às dez da noite embaixo de casa. Acho que Carmen já está mais do que acostumada a me ver na janela a esta hora e a pensar que minhas varreduras visuais do exterior são consequência da ociosidade e da desorientação que ela pensa que me dominam desde que me desviei daquela linha falsamente sólida de meus negócios.

É muito injusto ela pensar assim. Fico olhando tempo demais pela janela, perdido, e pareço desorientado? Certo, mas isso pode acontecer com qualquer um. Tem momentos em que me perco, instantes em que não sei o que fazer, só isso. Mas tem certas horas, claro, em que eu não poderia estar mais ocupado. Um minuto atrás, por exemplo, não poderia estar mais ocupado quando, de minha janela, imaginei que entrava em contato com Sánchez em plena rua e lhe perguntava sobre o segundo relato (ou capítulo) de seu romance, sobre o conto "Duelo de caretas"; interrogava-o acerca de alguns aspectos da história que tinham me intrigado.

E eis que esta manhã, antes de ir para a casa de minha irmã, fiquei lendo "Duelo de caretas" e comprovei que ele realmente tem um quê de Djuna Barnes. Esta escritora, hoje pouco lida, esteve em voga na Espanha em meados dos anos 80, e até me lembro de que foi debatida em alguns suplementos, especialmente no do *El País*, no qual o crítico Azancot a tachou de lésbica e disse que ela devia sua fama tão imerecida ao apoio dado por T.S. Eliot. Essa crítica fabricada com bílis negra era um prenúncio dos tempos que viriam, os tempos das redes sociais, em que, como escreveu há pouco Fernando Aramburu, se castigam os criadores pela pretensão de terem buscado a felicidade no exercício público da imaginação e da palavra.

Mas Sánchez não deve ter dado nenhuma atenção às críticas a essa autora porque a incluiu, sem problemas, em seu livro. Li Djuna Barnes naquela época e minha lembrança é boa: tem uma elegância de estilo que combina giros arcaicos com cadências inovadoras. Quando trocou a noite (que a deixara doente, alcoolizada) pela serenidade do dia, tornou-se perfeccionista, e dizem que trabalhava até oito horas por dia durante três ou quatro dias para elaborar duas ou três linhas de um poema. Aos noventa anos, deixou-se morrer de inanição. Fietta Jarque, que escreveu sobre ela, disse que nunca se soube se ela parou de comer por esquecimento ou se seu jejum foi voluntário. O fato é que parece que ela quis partir como quem enfrenta o amanhecer.

&

Eu diria que "Duelo de caretas" rememora um relato de Djuna Barnes, não consigo me lembrar do título, mas é um conto que acho que li tempos atrás. Nele, Barnes narrava o horror de uma mãe ao constatar que tinha parido um filho que já se via que, do ponto de vista ético, acabaria sendo um sujeito imoral, maligno, tão horrível, no fundo, quanto ela. A epígrafe de Barnes que Sánchez escolheu para abrir "Duelo de caretas" não entra nessas questões morais, mas revela um notável desprezo pela figura de um filho. Uma das frases desse conto até poderia ser esta: "Meu herdeiro tem a mesma personalidade que um rato perdido numa gota d'água".

Em "Duelo de caretas", o ventríloquo — logo se percebe que é o mesmo narrador do primeiro conto e que, portanto, há certa continuidade entre um relato e outro — visita um filho que não vê há vinte anos e, quando descobre que ele é um sujeitinho horripilante — "Por que, santo Deus, a gente se empenha em perpetuar a mais que imperfeita condição humana?" —, descobre também ser assustador que, apesar de sermos todos conscientes de que o mundo é uma merda, sigamos adiante como se nada estivesse acontecendo, ou seja, continuamos tendo filhos, "seres que só vêm aumentar o número de monstros que povoam o planeta Terra", continuamos ali "fazendo parte das incessantes fileiras de seres imprestáveis que vêm, desde o início dos tempos, morrer sem parar diante de nós, e apesar de tudo isso todos nós continuamos ali, impávidos, esperando pelo que der e vier, sabendo que nada temos a esperar...".

"Duelo de caretas" é um conto no qual já se insinuam alguns elementos que pouco a pouco irão adquirir importância na leve trama policial que atravessa o romance. Um deles — que aparece de passagem nesse relato, e só lateralmente, quase sem chamar atenção — é a sombrinha de Java, esse curioso artefato com o qual o ventríloquo vai mais tarde assassinar o barbeiro de Sevilha.

Em certo momento, o filho agride verbalmente o pai e diz que já está farto:

— Você me cansa, pai. Eu sou poeta e você é só um ventríloquo desempregado, abalado pelo mau humor e pelo fracasso,

67

e ainda por cima pela raiva que tem dos ventríloquos que se dão bem, os quais, tenho certeza, você quer comer vivos.

Em sua resposta, o pai demonstra um misto de sábia calma e de humor:

— Não se preocupe, vou pedir que aumentem nosso salário.

É uma resposta que parece não ter relação com o que o filho disse, embora certamente tenha, porque dela se deduz que o filho também não ganha nada; também é um homem sem salário, que carrega o fracasso paterno.

Um pouco mais tarde, ensurdecidos pelo barulho dos helicópteros que vão abafar o incêndio de um bosque próximo, vemos pai e filho refugiados — de uma forma ao mesmo tempo tão trágica e tão cômica — no sótão da casa de um vizinho. Ali eles se transformam em impressionantes duelistas de caretas.

Escreve o ventríloquo: "Meu filho gostou muito da ideia do combate e também das regras do jogo: tínhamos de levar até o limite nossas caretas mais pessoais, individuais e íntimas, levar até o final as mais ferinas e esmagadoras, sem jamais amenizá-las".

No fim o pai se revela o mais *careteiro*. E seu último trejeito, quando estira a boca com os dedos e todos os seus dentes pulam para fora, ao mesmo tempo que com os polegares faz os olhos saltarem, é tão monstruoso que seu pobre filho, seu pobre oponente, não consegue encontrar uma careta mais pavorosa, e se rende. Já não estão pau a pau. O vencedor é o Monstro mais velho, Walter.

De noite o filho, triste e perdido e perdedor, sentindo-se cada vez mais afetado pela derrota, de repente parece estar passeando por um mundo negro muito escuro, por um território de medo e desconfiança, e empaca numa frase de forma tão penosa que passa a repeti-la como um papagaio doente. O narrador, por sua vez, parece que de repente começa a desvairar, ou a falar dormindo, talvez tenha tomado alguma poção ou bebido em excesso.

Mas a única coisa que acontece é que nos vemos em pleno momento "mareante". É fácil descobrir esses momentos, os cansativos altos e baixos no romance de Sánchez, porque, se bem me lembro, todos esses instantes caem como chumbo sobre o desprevenido leitor, são intervalos — compostos, em geral, por várias frases —, cujo desleixo e desatino são de um peso e de um desconforto tão grandes que se tornam constrangedores para o leitor. Finalmente, tendo deixado para trás a batalha por levar aos limites as caretas mais pessoais de Walter e Walter Jr. e já tendo passado pelos "momentos mareantes", chegamos à cena final do conto, na qual observamos que o problema do ventríloquo, de dispor de uma só e única voz, pode ter sido facilmente herdado por seu filho, especialista, entre outras coisas, em vez por outra ficar travado numa única frase.

Não me lembrava, na leitura anterior que fiz do conto, dessa cena final, e ao chegar a ela me surpreendeu dar com esse obsessivo "episódio de repetição", ou seja, com a angustiante frase do papagaio doente que o filho horripilante tanto repete e que me fez pensar na sequência mais conhecida de *O iluminado*, de Stanley Kubrick, aquela em que confirmamos o desequilíbrio mental de Jack Torrance. É um momento de terror metafísico. Wendy se aproxima para espiar o que o marido está escrevendo e descobre que ele ficou teclando compulsivamente uma frase feita na qual empacou e que repete de forma insistente e perturbadora: *"All work and no play makes Jack a dull boy"*.

A frase na qual de vez em quando o filho do ventríloquo fica travado, e que em determinado momento ele repete até quatro vezes seguidas, é esta:

Não haveria sombra se o sol não estivesse brilhando.
Não haveria sombra se o sol não estivesse brilhando.
Não haveria sombra se o sol não estivesse brilhando.
Não haveria sombra se o sol não estivesse brilhando.

9

Nada mais singular do que um vizinho. Um deles matar o outro é moeda corrente em nossos noticiários, bem como um vizinho de ambos dizer que o inesperado criminoso era a pessoa mais normal do mundo. Outro dia alguém foi mais longe e disse na TV que o assassino de sua escadaria sempre lhe parecera "um vizinho muito natural". Depois de ouvi-lo, me lembrei de que morrer é uma lei da natureza e me perguntei se é possível morrer com naturalidade se um vizinho natural nos matar.

Uma lei do regime de Vichy proibia os judeus de ter um gato. O gato dos pais de Christian Boltanski um dia mijou no tapete do terraço dos vizinhos. De noite eles, que eram pessoas muito educadas e gentis, tocaram a campainha e disseram que ou eles matavam o gato ou seriam denunciados à Gestapo, pois sabiam que eram judeus.

O inferno são os vizinhos. Me lembro dos Ezkeitia, uns amigos de Bilbao que tinham acabado de se casar e se instalaram despreocupadamente em seu primeiro apartamento e não demoraram a ouvir uns barulhos esquisitos vindos do outro lado da parede. No apartamento contíguo toda noite acontecia uma cerimônia estranha, que poderíamos chamar de "repetição constante do incompreensível": ouviam-se risadas pavorosas, ruído de serras elétricas, grasnidos de corvos e gritos de terror. Nem mesmo quando ficaram sabendo que os vizinhos, com os primitivos efeitos especiais da época, gravavam contos de terror para a rádio, eles se acalmaram. Os vizinhos sempre inspiram medo, mesmo que tenham explicação para tudo.

[PUTORÓSCOPO 9]

O oráculo de hoje de Peggy Day diz que "uma culpa que vem se arrastando há anos hoje pode lhe causar muitos problemas".

É surpreendente, mas o que os outros arianos devem pensar ao ler esse prognóstico que, arrisco dizer, desconfio ser dirigido a mim? Não posso deixar de pensar que Peggy, que certamente recebeu meu e-mail, está me exigindo desculpas por ter sumido de forma tão drástica no final daquele verão em S'Agaró.

Nunca saberei por que agi daquela forma no último dia daquele agosto. Talvez quisesse imitar o Irredutível, um colega de turma, o mais admirado por todos, que se separou da namorada sem dar explicações também no final daquele verão. O Irredutível literalmente fugiu da namorada, sem que nunca se soubesse o motivo daquele gesto tão abrupto. E acho que o que aconteceu é que copiei aquele movimento estranho dele, deve ter me parecido uma decisão imitável, por parecer bem masculina. O fato é que não compareci ao último encontro do verão com Juanita Lopesbaño e nunca mais a vi na vida. Certa vez, pensei que ela estivesse à minha frente numa igreja em Módena, mas eu estava redondamente enganado. Suas costas, sua figura, principalmente seu traseiro, eram muito parecidos, mas foi uma decepção me deparar — bem ali onde esperava ver o rosto marilynesco da Bomba, era como a chamávamos — com o rosto de uma frígida desconhecida de expressão macilenta. Vez por outra volto àquela minha repentina fuga sem sentido e não tem como eu conseguir compreendê-la. E, como sei que jamais saberei compreendê-la, penso que esse pode ter sido, perfeitamente, o gesto que inaugurou minha relação com o incompreensível. Eu me comportei de uma forma difícil de explicar. Fugi, e magoei uma boa garota.

No entanto, não sou culpado.

&

Viemos ao mundo para repetir o que aqueles que nos antecederam também repetiram. Houve avanços técnicos, pretensamente importantes, mas no quesito humano continuamos idênticos, com os mesmos defeitos e problemas. Imitamos, sem saber, o que aqueles que nos precederam tentaram fazer. São apenas tentativas e bem poucas realizações, as quais, ainda por cima, quando ocorrem são sempre de segunda linha. Fala-se de novas gerações, a cada dez ou quinze anos, mas, quando se analisam essas gerações, que à primeira vista parecem diferentes, vemos que apenas repetem que é urgente e necessário suprimir a precedente e, por via das dúvidas, também a que precedeu a precedente, que em sua época, aliás, tentou apagar a que por sua vez a precedia. É estranho, nenhuma geração quer se colocar às margens do Grande Caminho, mas apenas no centro ocupado pela anterior. Devem pensar que fora disso não há nada, e pensar assim os leva a imitar e a repetir a aventura daqueles que no início desprezavam. E, assim por diante, não há uma só geração que tenha se situado à margem, que tenha dito, quase em bloco: isso não é pra nós, fiquem aí. Os jovens chegam e logo, da noite para o dia, desaparecem sigilosamente, já velhos. Quando fogem do mundo, se afundam, e afundam as próprias lembranças, e morrem, ou morrem e afundam suas lembranças, já mortos desde que nasceram. Nisso não há exceção à regra, nisso todos se imitam. Como diz um epitáfio numa tumba do cemitério da Cornualha, na Inglaterra: "Vamos todos morrer?/ Todos vamos morrer./ Todos morrer vamos./ Morrer vamos todos".

10

É preciso imaginar um Borges totalmente à deriva como contista e, além disso, muito alcoolizado — que eu saiba, ele nem bebia — se quisermos acreditar que há pelo menos um eco de sua voz por trás do narrador de "Todo o teatro ri", esse terceiro capítulo de *Walter e seu contratempo* que é também um conto que, como todos os do livro, pode ser lido de forma independente. Ainda que esse seja, sem sombra de dúvida, o capítulo que menos convém ser desligado do restante do livro, porque, diferentemente dos outros, que por vezes estão menos ligados à coluna vertebral das memórias, "Todo o teatro ri" contém a cena do crime, momento imprescindível do livro, se quisermos que a autobiografia oblíqua do ventríloquo faça um mínimo de sentido.

Sem a citação de Borges no começo — "Chego a meu centro, a minha álgebra e minha chave, a meu espelho. Logo saberei quem sou" —, acho que eu não teria percebido, em nenhum momento, que o autor argentino foi o inspirador de "Todo o teatro ri". Mas a epígrafe me informou que eu encontraria Borges no relato. Não posso dizer que o tenha encontrado muito. Na verdade, acho que Borges não está, de maneira nenhuma, por trás do narrador, ainda que, se quisesse ser um pouco indulgente, eu pudesse dizer que o encontrei no uso de estereótipos dramáticos sutilmente parodiados e também no fato de que a narração condensa a vida de um homem numa única cena que define seu destino. Nessa cena única, o artista Walter chega a seu centro, chega à cena mais crucial de sua vida. E compreende que vai partir, vai fugir e se esconder. Essa cena única, que se passa num teatro de Lisboa, é contada pelo próprio ventríloquo, que nem sempre, se não me engano, será o narrador óbvio dos contos do livro. No quarto capítulo, no relato "Algo em mente", se bem me lembro não era Walter quem narrava; espero comprovar isso quando o tiver em mãos para relê-lo.

Em todo caso, em "Todo o teatro ri" é evidentemente o ventríloquo que, na moldura frágil de suas memórias, nos conta a breve história de sua repentina despedida dos palcos. Um adeus bem inesperado para seus admiradores, mas que imaginamos que se justifica, pois o próprio Walter insinua que se continuasse em Lisboa depois de seu último espetáculo teatral estaria se arriscando a passar o resto da vida atrás das grades.

Que crime ele pode ter cometido? Entrevemos que alguma coisa aconteceu naquela mesma noite, num beco da cidade, mas ainda não encontraram o morto, ainda não deram com o corpo do barbeiro, com o cadáver do Rapabarbas (apelido pelo qual Walter o conhece). Mas toda essa história do crime, que a polícia lisboeta ainda não descobriu, em nenhum momento nos é contada por Walter; só se depreende e deduzimos do que ele, como narrador, vai dando a entender por alto.

O que o ventríloquo nos conta — utilizando o presente como tempo verbal — é a forma ridícula pela qual, ao chegar provavelmente ao centro de sua vida e à sua álgebra, ao se dispor a fugir para finalmente descobrir quem é em algum lugar distante do mundo, ele vai perdendo o controle diante de seu público ao longo de uma cena muito tensa na qual, de improviso, se dedica a contar, com a valiosa ajuda de seu boneco Sansón, a patética história de sua paixão por sua ajudante Francesca.

É uma cena memorável, na qual Walter se põe a chorar de verdade em cima do palco pelo amor perdido, contando tudo, menos que acaba de assassinar o barbeiro, o amante de seu amor, motivo pelo qual ele deve deixar a cidade naquela mesma noite.

Há em todo o conto um prazer extraordinário em ficar divagando sobre a ideia de se despedir do modo mais teatral possível. Seu comovente e aterrador adeus aos palcos e a tudo — sabe que quando a função terminar fugirá como se tivesse asas nos pés — tem início com uma involuntária nota falsa de sua voz, um tom desafinado que lhe escapa quando tenta começar a falar para dizer que está indo embora, que vai se aposentar dos palcos.

É um medonho tom desafinado quase idêntico ao que emitia diante de seus alunos o severo professor Unrat de *O anjo azul*, aquele homem que caía num caminho de perdição sem retorno quando a cortesã Lola-Lola o deixava apaixonado só para poder acabar com sua dignidade. Mas o paralelismo com Unrat não passa daí, porque, no demais, Walter é diferente do professor alemão. Walter é latino e, mesmo sem nos dizer isso claramente, permeia sua conversa teatral com Sansón de indícios emotivos que nos farão pensar que, por mais horroroso que isso seja, a verdade é que ele cometeu um crime e nessa mesma noite mandou para os quintos dos infernos— num beco perdido na cidade — o barbeiro que lhe roubou Francesca.

Em poucas horas Walter vai partir para bem longe, não só por motivos de força maior, mas também porque já não se interessa por nada desde que Francesca, sua bela ajudante italiana, o enganou com o maldito Rapabarbas. E também porque o en-

76

gano o tirou do sério e o fez acreditar, ao longo da última hora, que é totalmente normal conversar e discutir — em voz alta no camarim e depois sobre o tablado — com o boneco Sansón.

Walter vai contando ao público, seu público cativo, com uma dramaticidade sem limites, ainda que sempre de forma oblíqua, sua história de amor interrompida. E para isso se vale da ajuda de seu "íntimo" Sansón, que no palco, entre as risadas frenéticas da plateia, dedica-se a corrigir minuciosamente as palavras de seu dono e a tentar fazer com que de alguma forma ele fique mais próximo da verdade da história que está contando, algo que Walter não pode fazer, de jeito nenhum, se não quiser cometer um erro suicida.

Boa parte do público que lota o teatro e que ainda não reparou no que realmente está acontecendo ali finalmente percebe, de repente, como a outra metade da plateia já percebeu, que o ventríloquo está representando ao vivo um episódio muito dramático e verdadeiro de sua existência — episódio que ocorre ao mesmo tempo em que é representado —, e então essa outra metade se une à parte do público que já estava consciente do drama, e todo o teatro cai num abismo de risadas e aflições que se revezam e parecem andar entrelaçadas.

— Seu delírio — Sansón o faz lembrar, com uma voz sumamente teatral — começou quando você era apenas amável e carinhoso com Francesca, quando lhe falava com minha voz, entende?, com minha voz, não com a sua. Pois quando você falava com ela era numa língua inventada que sempre soava agressiva e cruel.

— Eu, agressivo? — diz com uma voz tão raivosa que o público não consegue se conter e cai na risada.

— Francesca ficou mal por se sentir bem tratada por mim e, ao contrário, tão desprezada por você. A relação se deteriorou por causa disso e porque toda hora você a acusava de não cuidar direito do camarim, de suas roupas, das caixas onde guarda os bonecos, onde guarda todos nós.

— Não é bem assim, Sansón, você está assustando o público...

— E você também a acusava de seu declínio como artista, e isso foi muito injusto, não só injusto, foi o fim da picada. Até que ela se cansou, Walter, ela se cansou mesmo e foi embora com outro. Você a perdeu, e eu não achei estranho que você a perdesse, sempre com seu açoite e sua loucura, falando que nós bonecos dormíamos mal porque ela não cuidava de nós como era obrigação dela.

— Francesca não me abandonou, não foi embora — tenta desmentir Walter, enérgico, desesperado. — Em todo caso, eu a despedi, ela fazia mal seu trabalho de assistente. E ela compreendeu que era melhor ir embora, ir embora — grita cada vez mais forte —, e finalmente desapareceu entre as sombras nacaradas do camarim...

— Nunca houve sombras nacaradas no camarim — Sansón o corrige.

Todo o teatro ri.

E numa tentativa louca e desesperada de que o público transforme sua risada em choro contundente, Walter entoa duas estrofes da música que cantara algumas horas antes para Francesca e para o Rapabarbas, quando os surpreendeu em plena função teatral num cabaré ao sul de Lisboa e soube que iam se casar: "Não se case com ela, que foi beijada./ Pois seu amante a beijou quando a amava".

Ao cantar de forma tão visivelmente torcida e perturbada, Walter desafina de novo e todo o teatro ri à larga. A nota não é, na verdade, desafinada, nem é exatamente uma nota, mas um grito desesperado e ridículo, um grito de angústia e de puro desvario que faz o público rir desenfreado.

Pouco depois, Walter decide — furioso, talvez, com a falta

de sensibilidade dos espectadores — parar de rodeios e se despedir, em seu nome e no de Sansón, do "respeitável público".

Sansón se rebela e acrescenta umas palavras de última hora, antes que ele e seu dono saiam de cena.

— Tendências assassinas muito evidentes — diz, como se quisesse delatar seu amo e senhor.

Por um momento, quando já está saindo, Walter tem a sensação de que por entre a barra de sua túnica desponta, amarrada a uma liga que tem no tornozelo, a pequena adaga que havia pouco estava camuflada na ponta da sombrinha de Java. Mas se acalma ao pensar que ninguém do público, nem mesmo a mente mais imaginativa da plateia, pode suspeitar que há nessa adaga resíduos de um cianureto letal.

11

Percebo que ultimamente me acontecem coisas que considero muito mais narráveis do que antes, quando não estava escrevendo o diário e vivia mergulhado na eterna monotonia do real e, mais concretamente, na entediante voragem do mundo da construção de apartamentos, no dia a dia do negócio, sempre mergulhado nas planuras cinzentas do cotidiano.

Hoje, por exemplo, me aconteceu uma coisa que logo vi que iria parar no diário. Não tinha nada a ver com o tema da repetição, e talvez até por isso eu tenha gostado mais, porque permitia que eu me afastasse daquela questão repetitiva e, por momentos, viesse à tona pelo menos para respirar, ainda que pelo simples fato de respirar eu também estivesse me repetindo.

Aconteceu na frente da banca de jornal na qual brilha, com seu charme e exuberância física, a simpática jornaleira e onde todo dia vou comprar os jornais. As horas transcorriam com a normalidade desejável de sempre quando vi, espantado, vindo direto em minha direção, com a mão estendida, um cidadão de

80

feições quadradas — um pedestre cubista, logo pensei —, um senhor com diferentes tons de pele nos braços, feio de doer.

Senti uma rápida e forte repulsa ao apertar a mão daquele monstro — tinha uma tatuagem —, mas fazer o quê, evitá-la teria dificultado as coisas.

— É uma satisfação poder cumprimentá-lo, finalmente — disse o pedestre de traços quadrados. — E também é uma sincera satisfação tê-lo visto ontem na TV.

Que eu saiba, nunca apareci na TV, então acho que o homem da mão tatuada só podia estar enganado, ou louco, talvez.

— Você foi muito bem ontem — insistiu — e me encheu de orgulho. Afinal, estudamos juntos nos jesuítas. Meu nome é Boluda.

O sobrenome de início me enganou, pois há quarenta anos procuro um Boluda que foi meu amigo no colégio. Mas logo vi que era difícil, para não dizer impossível, que aquele sujeito — sua configuração física o impedia — fosse quem eu procurava, ainda que pudesse ser — havia muitos Boludas na escola — seu irmão ou seu primo.

O pedestre de traços quadrados começou a lembrar o nome dos padres e professores mais carismáticos do colégio, o que me permitiu comprovar que ele efetivamente havia estudado comigo e que seu único erro — perdoável — era pensar que eu tinha aparecido na TV.

O fato é que comecei a gostar de tê-lo encontrado, porque vi que — eu raras vezes tinha essa oportunidade — poderia aferir com alguém a força real de algumas emoções de outros tempos.

Eu me lembrava do padre Corral? A pergunta de Boluda me permitiu espraiar-me em minhas lembranças daquele professor incompreendido que nas aulas lia poemas medievais para a gente. E quando, pouco depois, surgiu o nome do padre Guevara,

81

não demorei a associá-lo a um sacerdote que assediava os meninos e que se suicidou numa madrugada de cerração se atirando do telhado daquele edifício sórdido no pátio da escola... Aquele assunto daria margem a muitos comentários, mas Boluda preferiu virar a página o quanto antes e, um pouco nervoso, evocou o padre Benítez, o mais humano e o único que levara uma vida de mulherengo antes de entrar no colégio, sempre tão queimado de sol e tão exigente nas aulas de ginástica.

Mas claro que eu me lembrava dele. Estava cada vez mais animado, mas Boluda não acompanhava minha alegria e eu logo soube do triste motivo: o padre Benítez sempre tentara ridicularizá-lo ou efeminá-lo perante os outros, dizendo na aula de ginástica que ele era um menino saído de um quadro de Murillo.

Mas isso era muito estranho, pensei, porque parecia impossível que Boluda um dia tivesse tido traços suficientemente finos para que alguém pudesse pensar que ele parecia um anjinho pintado por Murillo...

Alguma coisa não estava indo bem, e começou a ficar pior quando descobri que o pedestre cubista esteve sempre cinco anos atrás de mim e, portanto, eu nunca o vira em minha vida, pois no colégio nunca prestava atenção nos estudantezinhos dos anos inferiores.

Fiquei indignado, primeiro em silêncio. Se tivesse dito isso antes, eu não teria perdido meu tempo com ele. Fiquei bravo, com raiva, e no fim não consegui me segurar — sempre me falou ao coração tudo o que se refere a minhas sagradas lembranças do colégio — e o repreendi por ter sido suficientemente ambíguo para me passar a falsa impressão de que tínhamos sido colegas de classe. Como ele se atreveu a me fazer perder tempo daquele jeito, além do mais sendo tão feio? Tão o quê?, perguntou, incrédulo. Tão gordo, tão feio, falei, ou repeti. Impassível, ele quis saber se eu achava que estava magrinho — ele disse "magrinho" — e se eu achava que não dava pra notar que me faltava meio cérebro.

Meio cérebro? Ele se incomodou tanto assim por eu chamá--lo de feio? Sim, meio cérebro, disse, deu pra ver perfeitamente na TV ontem, quando você falou que saímos da crise.

— Mas que TV e que crise e que raios de Boluda você é?! — senti-me obrigado a dizer.

Impassível e também teimoso, quis saber se eu me orgulhava de mentir na TV. Porque então ele achava, disse, que também tinha o direito de introduzir falsidades no que me dizia e por isso, por exemplo, me dissera que eu estava gordo, quando não estou, embora também fosse verdade que eu também não podia ser considerado magro.

— Por acaso — disse levantando muito a voz — você acha que só você, o filhinho de papai, tem permissão para mentir aqui?

O filhinho de papai?

A luta de classes chegou ao Coyote?

— A gente chamava o padre Corral — falei — de Frango, assim mesmo, Frango, lembra?

Ele estava tão fora de si, tão irritado que foi embora de repente, com rápidas pernadas de imberbe, e me deixou falando sozinho; me deixou perplexo, atônito, meio abobado, arrasado para além da banca de jornal e da vida.

— Frango! — gritei bem forte, para ver se conseguia fazer que ele se sentisse aludido e humilhado.

Mas ele já tinha dobrado a esquina, deixando só uma espécie de rastro no ar, de rastro humano de traços quadrados; cubista, eu poderia jurar.

[PUTORÓSCOPO 11]

"Facilidade para agilizar questões favoráveis à família ou ao lar, certamente graças a uma comunicação melhor."

É como se Peggy Day estivesse me dizendo: "Volte os olhos para o lar, doce lar, e me deixe em paz, Mac".

Puto horóscopo!

&

Eu descobria em La Súbita — ou melhor: num pesadelo do qual acabo de sair — que Peggy Day tinha publicado um diário pessoal de sete mil páginas: anotações filosóficas, descrições vívidas de um dia no campo, narrativas pinceladas de personagens reais, detalhes do círculo familiar, coisas que lhe aconteciam na rua, preocupações com a saúde, angústia crescente por seu futuro, prosas atormentadas da insônia, divagações ociosas, lembranças de todo tipo — sem que eu aparecesse em nenhuma delas —, narrativas de viagens, aforismos, até comentários sobre beisebol (isso deve ter me deixado tão desconcertado que acordei de repente).

12

"Todo o teatro ri" é um relato que eu poderia ler muitas vezes sem me cansar muito porque, exceto o "momento mareante" — o desse conto, um trecho confuso como ele só, é particularmente insuportável —, contém um belo convite para tomarmos a decisão de nossa vida: uma fuga radical. Fugas desse tipo são sempre sedutoras e não queremos renunciar a elas, nunca, mesmo que na hora da verdade sempre acabemos dando para trás e escolhendo a costumeira calma de nossa vida chata de cidade. Mas se ainda vivemos com certa alegria é por sabermos que, por mais tarde que seja, ainda não perdemos a oportunidade de largar tudo e dar o fora. Isso não impede que eu prefira aquelas despedidas menos sonhadoras, bem diferentes. Certa vez li algo sobre a tradição do *sans adieu* (sem adeus), expressão que na linguagem coloquial espanhola do século XVIII se traduziu por "despedir-se à francesa" e que ainda hoje serve para reprovar alguém que tenha se mandado de um lugar sem se despedir, sem nenhum gesto; parece que ir embora dessa forma é uma má ação quando, no fundo, ir em-

85

bora de uma reunião sem dizer um só tchau é muito mais refinado e educado do que o contrário, talvez porque ainda me lembre dos dias em que, tendo bebido além da conta, eu me esforçava de forma ridícula para me despedir de todo mundo, quando na verdade teria sido mais conveniente fazer uma retirada discreta e não ser visto tão reiteradamente naquele péssimo estado.

O *sans adieu* esteve na moda ao longo do século XVIII entre a gente da alta sociedade da França, quando virou um hábito alguém se retirar sem se despedir do salão onde acontecia um sarau; se retirar sem sequer se despedir dos anfitriões. Esse hábito chegou a ser tão bem-visto que o contrário foi considerado um traço de má educação, cumprimentar no momento de ir embora. Todo mundo achava bom que uma pessoa, por exemplo, desse sinais de impaciência para dar a entender que não havia mais remédio senão ir embora, mas, se ela resolvesse se despedir quando finalmente estava saindo, pegava muito mal.

Sair de cena me parece a forma mais elegante de partir. Como Walter fez em Lisboa, por exemplo. Porque ir embora sem empregar a consabida fórmula não indica senão a imensa satisfação que nos dá a companhia com quem estamos e à qual temos intenção de voltar. Em outras palavras, vamos embora sem dizer palavra porque dizer adeus significaria uma mostra de desagrado e rompimento. É uma coisa que hoje infalivelmente me leva a pensar em como desapareci de forma tão abrupta da vida de Juanita Lopesbaño. Pisei na bola com ela. Mas hoje, quarenta anos depois, de nada adiantaria eu lhe dizer que não me despedi para que não pensasse que lhe mandava sinais de desagrado e rompimento. Não, de nada adiantaria. Além disso, ela decerto não ia acreditar em mim. Como poderia, se nem eu consigo acreditar, eu que sei muito bem que naquela época desconhecia as sutilezas do *sans adieu*? Fui embora sem saber por quê, por um impulso obscuro, descontrolado, talvez por um anseio insuperável de partir.

"Todo o teatro ri" é, de fato, um relato que eu poderia ler muitas vezes sem me cansar demais, porque, além do mais, tem a vantagem de ter Lisboa inteira dentro dele. Acho fascinante o clima trágico que Sánchez criou ao redor do grande adeus de Walter. E também é fascinante que esse clima de crime e fatalidade tenha como pano de fundo uma cidade tão apropriada para algo assim como Lisboa, da qual eu lembro que um amigo dizia que era preciso vê-la completa, de repente, na primeira luz do amanhecer, e depois chorar. E outro, que também era amigo, dizia uma coisa completamente diferente: que era preciso vê-la inteira no tempo que dura um sorriso mínimo, justo quando se pode ver o último e fugaz reflexo de sol sobre a rua da Prata.

Aconteceu comigo e sei que aconteceu com outros: a primeira vez que estive em Lisboa tive a impressão de já ter vivido lá; não sabia quando, não fazia a menor ideia, mas já estivera naquela cidade antes de jamais ter estado lá.

— Lisboa para viver e para matar — diz a voz.

Não preciso comprovar: é a voz do morto que se aloja em minha cabeça.

[PUTORÓSCOPO 12]

Prosa ao cair da tarde. Depois de um longo passeio pelo bairro e seus arredores, pois hoje fui além dos limites razoáveis do Coyote, voltei para casa exausto, e, seguindo um velho hábito, acendi mentalmente meu cachimbo — o que significa que "acendi a chaminé da minha mente", como dizia minha mãe — e comecei a pensar um pouco no meu antigo desejo de um dia ir embora para muito longe, e também em meu empenho quase constante de que este diário não seja um romance.

Depois tomei alguns drinques e comecei a cismar se hoje também devia consultar o horóscopo. Finalmente decidi que ia ver o que Juanita dizia naquela maldita página. Mas bem nesse momento sua resposta a minha mensagem do outro dia entrou no meu e-mail. Não é preciso dizer que eu não a esperava. Deparei com um texto meio engraçado, frívolo, talvez zombeteiro, de cartão-postal, desconcertante: "Tempo irretocável. Tudo divino. Duro *far niente* e muito *hula hoop*. E às vezes *surf*. Tchau, seu bobo".

Posso entender, mas não muito, por que me enganar? Não gostei, a mensagem me incomodou. Poderia ter rido também, mas ela me pegou num momento sensível e com alguns drinques a mais.

Antes de desabar na cama, ainda tive tempo de responder para Peggy e pedir que ela visse se, por favor, poderia me adiantar o que vai acontecer amanhã. Fui educado na hora de pedir isso, mas também é verdade que estou meio enlouquecido, então tenho muito medo de que...

(Desmaio figurado.)

&

Às vezes imagino que estou indo embora.

Então me transformo num viajante que segue para um lugar parecido com o fim do mundo, um sujeito vestido com um blazer elegante e bem cuidado, mas cujos bolsos estão cada vez mais furados, talvez porque neles se esconde sua identidade de vagabundo.

Esse alguém às vezes pensa no sobrinho de Sánchez, que

não viu mais, mas que o deixou meio intrigado. E chega a conclusões curiosas: acha que se o obrigassem a escolher entre o sobrinho ressentido ou Sánchez, ficaria com o primeiro, porque ele ainda não escreveu nada, e, além disso, do ponto de vista moral, talvez não seja um grande sujeito, mas dos dois é óbvio que o único que, a esta altura, poderia se revelar um gênio literário é o sobrinho, pois sua trajetória, por mais nula que tenha sido até agora, permite que se possa especular com tal possibilidade, mesmo que seja só por ainda não ter escrito nada, ao passo que seu tio, junto com um ou outro acerto, já acumulou um bom número de erros e desacertos.

Já o sobrinho o faz lembrar o de Wittgenstein que aparece na obra em que Thomas Bernhard, seguindo o Diderot de *O sobrinho de Rameau*, especula com a possibilidade de que Paul Wittgenstein fosse um filósofo mais importante que o tio, justamente porque não escreveu nada de filosofia e, portanto, não chegou a dizer nem aquela famosa frase: aquilo de que não se pode falar, melhor calar.

— Mas, Mac, o sobrinho de Sánchez é apenas um vagabundo — diz a voz alojada em meu cérebro, como se agora quisesse também ter sentido comum.

13

A epígrafe do quarto relato, "Algo em mente", é de Hemingway, de *Paris é uma festa*: "Uma garota encantadora, de rosto fresco como uma moeda recém-cunhada, se imaginarmos que se cunham moedas em carne suave, de cútis fresca de chuva". Em minhas lembranças, acho que só vi um rosto tão fresco assim, em toda a minha vida, numa ocasião, também em Paris, numa cena real no Bois de Boulogne: uma mulher que, pouco antes de entrar na densa névoa do dia, se virou justo o suficiente para deixar ver, com extrema fugacidade, um rosto fresco de imperfeita, mas inacreditável, beleza.

Esse fragmento de minha lembrança, essa cena da desconhecida que se virou um pouco antes de sumir na neblina, sempre aparece em minha mente como se integrasse uma sequência cinematográfica que se detém e se repete várias vezes, sem que a projeção do filme jamais avance. Quando evoco essa cena, quando a rememoro, vejo-a se repetir de forma insistente, mas sem possibilidade de saber como as coisas prosseguem depois que a mulher entrou na bruma.

A todo momento, talvez porque eu veja, frustrado, que será impossível chegar ao desenlace, talvez porque veja que na verdade nunca irei além daquela sequência interrompida, vem-me uma dúvida irresolúvel, trágica: o que aconteceu depois?, o que a desconhecida fez depois de entrar naquela zona de eterna nebulosidade?

Há pouco, enquanto lia "Algo em mente", texto marcado a todo momento pela forma de contar de Hemingway, fui dando à jovem invisível da história o rosto fugaz e belo daquela mulher enigmática que um dia entrevi no Bois de Boulogne. Fiz bem em tomar essa providência, pois assim dei rosto à moça invisível que atravessa sigilosamente todo esse quarto relato. Diferentemente dos três anteriores, de maneira nenhuma ele é um conto narrado pelo ventríloquo, e sim pela voz de um desconhecido que nos propõe uma trama que não nos pareceria ligada às memórias de Walter não fosse porque a moça invisível, segundo o que dela se insinua, deve ser uma cópia de Francesca, o grande amor de Walter.

"Algo em mente" é uma história mínima e banal apenas na aparência: dois adolescentes barceloneses, depois de uma noitada idiota, às sete da manhã vão visitar a avó de um deles para lhe pedir dinheiro e poder continuar, já em pleno dia, sua festa particular. De fundo, como história secreta que não aparece em nenhum momento, está a disputa que os dois travam para conquistar uma jovem muito bela que nunca é nomeada, mas que está lá e que jamais se afasta da mente de ambos; uma ausência quase palpável, ainda que no conto aparentemente seja apenas a reprodução de uma conversa anódina que os dois adolescentes sustentam em sua intempestiva visita matinal.

O narrador anônimo, que trabalha com a técnica de Hemingway conhecida como *teoria do iceberg*, põe toda a sua perícia na narração hermética da história secreta — dois farristas apaixonados por uma jovem da qual nunca falam — e usa com tal mestria a arte da elipse que consegue que se note a *ausência* desse outro relato, no qual ela estaria, a garota disputada. Na verdade, o narrador escreve a história como se o leitor já soubesse que os dois adolescentes estabanados brigaram a noite toda pela garota que, segundo a epígrafe, deve ter uma cútis fresca como a chuva. Em todo caso, tudo o que falam entre eles é pura conversa-fiada, salvo por um momento em que a avó pergunta por que o amigo do neto é tão exageradamente tímido, e seu neto Juan — embora rival amoroso do outro — desmente que ele seja tão retraído e diz para a avó, inventando tudo conforme vai falando, que seu amigo Luis não é nem um pouco tímido, só está pensando na história de amor e morte que está escrevendo e que há pouco lhe roubaram.

A avó então quer saber onde a roubaram.

— Num salão de baile — diz, balbuciante e apressadamente, Luis.

— Na verdade — acrescenta Juan —, a história não era exatamente de amor, eram mais as memórias de um ventríloquo, e podiam ser lidas como um romance, mas também como um livro de contos.

— Na verdade — diz Luis —, eram as memórias oblíquas do ventríloquo.

A avó então quer saber por que oblíquas. "Porque nem tudo era contado", apressa-se em dizer Luis. E Juan acrescenta: "O ventríloquo era um desses caras que estão sempre pensando em largar tudo e sair correndo, mas em suas memórias não aparecia o motivo verdadeiro pelo qual acabava fugindo".

Então a avó quer saber qual era esse motivo.

É que antes de partir para Lisboa, diz Luis, ele nocauteou o sujeito que tinha roubado a namorada dele.

— Nocauteou? — perguntou a avó.

— E furou — diz Luis.

Silêncio.

— E tem mais — diz Juan —, furou e matou, vó. Entendeu agora? Foi espetado com uma adaga que saía de uma sombrinha, mas é claro que o ventríloquo não ia confessar isso em suas memórias, então ele conta outra coisa, imagino que para disfarçar o que aconteceu.

Este trecho de "Algo em mente" resume por si só a forma em que se narra todo *Walter e seu contratempo*, o livro em que se insere esse quarto conto. Então é bem provável que Sánchez tenha utilizado o relato com narrador anônimo para explicar que todo o romance do qual esse conto faz parte, todo *Walter e seu contratempo*, foi montado a partir da *teoria do iceberg*. Porque no livro de Sánchez acontecem coisas relevantes, mas a história secreta e fundamental, a cena do crime, pode ser intuída, mas não aparece nunca: uma coisa incompreensível se a gente se põe no lugar de Walter, que, se decidisse confessar o crime, ia sair dessa bem prejudicado.

Pode ser que a primeira coisa que eu tenha de fazer se um dia vier a escrever o remake do romance seja me pôr no lugar de Walter. E talvez uma forma de entrar na pele do ventríloquo seja me transformar num sujeito ciumento — como já sou, isso seria fácil —, capaz de escrever suas memórias sem contar que matou um barbeiro, mas dando a sugestão para que compreendamos que ele o assassinou e que por isso vai dar no pé e fugir de Lisboa.

Mas para viver com intensidade e veracidade a, digamos, "tempestade emocional" que lhe causou seu crime nessa cidade e sua saída de cena, talvez eu tivesse de encontrar um método de plena identificação com esse pobre Walter perdido no mundo. Por ora só me ocorre o método utilizado pelo famoso "pintor da luz", William Turner, quando pediu que o amarrassem durante quatro horas ao mastro de um barco açoitado por uma terrível tempestade, para que isso o ajudasse a medir melhor o temperamento da natureza.

[PUTORÓSCOPO 13]

Entre os e-mails encontrei a resposta de Peggy Day ao pedido que fiz para que me adiantasse o que iria acontecer comigo hoje: "Tudo maravilhoso. *Far niente* e *hula hoop*. E às vezes *surf* com vento fresco, meu pequeno engolidor de espadas".

Noto que dessa vez ela cortou o ofensivo "bobo", mas não melhorou seu humor de cão. Quanto ao "vento fresco" de sua mensagem, parece estar me ordenando que dê meia-volta e saia fora, com o vento mais fresco possível. Escreve "Tudo maravilhoso. *Far niente* e *hula hoop*", e chama atenção seu possível vício em repetições, mas não pelas que me atraem, e sim pelas que não têm imaginação e levam a becos sem saída.

Na verdade, se a gente para e observa a atividade cotidiana mais repetida de Peggy — seus contínuos boletins *horoscópicos* —, acaba vendo que ali acontece a mesma coisa que com os e-mails repetidos que ela me enviou e que a deixaram praticamente num *cul-de-sac*. Acontece que Peggy maneja, para seu horóscopo, um número muito limitado de palavras — sonho, problemas, felicidade, família, assunto, dinheiro etc. — e as combinações que pode fazer com elas se esgotam logo. É justamente o tipo de poética da repetição pela qual não tenho o menor interesse, porque leva a uma via morta, a uma via seca, insípida, agora truncada para sempre.

Pois bem, acho que meu fracasso na via de pesquisa que abri com Peggy é muito bom para meus exercícios de principiante: contém uma lição que pode me ser útil de agora em diante.

Como costuma acontecer, aprendemos com os erros. Tentei fazer com que os oráculos de Peggy funcionassem paralelamente a minhas escaramuças na escrita e se relacionassem com elas, ou seja, com meus assaltos ao tema da repetição. E tentei fazer isso porque pensei que os dois setores — oráculos e primeiras refregas na escrita — não tardariam a confluir, mas não foi isso que aconteceu, de maneira nenhuma. A questão do horóscopo se transformou numa via morta, numa fonte que secou pra mim e com a qual terei de, no máximo, me acostumar a viver. É claro que, ao usar essas duas histórias, tentei armar uma coisa que no fim não encontrei, talvez porque ainda não saiba expressá-la. Porque o método não é ruim. Escritores de todos os países o utilizam: combinam assuntos que à primeira vista não têm nada a ver entre si, acreditando que isso lhes permitirá ter acesso a algo que está no mundo do indizível. É algo que funciona na psicanálise, mas que aqui no meu diário não deu certo. Ou talvez tenha dado, e eu ainda não saiba perceber. Seja como for, agora eu já sei que abrir duas vias diferentes e tentar combinar assuntos que à primeira vista carecem de um ponto em comum nem sempre leva a um bom resultado.

14

Hoje cedo, enquanto ouvia "Trouble in Mind" na voz de Big Bill Broonzy e me dispunha a revisar "Dois velhos cônjuges", o quinto relato, comecei a me esquecer do que ia fazer e a lembrar de como Borges sempre considerou os romances como *não narrativas*. Dizia que estavam por demais afastados das formas orais, e que isso os fizera perder a presença direta de um interlocutor, a presença de alguém que pudesse tornar possível, sempre, o subentendido e a elipse e, portanto, a concisão dos relatos breves e dos contos orais. É preciso lembrar, dizia Borges, que embora a presença do ouvinte, a presença do que ouve o relato, seja uma espécie de estranho arcaísmo, o conto sobreviveu, em parte, justamente por ter conservado essa figura do ouvinte, essa sombra do passado.

Ainda não sei por que pensei em tudo isso, mas um diário está aí, sempre, para deixar registrado o que um dia pensamos, para o caso de um dia, ao voltarmos sobre o que nos dissemos naquela manhã, descobrirmos que aquilo que transcrevemos sem lhe dar maior importância de repente é a única rocha à qual podemos nos agarrar.

[ÓSCOPO 14]

Ontem o Putoróscopo perdeu seu nome completo e quase sem sentido, porque Peggy Day se apagou, para dizer de forma suave. E agora isto é um Óscopo, em parte um sinal de luto por um adeus definitivo, em parte uma rotineira e silenciosa festa de celebração do fim do dia. O Óscopo, como seu antecessor, o Putoróscopo, não passa de prosa escrita ao cair da tarde. Se até pouco tempo atrás, a essa hora, eu prestava atenção ao oráculo de Peggy Day, agora, que deixei de lado sua seção astral (já ficou bem pra trás a dimensão mortal de suas limitadas combinações de palavras, ou seja, sua linguagem já sem saída e sem a menor chance de continuidade, pelo menos em meu diário), o Óscopo vai continuar ali, cumprindo uma das funções que teve desde o início: acrescentar ao dia, já em declínio, o que porventura ainda falte lhe acrescentar.

Livre de Peggy e de seu vocabulário restrito, eu agora descanso, enquanto bebo gim, tranquilamente, sem me mover da poltrona vermelha de meu quarto de sempre, onde antes despachava como construtor e agora despacho com minha mente, o que, para ser franco, acho muito mais divertido.

15

Ontem à noite eu estava imerso em meus pensamentos díspares e, não sei por quê, meio absorto, meio emotivo, quando entrou em meu escritório, pela janela entreaberta, um periquito--monge.

Depois de se chocar várias vezes contra o teto, o bichinho — verde e de peito branco — acabou caindo no fundo de um vão muito estreito (espantoso que ele coubesse ali) de dois metros e meio de profundidade que há no alto do ângulo formado pelas duas principais estantes de livros deste escritório. Trata-se de um vão que agora me intriga porque, se não fosse por esse incidente de ontem à noite, acho que eu jamais ia saber que existia, pois para vê-lo deveria, ao longo dos muitos anos que já estou nesta casa, ter subido um dia numa escada. Mas por que eu deveria ter subido nela um dia se nunca houve nada lá em cima para mim?

Foi Carmen que, pensando que eu estava mentindo, subiu numa escada e levou um tremendo susto ao ver que, de fato, havia um periquito no fundo de um vão mínimo que ela também nunca tinha visto. A princípio pensei que, se as duas estantes de carvalho não fossem desmontadas, e dada a profundidade da armadilha e a falta de acesso, o periquito era irresgatável e ficaria para sempre naquele inesperado poço escuro e invisível da casa: grasnaria durante dias e eu ficaria ali escrevendo sem poder vê-lo, mas ouvindo-o, e depois, bem, depois... aquele pobre pássaro morreria, e seus restos começariam a se decompor e a espalhar sem demora seu mau cheiro por toda a casa, gerando vermes que se desdobrariam pelo interior dos livros e acabariam devorando tudo, engolindo a história inteira da literatura universal.

Não parecia possível tirar aquele bicho das estreitas profundezas do buraco de mais de dois metros, embora fosse claro que alguma coisa tinha de ser feita.

— Você precisa fazer alguma coisa — dizia Carmen —, precisa tirá-lo de lá.

Os grasnidos me inspiravam. Mas eu não podia dizer isso, senão agravaria a situação. Os grasnidos me ajudavam a escrever, principalmente quando o periquito se comunicava — através da janela aberta — com seus semelhantes, a família de periquitos que parecia esperá-lo lá fora. Eu escrevia em meio ao percurso imaginário traçado pelos grasnidos desesperados que partiam do interior do vão e iam para fora, para a rua, onde eram devolvidos pelos grasnidos dos periquitos que, das copas das árvores, pareciam perguntar a meu involuntário animal de estimação de onde ele emitia aqueles sinais de angústia. Talvez o pior fosse que eu não podia comentar nada com minha mulher, porque ela me acharia ainda mais louco do que já imaginava.

A questão é que Carmen começou a ficar cada vez mais nervosa — e ficaria mais se soubesse que os grasnidos me inspiravam e me faziam avançar em meu aprendizado de escritor — e então talvez eu tenha começado a ficar paralisado demais. Tantos anos de casamento e eu ainda não notara que ela tinha verdadeiro pavor de qualquer tipo de ave. Finalmente, depois de um infrutífero telefonema para a guarda municipal (que veio aqui em casa, mas não soube fazer nada e se desobrigou daquele caso, tão bizarro, disseram), ligamos para os bombeiros, que, por sua vez, ligaram para o serviço de proteção aos animais (assistência municipal gratuita), e por fim um jovem protetor de aves voadoras — depois de uma angustiante espera de dez horas até ele chegar e mais alguns minutos de árduos esforços, pois, como era de se esperar, o resgate foi mais do que difícil — pegou uma corda de mais de dois metros de comprimento e uma cesta à guisa de arapuca, para tirar, com uma paciência infinita, o animal do fundo daquele poço. Com um movimento incrível e muito engenhoso da corda, tirou o periquito-monge do buraco. Em seguida, suavemente, usando luvas para evitar possíveis bicadas, depositou-o na prateleira mais alta da biblioteca para que, através da janela, ele retomasse sua vida voadora. Por um instante, o periquito, já liberto do vão, pareceu hesitar, como se não quisesse ir embora.

É uma coisa insana e pode ser até curiosa e na certa todos que me ouvissem agora cairiam na risada, mas vou estourar se não disser isso já, de uma vez por todas: estou sentindo muita falta do pobre periquitinho.

16

"Dois velhos cônjuges" é um conto concatenado com muito ritmo pela troca de golpes — ou melhor, de monólogos — de dois homens enganados, Baresi e Pirelli, dois sujeitos que acabaram de se conhecer e que, sentados de modo um pouco instável nas banquetas de um bar, vão contando um ao outro suas respectivas (e quase simétricas) infelizes histórias de amor. Tudo se passa de madrugada, no balcão de um bar de hotel da cidade de Basileia, onde os dois infelizes bebem sem parar — por isso não estão muito firmes nas banquetas — e trocam seus dissabores. O conto começa com este monólogo de Baresi, do qual gostei muito e com o qual até acho que posso aprender alguma coisa:

"Você me fez entrar no álcool de cabeça, ou melhor, sua confissão de que gostava de ouvir histórias alheias me estimulou a beber (disse isso para um italiano elegante, acompanhante ocasional no bar de um hotel da Basileia), e o fato é que agora estou bêbado e um tanto emocionado ou, para ser mais exato, me sinto ligeiramente sonhador e com vontade de contar essa história que, você deve estar lembrado, eu lhe contei há pouco, quando disse que ultimamente tenho tido certa propensão para narrar passagens de minha vida, passagens que às vezes transformo para não ser repetitivo e não me entediar, sr. Pirelli, permita que eu o chame assim, aqui todo mundo parece se chamar Pirelli, embora ninguém use um monóculo como o seu, não me diga seu sobrenome verdadeiro, isso de pouco me serviria, tenho interesse apenas em lhe contar o que me aconteceu com uma compatriota sua, é possível que o senhor goste de ouvir a história, sr. Pirelli."

Logo ficamos sabendo que Baresi perdeu sua mulher italiana pouco depois de se casar, quando descobriu que, mentalmente, ela pertencia a outro homem. E que Pirelli, por sua vez, descobriu na ilha de Java, após vinte anos de agradável casamento, que sua mulher ainda não tinha esquecido o primeiro amor, um jovem que tirou a própria vida.

Baresi e Pirelli vão contando detalhes de seus respectivos e quase idênticos fracassos sentimentais e dá para perceber que, ao passo que Baresi se diverte com seu monólogo acrescentando muita ficção a sua atroz história real, Pirelli opera narrativamente ao contrário, é bem conciso e tenta não inventar nada, ou seja, tenta se ajustar àquela que, por mais dolorosa que seja, considera a verdade dos fatos.

Isso faz com que os dois italianos, transtornados pelo amor e pela passagem do tempo e pela solidão a que a vida irremediavelmente nos leva, não sejam apenas dois maridos abandonados perturbados, e também faz com que um deles, Baresi, pareça encarnar o mundo dos escritores de ficção — daqueles que acreditam que um relato que conta uma história verídica é um insulto à arte e à verdade —, ao passo que o outro, Pirelli, pareça o representante dos que pensam que a realidade pode ser reproduzida com exatidão e que, portanto, não deve ir entre aspas, posto que só existe uma verdade.

Ficção e realidade, dois velhos cônjuges.

No final do conto há uma cena que em circunstâncias normais teria me levado a levantar a sobrancelha e talvez a olhar para o outro lado. Mas isso não aconteceu porque no fundo a beleza da conexão perfeita entre os dois conversadores amargurados apoiados no balcão daquele bar de hotel na Basileia me pareceu irrepreensível. O fato é que Baresi e Pirelli acabam por compor uma única figura humana em que ficção e realidade se mesclam tão intensamente que por momentos desuni-las parece uma tarefa impossível. De certa forma, superando as insuperáveis distâncias, Baresi e Pirelli lembram o touro e o toureiro na arena quando, se o esplendor taurino da faina for completo, se transformam numa única e indivisível silhueta na qual se mesclam animal e homem, e não é fácil distinguir quem é quem. Michel Leiris assim descreveu esse belo e trágico efeito de unidade: "Desde que o toureiro, movendo a capa lentamente, mantenha os pés imóveis durante uma série de passes bem ajustados e ligados, ele conseguirá formar com o animal uma composição de prestígio em que homem, capa e enorme massa chifruda parecerão unidos entre si por todo um jogo de influências recíprocas".

— E eu, senhor Pirelli — ouvimos Baresi dizer entre soluços sufocados —, logo compreendi que tudo que pudesse fazer seria inútil, que eu ia perdê-la, e compreendi também que no fundo ela nunca tinha sido minha, que era mulher de outro, e formava com esse outro um par de velhos cônjuges, cuja tensa relação remontava a épocas remotas, tão distantes no tempo ou ainda mais que a primeira noite em que realidade e ficção se acoplaram: dois velhos cônjuges se debatendo num pesadelo infinito com a mesma angústia persistente da puta e do gigolô, me entende agora, senhor Pirelli?

Pirelli entende, mas, misteriosamente, não responde. E nos segundos seguintes faz a Baresi uma proposta que, ao mesmo tempo em que encerra seu longo diálogo, faz cair sobre sua reunião noturna a sombra de uma dúvida:

"E agora, senhor ventríloquo, permita que eu o convide para visitar meu quarto neste hotel, gostaria que acreditasse firmemente em minha história e que soubesse que, de vez em quando, o morto aparece às minhas costas. E agora, para que veja que realmente estive em Java, me deixe lhe dar de presente algumas coisas típicas daquela ilha, estão guardadas no meu quarto, me acompanhe, suba comigo, quero lhe oferecer uns suvenires de Java. Gostaria de lhe dar uma espécie de sombrinha com uma mola secreta que a transforma numa arma muito ferina, numa espécie de baioneta que talvez um dia possa lhe ser útil. E também gostaria que afogássemos agora todas as nossas mágoas nos deitando juntos, não acha que assim teríamos mais tempo para comentar melhor em duo as coisas que acontecem no mundo?"

Já sabemos, pois, de onde foi que saiu a sombrinha de Java, o que nos faz pensar que Baresi, que aceita o presente, poderia ser a pessoa que deu a afiada sombrinha para Walter.

Merece um lugar à parte o inevitável "momento mareante" que todos os relatos do livro de Sánchez têm, e do qual "Dois velhos cônjuges" não está livre. Esse "momento" plúmbeo fica a pouca distância do final do diálogo entre os dois bebedores, numa zona do relato que se torna rapidamente confusa e na qual podemos ver, a léguas de distância, que a narrativa soçobra: como se os conversadores de repente tivessem sido atacados por uma penosa dor de cabeça que os estivesse deixando abobados.

Mesmo assim, apesar dessa breve zona soçobrante e de aspirina efervescente, esse conto, em especial — pela atmosfera e pela metafísica de angústia conjugal que transmite — talvez seja o mais bem-sucedido dos cinco primeiros relatos do livro. "Todo o teatro ri" é mais emocionante, mas "Dois velhos cônjuges" é mais bem-acabado. E talvez seu maior defeito esteja apenas na epígrafe, que é de Raymond Carver, de seu livro *Catedral*, e que diz: "Mas dei um jeito de fazer o Bud mencionar o nome da mulher. 'Olla', disse ele. Olla, falei para mim mesmo. *Olla*". O que Carver tem a ver com tudo isso? O que Carver está fazendo num velho hotel da Basileia? Não se sabe, além do mais, por que Sánchez escolheu essa citação inconsistente. Queria que o leitor lesse o casamento da realidade com a ficção como se estas só pudessem se parecer com uma panela de pressão?* Certamente que não. O relato tem um clima de Carver, mas é muito mais sofisticado que o mundo prosaico que Carver sempre evoca. Enfim, agora eu que estou com a cabeça quase explodindo feito uma panela de pressão, e hoje não consigo continuar. A bebida me subtraiu faculdades, reconheço. Já não sei nem se sou Pirelli ou Baresi.

Ouço Lou Reed ao fundo.

Olla, repito comigo, e vou repetir até que ela me escute. Quem vai me escutar? Olla ou Carmen? Por que Carmen finge não saber que estou escrevendo este diário? O que ela pensa que faço tantas horas no escritório?, que me distraio o tempo todo na internet? Ela detesta o mundo das letras, é certo. As ciências a fazem se sentir superior, apesar de a realidade dizer que ela se dedica a restaurar móveis. Por que, para se distinguir de mim, sempre precisou desprezar as bibliotecas? Por que essa alergia tão exagerada ao papel impresso? Nem a lista telefônica ela deixava ficar na sala de estar.

Bem, amanhã será outro dia. Maldito gim.

Em minha cabeça, só lembranças de estragos. E esta manhã que entontece e entorpece.

---

* Trocadilho com a palavra Olla (nome da personagem do conto "Penas"), que em espanhol significa "panela". (N. T.)

17

Ao meio-dia saí para dar uma volta e tive uma boa surpresa ao cruzar com o sobrinho de Sánchez, que, apesar de ter tirado a barba, estava mais desleixado que no outro dia, com uma cara de quem ainda não tinha dormido e me olhando como se pensasse: conheço esse cara de algum lugar.

No outro dia eu o espiei disfarçadamente, mas talvez ele tenha reparado em mim e por isso me olhe agora desse jeito. Não me abalei minimamente ao lhe dizer:

— Desculpe, você é sobrinho do Sánchez, não é?

— Serei esta noite — respondeu ele.

E se afastou veloz, quase evaporou ao dobrar a esquina.

Sujeitinho esperto.

&

O herói triste do sexto conto, "Um longo engano", é um senhor chamado Basi, sobre o qual já no segundo parágrafo ficamos sabendo que "durante toda a vida foi uma flor tardia". O conto começa com bom pulso narrativo, com a capacidade de um escritor que naquele dia, na hora em que começou a escrevê-lo, devia estar bem sóbrio e sem dúvida afastado dos "momentos mareantes" de que tão frequentemente era refém:

"Certa noite, o ruído da chuva nas janelas o acordou e Basi pensou em sua jovem esposa numa tumba úmida. Isso era novidade para ele, porque fazia tantos e tantos anos que ele não pensava na mulher que sua lembrança o fazia se sentir violento. Imaginou a tumba descoberta, filetes de água serpenteando em todas as direções, e sua mulher, com quem se casara ainda que ambos fossem de idade desigual, jazendo sozinha em meio a uma umidade cada vez maior. Nem uma flor crescia em sua tumba, mas ele poderia jurar que havia contratado o serviço de manutenção perpétua."

Quando comecei a reler hoje "Um longo engano", percebi que na verdade não o estava relendo, antes estava diante do conto no qual trinta anos antes eu me detivera para abandonar o livro. Não prossegui com a leitura das memórias — me lembro disso hoje como se o tempo não tivesse transcorrido desde então — porque nesse mesmo dia li na crítica de Ricardo Ragú no *El País* que "Um longo engano" era a cópia quase exata de um breve conto de Malamud. Quando li isso, vi, entre outras coisas, que não era nem um pouco estranho que a epígrafe que Sánchez escolhera para abrir esse sexto conto fosse de Bernard Malamud: "Tanto faz como continue ou deixe de continuar". Lembro também que, talvez influenciado por essa citação inicial do conto, mas também pelo que Ragú havia dito, resolvi não seguir em frente.

Mas hoje segui.

O relato narra a história do velho Basi, que certa noite acorda com o forte ruído da chuva nas janelas do quarto e fica pensando na jovem esposa em seu sepulcro úmido. Na manhã seguinte, o velho procura o túmulo, mas não o encontra. Confessa ao diretor do cemitério que na verdade nunca se deu bem com a mulher e que já fazia anos que ela fora viver com outro homem quando a morte a surpreendeu. Dias depois, o diretor chama Basi para lhe dizer que já localizaram o túmulo onde sua esposa repousa, mas que viram que ela não está lá: seu amante conseguira, anos antes, uma ordem judicial para que a transladassem para outro nicho, onde também o enterraram quando morreu. Assim, pensa Basi, sua mulher descansa enganando-o eternamente ao lado de outro homem. Mas é claro — lhe diz o diretor —, sua propriedade continua lá e não se esqueça de que saiu ganhando uma tumba para uso futuro: está vazia e seu interior lhe pertence plenamente.

Tenho a impressão de que Sánchez quis dar propositalmente a "Um longo engano" o clima de um capítulo acrescentado, de forma totalmente voluntariosa, por Walter em suas memórias. Mas também pode ser que tenha sido incluído por Sánchez só por preguiça e para ver como, de repente, seu romance, graças àquele plágio sem contemplações, aumentava instantaneamente o número de páginas. Talvez Sánchez o tenha anexado à autobiografia oblíqua porque estava tão perdido e bêbado que não percebeu a gravidade do que estava fazendo ao incorporar aquilo ao livro. Ou então — outra possibilidade, minha e a que considero mais plausível — o conto foi acrescentado por Sánchez de uma penada, e, para não deixar de ser exato, a fim de incluir de forma quase oculta e sem dúvida muito lateral, um episódio da vida do pai do autobiografado. Porque me parece que a infeliz relação de Basi com a esposa lembra a que Baresi padeceu com sua mulher, essa relação que já conhecemos em "Dois velhos cônjuges". Portanto, cabe perguntar se Basi não é uma contração do sobrenome Baresi. Seria possível que Baresi fosse o sobrenome de quem, no lugar do nome artístico, se faz chamar de Walter? E se o Baresi da Basileia fosse pai de nosso Walter? Caso fosse, pelo menos uma coisa tiraríamos a limpo: saberíamos de quem o ventríloquo herdou a arma assassina, a sombrinha de Java. Quanto ao "tanto faz como continue ou deixe de continuar", me lembrava muito alguma coisa, e, embora eu não soubesse de que livro de Malamud podia ter saído, em menos de cinco segundos o Google resolveu a questão: a frase era de um livro de entrevistas e outros textos de Philip Roth; era a resposta dada por Malamud à perigosa pergunta que Roth lhe fizera na última vez que se viram na vida; deu-a quase no fim da visita que Roth fez a sua casa em Bennington. No verão anterior, Malamud sofrera um derrame cerebral e as extenuantes sequelas o haviam deixado em más condições de viajar, de conseguir sair de casa. Então Roth pegou o carro em Connecticut e foi ver seu mestre em Bennington, e assim que chegou se deu conta da fragilidade de Malamud, porque, se ele sempre dera um jeito, com chuvas ou trovoadas, de permanecer na calçada enquanto seu discípulo chegava ou partia, naquele dia Malamud de fato também estava lá, com seu blazer de popeline, mas, enquanto lhe dava um aceno de boas-vindas meio sombrio, parecia se inclinar ligeiramente para o lado, e ao mesmo tempo se manter, na base da força de vontade, só de vontade, totalmente imóvel, como se o menor movimento pudesse deixá-lo de cara no chão: "Tinha se transformado num velho frágil e muito doente, quase sem vestígios de sua antiga tenacidade".

No final da visita, Malamud se empenhou para ler o início do precário romance em que começara a trabalhar e do qual só tinha uma lauda. Roth tentou, sem sucesso, evitar que ele lesse aquela amassada folha solta, mas Malamud se empenhou em fazê-lo, e a leu com voz trêmula. Fez-se um silêncio brutal depois da leitura. E Roth, que não sabia o que dizer, por fim perguntou se podia saber como aquilo ia prosseguir.

— Tanto faz como continue ou deixe de continuar — disse Malamud, enraivecido.

Para o discípulo, ouvir o que o mestre tinha escrito naquela lauda amassada foi "descobrir que ele não tinha sequer iniciado aquele romance, por mais que se empenhasse em acreditar em outra coisa; ouvir o que ele lia foi como se ver conduzido até um buraco negro para admirar, à luz de uma tocha, o primeiro relato de Malamud escrito na parede de uma caverna".

Ignoro qual seria o sentido — além de se exibir com a frase — dessa transcrição meticulosa que Roth fez do declínio de seu admirado mestre. Às vezes não gosto nem um pouco de Roth. Já Malamud sempre despertou minhas simpatias de leitor. Ele se criou entre agentes de seguros e, talvez por isso, parecia pertencer a esse grêmio. Me atrai o Malamud que fica rondando obstinadamente ao redor da capacidade que o ser humano tem, por incrível que pareça, de melhorar. E me atrai também porque cria todo tipo de seres discretos e cinzentos, com cara de agentes de seguros que, em virtude desse algo que têm dentro de si, tentam ir ao fundo das coisas e, como no caso daquele russo aflito e sombrio que protagoniza *The Fixer*, meu romance preferido de Malamud, se transformam em grandes obstinados, sempre lutando para ir além em tudo.

Para um principiante como eu, Malamud, tão cinzento e perseverante, pode servir de modelo perfeito para escrever, sempre sem muito ânimo para ir a qualquer lugar, para escrever evitando os esforços do *"fixer"*, aquele personagem que luta constantemente para evoluir. Malamud é um bom modelo para mim, porque seus heróis se superam, mas, em contrapartida, o escritor permanece numa zona de rochas cinzentas e azinheiras austeras, sempre sem ir a nenhum lugar que se afaste de seus "saberes discretos" sobre a arte da narrativa.

Para um principiante como eu, o cinzento e perseverante Malamud pode ser uma bênção. Porque escolher o cinza pode significar não ver a imperiosa necessidade de evoluir, isso que é tão absurdamente prestigioso. Por acaso os animais que não evoluem — como a águia — não estão plenamente felizes com seu status? Se não tivéssemos tido pais, professores e amigos empenhados para que melhorássemos, provavelmente teríamos sido muito mais felizes. Por isso acho que aqui, neste diário, vou me limitar a seguir entrando no que chamo de *discreto saber*, uma espécie de programa que implica um conhecimento da matéria literária e no qual é possível se obter avanços lentamente, mas, por mais paradoxal que possa parecer até para mim mesmo, *sem progredir demais*. Ocorre que esse *discreto saber* — não muito conhecido por muitos, porque não costuma se revelar — gera sua própria proteção contra os avanços e contribui para confirmar o que tantos de nós suspeitamos desde sempre: que progredir demais pode ser suicídio.

"Não evoluo, viajo", escreveu Pessoa.

De algum modo, isso me lembra que em certas situações dá para conhecer melhor um homem pelo que ele desdenha do que pelo que aprecia, e também me lembra que, como diz Piglia, se não me engano, não existe na literatura isso que se chama de progresso, do mesmo modo que ninguém sonha melhor ao longo do tempo: talvez o que mais se aprenda à medida que se escreve é o que se prefere não fazer; certamente avançamos por eliminações.

Minutos atrás eu estava pensando nisso, enquanto olhava pela janela tentando reviver o prazer que sempre me deram os desenhos muito intensos de alguns artistas, aquelas imagens que surgem impulsivamente do que está acontecendo; estampas que surgem da beleza do dia cinza que hoje avança serenamente pelas ruas do Coyote e ao mesmo tempo surgem de meu próprio mundo de artista iniciante: aqueles desenhos mentais, sempre tão próximos do que está acontecendo; gravuras mentais com um certo encanto, um pouco inocentes, por sorte; inocentes porque quem as realiza ainda está na fase inicial de tudo e não almeja ir além, para ele basta a calma que lhe dá ser *o que começa*; basta--lhe pertencer a essa sequência feliz de quem ainda está começando e viaja vigilante em sua janela, sem nunca perder de vista que o confortável cinza de seu *discreto saber* lhe é suficiente.

Definitivamente: que outros avancem.

Ou, como diria Malamud: talvez fosse mais útil se instalar na tenacidade da discreta sala de aula cinza e aceitá-la tal como é, como uma eterna segunda-feira no jardim de infância. Afinal de contas, não sabemos se, como ocorre com nosso *discreto saber*, as coisas não são melhores assim, *insuficientes de propósito*. Ainda que, vistas de certo ângulo de meu próprio escritório, as coisas estejam cada vez mais transbordantes de vida. Isso confirmaria minha suspeita de que progredir com a timidez de Malamud é simplesmente melhorar em segredo minha visão normal, melhorá-la como se de repente eu contasse com lupas especiais e tudo o que fosse estudando, aprendendo, vendo, estivesse iluminado por uma espécie de luz muito potente que não consigo identificar, talvez por só ser, na verdade, a discreta luz de tudo o que vou entendendo.

18

Hoje de manhã, sob um sol quase literalmente de matar, eu andava pelas ruas do Coyote tão à espreita de qualquer acontecimento resenhável que não seria de estranhar se alguém dotado de instinto aguçado captasse que eu andava em busca de alguma coisa, por menor que fosse — um sinal que me parecesse uma mensagem cifrada, ou uma partícula de poeira que, usando muito a imaginação, resumisse o mundo —, para poder comentá-la neste diário. Se esse observador de instinto aguçado existisse, talvez tivesse dito:

— Ali vai um principiante, caçando no Coyote.

Pensei nesses anos todos que tenho passeado por esse bairro, preso a meus rituais cotidianos. Estabeleci hábitos e rotinas, pois já não sei há quanto tempo levo essa deliberada vida de provinciano dentro da cidade grande. Toda minha família é daqui, do bairro, desde meu bisavô germanófilo até meus seis netos, os filhos de meus filhos, Miguel, Antonio e Ramiro, todos militantes de partidos políticos equivocados com os quais às vezes simpatizo, ainda que apenas naquela hora do dia em que esqueço que a idiotice não é um defeito de época, mas que vem se espalhando, sempre, e que é congênita à condição humana.

Daqui, do Coyote, nunca saí muito ao longo de minha vida, embora tenha sido visto em muitos lugares, porque fiz muito turismo, e além disso os negócios da construção me fizeram ampliar mercados e às vezes viajar para bem longe. O fato é que não é de hoje que desenho diariamente pequenas rotas que sempre me levam aos mesmos lugares do bairro. Isso contribui para que, tal como busco com certa perseverança, isto seja um diário e não um romance. Mas hoje de manhã eu absurdamente me esqueci disso e por instantes abri, sem perceber, as portas para eventos que podiam derivar para situações de romance. Andava de manhã à espreita de algum acontecimento resenhável quando a voz — a voz daquele morto que anda alojada em meu cérebro — reapareceu, só para me advertir:

— Você não precisa procurar nada. Pense que basta sua vida, que é a única, a maior aventura.

— Mas que clichê! — respondi.

E pouco depois, como se fosse uma consequência de minha censura àquela voz, comecei a ter a desagradável sensação de estar me desidratando. Tornou-se urgente procurar uma fonte de água, ou entrar num bar o mais rápido possível. Eu estava meio enjoado e pensei — em momentos assim pensamos coisas esquisitíssimas — na humildade de um homem cuja aspiração máxima em determinado instante é somente conseguir um copo d'água. E me vieram à memória algumas palavras de Borges que, dado meu estado, não sabia se conseguiria lembrar por completo, mas consegui: "Um homem que aprendeu a agradecer as modestas esmolas dos dias: o sono, a rotina, o sabor da água".

Então, muito mais preocupado que momentos antes, me plantei diante da mulher da banca de jornal, que estava justamente bebendo água naquele momento. Quis arrancar de golpe a garrafa de água dela, mas consegui me conter.

— Viu só o que o aquecimento global está causando? — me disse a inefável Vênus (ela é chamada assim no bairro, acho que com um toque de ironia, pois não é a beleza personificada), e de início fiquei sem saber se ela estava se referindo a sua sede ou à minha terrível aparência de suarento sufocado pelas altas temperaturas. Quando vi que ela só estava falando de sua sede, quis me vingar da coitada da Vênus e de sua garrafa e me veio à memória um amigo de outros tempos, odiado por todos os ecologistas porque era especialista em contribuir, com suas indústrias poderosas, para os gases do efeito estufa. E isso me deixou mudo, até que por fim sorri, como se guardasse um segredo.

— Acha que esse calor vai continuar amanhã? — perguntou ela.

Sufocando minha vontade de lhe dizer que o calor vai diminuir, mas o ardor não, acabei respondendo:

— Tanto faz como continue ou deixe de continuar.

Não esperei para ver qual seria a reação da Vênus. Saí da banca, fui-me embora dali sem sequer tentar comprar o jornal, entrei num bar, matei a sede, agradeci aquela modesta esmola que a vida me dava.

Minutos depois eu felizmente já tinha voltado de minha excursão sob aquele calor tão sufocante, e estava a dois passos de cruzar a soleira da porta de casa quando tive a impressão de ver Sánchez ao longe, entrando na confeitaria Carson, totalmente alheio, claro, ao espaço exorbitante que, há duas semanas, tanto ele como as memórias de seu ventríloquo ocupam em minha mente. E logo me dei conta de que estou acostumado a pensar, muitas horas por dia, nele ou nesse seu romance de trinta anos atrás, e que mesmo assim não só quase não o conheço, como ele, de fato, é um verdadeiro estranho para mim. Leva uma vida intensa dentro de meu cérebro, pelo menos há duas semanas, mas, se eu lhe contasse isso, ele mesmo não entenderia nada.

Depois os acontecimentos se precipitaram. Ou talvez eu tenha me precipitado.

De longe, com uma visão deformada pela nuvem de calor, de repente vi, naturalmente muito surpreso, que Carmen também estava entrando na Carson. Ela não estava no trabalho? Quis crer que, como em outras ocasiões, ela devia ter saído do ateliê uma hora antes do previsto. O sol estava calcinante e era fato que uma espécie de neblina movediça deformava as figuras, e pensei que não podia ter tanta certeza de ter visto Sánchez, muito menos Carmen atrás dele, como se minha mulher o estivesse perseguindo. Mas fiquei em dúvida. E, em vez de ir até lá onde pensei ter visto Carmen e esclarecer aquilo imediatamente, talvez por receio de esclarecer demais, cruzei a soleira da porta e depois a própria portaria e entrei no elevador, e ali finalmente me perguntei como devia encarar as coisas.

O que eu tinha visto era apenas mera coincidência? Ou a relação entre Carmen e Sánchez existia e era a história de um longo engano, como rezava o título daquele conto que meu vizinho tinha copiado de Malamud e que eu tinha lido ontem? Ou eu não tinha visto nem Sánchez nem Carmen e tudo aquilo fora causado pela onda de calor que desfigurava tudo?

Entrei em casa, peguei um copo de água bem fria, gelada. Me perguntei se devia reproduzir em meu diário esse gesto insignificante. A resposta não tardou a chegar. Era preciso anotar isso, se eu quisesse, de alguma forma, continuar sentindo que estava escrevendo um diário e não um romance. Além do mais, não devia perder de vista que para o gênero do diário tudo sempre andou bem, você pode jogar nele o que bem entender, incluídas — claro — as insignificâncias; na verdade, elas combinam perfeitamente com o diário, assim como também combinam perfeitamente os pensamentos, sonhos, ficções, ensaios breves, medos, suspeitas, confissões, aforismos, notas de leitura.

Sentei em minha poltrona favorita e disse com meus botões que eu tinha de ser muito prudente e, quando visse Carmen, não devia começar a interrogá-la, muito menos acusá-la de algo tão nebuloso como aquilo de que eu queria acusá-la. Fui até a poltrona e recomecei a leitura de *Walter e seu contratempo*. O sétimo conto se intitulava "Carmen".

19

Como ontem talvez tenha havido emoções demais para um único dia, resolvi deixar para hoje meu comentário sobre a leitura de "Carmen". Uma citação de Petrônio abre o conto: "Ter de ser modesto outra vez me cansa, como a vida inteira me cansou essa necessidade de ter que me menosprezar para me adaptar aos que me menosprezam, ou àqueles que não fazem a menor ideia de quem eu seja".

Essas palavras não parecem de Petrônio, mas ontem mesmo pesquisei e não encontrei nada que indicasse que não possam ser dele. Em todo caso, o que Petrônio, ou quem quer que seja, diz ali não tem muita relação com o que se conta em "Carmen", o que me leva a pensar que a citação está ali só para mencionar Petrônio, para assinalar, ainda que de forma indireta, que "Carmen" pertence ao gênero das *vidas imaginárias* que Marcel Schwob criou.

Entre as histórias que o escritor francês narrou em *Vidas imaginárias* (1896) estava justamente a vida de Petrônio. Já faz anos que gosto muito de Schwob. Ele foi pioneiro nesse gênero especializado em misturar invenção e dados históricos reais, o que no século passado influenciou autores como Borges, Bolaño ou Pierre Michon.

No caso de "Carmen", há uma parte de invenção, mas, naturalmente, uma ausência total de dados históricos. No entanto, os dados da realidade — pinçados unicamente da vida que Carmen levou logo antes que eu a conhecesse — se mesclam tão bem com a ficção que poderiam ter sido históricos. Em outras palavras, o conto é bem-feito e, além disso, o "momento mareante" é divertido, porque, diferentemente dos outros que já encontrei no livro, aqui o "momento" dura breves segundos e não fica pesado, e sim, ao contrário, causa um certo enjoo: "A pobre Carmen ia acumulando bolinhas de papel que ficavam em seu jeans, porque estava sempre esquecendo os *kleenex* nos bolsos".

Entrar no conto me pareceu uma experiência estranha, mas tive de aceitar, porque não podia me enganar, Sánchez tinha escrito sobre Carmen quando ela era muito jovem: "Bem, temos uma jovenzinha já crescida de cara anêmica e larga que talvez realce demais a harmonia de seus traços mas, ainda assim, graciosa. Alta e de seios delicados, está sempre usando um suéter escuro e um cachecol em torno de seu pescoço pálido...".

Primeiro tive vontade de matá-lo. Porque, embora eu não pudesse acreditar naquilo, tratava-se de Carmen, de minha mulher, e porque eu não sabia o que mais podia fazer vendo que Sánchez escrevia com tanta tranquilidade sobre seus "seios delicados", por exemplo. Além disso, como é que Sánchez escrevera sobre ela trinta anos antes e eu não sabia de nada?

Depois, para não enlouquecer, enquanto esperava Carmen chegar em casa para, quem sabe, me explicar tudo aquilo, me entretive analisando o lugar daquele conto em *Walter e seu contratempo*. E pensei que o mais provável é que "Carmen" fosse um texto totalmente independente, que podia funcionar, ao mesmo tempo, como um sinal para indicar a leitores atentos que todas as memórias de Walter eram uma *vida imaginária*. Mas também pensei que talvez se tratasse de um conto inserido ali sem nenhuma relação com a autobiografia do ventríloquo, um conto que com o tempo talvez passasse a integrar o conjunto com naturalidade, e até pudesse ser visto como um relato sobre, por exemplo, a primeira namorada de Walter.

Pensando bem, é claro que eu devia reconhecer que era impossível afirmar que a vida da jovem Carmen fosse tão *imaginária*, pelo menos para mim, conhecedor de muitas das coisas contadas ali, coisas extraídas diretamente de sua vida real antes de me conhecer. Fiquei muito chocado ontem quando li tudo aquilo, mas agora, pensando friamente, fazendo — não nego — um pequeno esforço, reconheço que Sánchez teve uma boa ideia ao incluir esse relato no contexto da autobiografia do ventríloquo, porque assim havia pelo menos duas mulheres nela — Francesca e a primeira namorada, ou o que Carmen pudesse parecer — e porque tornava tudo mais elástico — uma jovenzinha de cara anêmica e larga podia ter alguma coisa a dizer na vida de Walter — e também porque, de quebra, dava passagem ao grande Petrônio.

O melhor de tudo era Petrônio entrar no jogo. Havia nele algo que me atraiu desde a infância. A princípio, durante muito tempo, esse escritor romano não passara, para mim, do genial personagem de *Quo vadis?*, aquele filme que todos os anos, em pleno feriado da Semana Santa, era levado nas matinês de "cinema religioso" que minha escola organizava.

A fixação que os padres jesuítas do meu colégio pareciam ter por *Quo vadis?* deve ter nascido, decerto, de algum equívoco, porque esse não é exatamente um filme muito sério, nem religioso: nele, o imperador Nero, por exemplo, graças à interpretação de Peter Ustinov, é um homem extremamente engraçado, um Nero que se sentia poeta e atormentava, com os poemas horrorosos que escrevia, o pobre Petrônio, que às vezes tinha de opinar sobre os escritos do imperador. Até que um dia ele não aguentou mais aquele tenso trabalho crítico e se suicidou. Petrônio também tinha um toque cômico em *Quo vadis?*, que não lhe faltou quando, pouco antes de tirar a própria vida, escreveu para Nero uma maravilhosa carta de despedida: "Posso perdoá-lo por ter assassinado sua esposa e sua mãe, por ter incendiado nossa amada Roma, por ter espalhado por toda a nação o fedor de seus crimes. Mas há uma coisa que não posso perdoar: a amolação de ter de ouvir seus versos e suas canções de segunda categoria. Mutile seus súditos, se lhe aprouver, mas com meu último suspiro eu lhe peço que pare de mutilar as artes. Despeço-me, mas não componha mais música. Embruteça o povo, mas não o aborreça como me aborreceu, a ponto que preferi me matar a ter de continuar ouvindo suas ridículas composições líricas."

Estas palavras de Petrônio procedem da obra em que se baseia o filme, o romance do polonês Henryk Sienkiewicz. Mas durante muitos anos pensei que fossem as palavras que Petrônio realmente escreveu numa carta a Nero, antes de se livrar dele pelo rápido método de tirar a própria vida. Não descobri outro Petrônio até encontrar o livro de Schwob, onde havia um personagem diferente do criado por Sienkiewicz. O Petrônio de Schwob tinha escrito dezesseis livros de aventuras, todos lidos por seu único leitor, o criado Siro, entusiasta quase exagerado de todas essas narrações. Ele aplaudia com tamanho entusiasmo a leitura daqueles contos que seu amo acabou tendo a ideia de pôr em prática as aventuras escritas nos dezesseis livros. De modo que, uma noite, sabendo-se condenado à morte por Nero, um Petrônio escorregadio, em companhia de seu fiel Siro, fugiu sigilosamente da corte do imperador. Carregaram por turnos o pequeno alforje de couro que continha suas roupas e seus denários. Dormiram ao ar livre, percorreram caminhos, não se sabe se roubaram... Na verdade, começaram a viver as dezesseis aventuras que Petrônio escrevera previamente. Andaram de um lado para o outro, sempre com o pequeno alforje de couro. Foram magos ambulantes, charlatães rurais e companheiros de soldados vagabundos. E Schwob diz finalmente, à guisa de memorável fecho de sua biografia: "Petrônio esqueceu completamente a arte de escrever quando viveu a vida que havia imaginado".

Ontem me distraí pensando nisso tudo, ou seja, pensando na participação não imaginária de Petrônio em minha vida, até que, como Carmen ainda não tinha voltado para casa, tornei a me fazer a pergunta tão ineludível: por que trinta anos atrás Sánchez havia escrito um conto sobre ela?

A jovem anêmica do relato era diferente da que conheci, mas bem reconhecível, porque o que Sánchez contava ali era, por mais distorcida que estivesse, a vida dela antes que, de um modo tão estranho quanto, no fundo, divertido — talvez manipulada por forças invisíveis —, ela topasse casualmente comigo numa esquina do Coyote e fôssemos tomar um café, para quatro meses depois, alienados no bom sentido da palavra, acabarmos casados.

O que Sánchez conta em "Carmen" é sempre anterior a esse esbarrão na esquina e às vezes é bastante inventado, como o casamento de uma juveníssima Carmen com um senhor de Olot que, naturalmente, nunca existiu na vida real e que no livro do meu vizinho é descrito como um chato de galocha que, por sorte, morreu jovem. Esse marido ou personagem inventado já tinha cansado Carmen antes do casamento, como se pode observar neste trecho: "Não conheci o marido de Carmen, um industrial de Olot que, segundo me disseram, era um bronco completo — o que já diz muito — e a pessoa menos adequada para ela. Casaram-se em Barcelona, na igreja de Nossa Senhora de Pompeia, e daquele dia só restam algumas fotos roídas pelo tempo nas quais se vê Carmen com seu sorriso mais escandaloso. Mas, meu Deus, que tédio, sabe-se que ela disse quando o carro partiu para a lua de mel que programaram inteira na solidamente tediosa Plana de Vic, aquela grande depressão alongada na direção Norte-Sul que constitui o núcleo central da comarca de Osona, província de Barcelona...".

Tomei um atalho para Osona, por caminhos inesperados, mas agora volto ao enigma de como pode ser possível que há trinta anos Sánchez tenha escrito sobre a vida da Carmen jovem, enigma que se resolveu facilmente assim que Carmen chegou em casa, trinta minutos depois que a vi entrar na Carson. Depois de minha pergunta quase trêmula e urgente, ela me contou, sem perder a calma, que Sánchez realmente escrevera esse relato havia trinta anos, inspirado na vida que ela levou quando era muito jovem, embora tenha insuflado nele uma parte de "vida imaginária" em tudo que diz respeito à história do finado chato de galocha e a outros assuntos menores, mas sem dúvida bem melosos.

Seja como for, descobrir aquilo me deixou meio desavorado e perdido durante todo o dia de ontem e parte da manhã de hoje. O que ela fazia metida justamente no livro que eu me propunha a reescrever e melhorar?

Vejo como se fosse agora a cena de ontem na qual, assim que Carmen voltou para casa, eu perguntei se ela estava vindo da Carson.

— Não está vendo os doces? Estou vindo de lá — disse ela.

— Encontrou alguém na confeitaria?

A pergunta a deixou confusa, e ela pensou um pouco antes de responder.

— Não, por quê?

Foi então que eu lhe disse que, por mais incrível que pudesse parecer, eu tinha acabado de ler um conto do Ander Sánchez sobre ela.

— Ah, é?! — disse.

Em nenhum momento mostrou a mais leve alteração. Me contou que tinha sido namorada de Sánchez por uns dias na pré-história de tudo, sempre antes de me conhecer, num verão perdido na noite dos tempos: o então jovem Sánchez depois escreveu o conto, inventou-lhe um horroroso marido de Olot e ainda por cima o matou, e ela decidiu que nunca daria maior importância ao assunto, pois, como eu devia saber muito bem, "a literatura e outras disciplinas de *litera dura*" não lhe importavam lhufas.

— E o Sánchez não estava lá na confeitaria hoje? — perguntei.

— O que é? Você tem uma câmera secreta lá?

— Vi vocês entrando, só isso.

Ela me olhou com incredulidade, como se pensasse que eu tinha ficado louco, e deu de ombros, alheia a qualquer preocupação com o que eu estava insinuando.

— Você devia arranjar alguma coisa pra se ocupar — começou a dizer. — Não dá pra continuar chato desse jeito. Além do mais, Mac, aquilo aconteceu há muito tempo. Acho que foi há três décadas. E digo "décadas" porque assim tudo parece mais antigo. Décadas! Décadas!

Sua relação com Sánchez, começou a dizer, foi uma história passageira da juventude, um amor de entre os muitos que tivera naquela época e do qual nunca me falou porque jamais pensou que fosse necessário reavivar o fogo morto de paixões mínimas, as cinzas de tantas histórias banais. Às vezes via Sánchez pelo bairro, fazia anos que o via por ali. Sim, ela o via no supermercado, no Tender Bar e no terraço do Baltimore e na confeitaria Carson — minutos atrás, de fato, ela o vira comprando com uma lentidão exasperante uns profiteroles — e no bar Treno e no restaurante coreano e no bar Congo e na relojoaria dos irmãos Ferré, e no cine Caligari, e no provador estreito do alfaiate do bairro, e no barbeiro Ros, e no restaurante Viena e no caixa eletrônico da rua Villaroel, e na floricultura da Ligia etc. Como ela saía o triplo do que eu, via Sánchez com mais frequência, só isso. Nem o cumprimentava quando o via porque Sánchez andava meio metido e porque na certa não a reconheceria, pois aquele verão já estava bem distante.

Olhei para Carmen desconfiado e ela me devolveu o olhar de uma forma tão agressiva que gelei. Ficamos uns segundos em silêncio e lembro que só ouvíamos o tique-taque angustiante de um relógio que sempre considerei sigiloso. E de repente Carmen quis saber por que eu estava lendo o livro do Sánchez e se não tinham me falado que era muito ruim, tanto aquele livro como os outros que ele havia escrito, Ana Turner lhe dissera isso.

— A Ana Turner disse isso?

— Não mude de assunto — falou.

E perguntou como é que eu conseguira reconhecê-la no conto. Como a questão era absurda e a resposta óbvia, parecia que ela é que queria me fazer mudar de assunto. Não conseguiu. Pelo visto, falei, você não se lembra de que, entre outros detalhes, ele dá nome a todos os primeiros pretendentes que você teve. É verdade, disse ela. Além do mais, falei, há um trecho em que Walter tenta, por carta, descrever a cor do mar para uma amiga, quando na verdade está falando da cor dos seus olhos.

Só faltou eu ler este trecho para ela: "Como explicar-lhe o azul intenso deste mar? É safira, mas safira vivo; é a cor dos olhos dela, uns olhos transparentes, mas indecifráveis, com uma espécie de pureza ao mesmo tempo límpida e sólida, alegres, vivos, únicos sob este céu azul pálido e branco de neblina".

É estranho, mas um momento atrás, ao transcrever esse trecho dos olhos cor de safira, tive uma sensação súbita e irracional e me apaixonei de novo por ela, como nos primeiros tempos. Controlamos nosso destino ou forças invisíveis nos manipulam? Eu me pergunto isso enquanto escuto Carmen ir para a cozinha, quase certo que para fazer nosso almoço. Ouço seus passos se afastando no corredor e rememoro outro trecho do relato:

"Filha insubmissa da egípcia Ast, bela e pálida como a noite, tempestuosa como o Atlântico, Carmen foi se especializando em provocar desesperos."

Desesperado, levo as mãos à cabeça. Não sei bem por que faço isso, talvez seja só amor de perdição, só desespero de tanto amor e de tanto temor de perdê-lo.

20

Eu sabia que os efeitos de um conto podiam ser avassaladores, mas nunca tinha sentido isso na pele. Desde ontem sei que podem, por exemplo, fazer com que você volte a se apaixonar por sua esposa de tantos anos. O mais curioso nisso tudo? Que acabo de ver que o relato que sucede ao "Carmen" no livro do vizinho se chama "O efeito de um conto", e já nem sei mais o que pensar, pois esse novo acaso me parece excessivo. Duvido que eu vá ler ali a história de meu reapaixonamento, mas se isso acontecesse eu teria de entendê-lo apenas como um sinal de que o mundo real enlouqueceu; não eu, é claro.

Em todo caso, o fato de o conto que sucede ao "Carmen" ter esse nome me soou bem, porque me ajudou a imaginar algo em que acho que nunca pensei: livros nos quais o leitor fosse lendo o que está acontecendo em sua vida no momento exato em que tudo acontece.

Isso me fez suspeitar que poderia estar acontecendo comigo o seguinte: antes mesmo que chegue o dia em que eu esteja pronto para reescrever o romance do meu vizinho, a própria leitura dessa obra vai por vezes me obrigar a *viver previamente* algumas de suas sequências.

Seria possível que algo assim ocorresse? Não dá pra descartar nada. Já entregue a suposições e especulações, me pergunto se nos últimos tempos a Agência de Ajustamento já não estava trabalhando na sombra para me afundar como homem de negócios e, assim, me induzir mais facilmente a começar um diário pessoal que me levaria a projetar um remake do romance mais etílico de Sánchez, o que, por sua vez, me daria de bandeja uma renovada paixão por minha mulher, que foi, nada mais, nada menos, o que aconteceu comigo ontem... Mas tudo isso também poderia ser encarado de forma um pouco diferente, como uma grande e maldosa peça que gostariam de me pregar aqueles hipotéticos agentes ajustadores: me deixar na ruína, sem margem de manobra para novos negócios, e tudo só pra que eu possa conhecer as alegrias de uma atividade marginal (escrever) e a felicidade do retorno a um tedioso casamento estável, sem turbulências.

A Agência de Ajustamento de que estou falando é a que aparece em *Os agentes do destino* (*The Adjustment Bureau*), um filme que vi na TV não faz muito tempo. Uma adaptação de um breve conto de Philip K. Dick pelo qual transitam subalternos kafkianos ou agentes do Destino, homens da chamada Agência de Ajustamento, funcionários que controlam e, se preciso, manipulam o destino dos humanos.

— Você acha que esses subalternos conspiram para que seu diário seja apenas um romance? — pergunta a voz.

Era justamente nisso que eu estava pensando, de modo que não preciso responder.

&

Neste meio-dia li "O efeito de um conto" e, como era de se esperar, o mundo não tinha ficado totalmente louco e meu dilema — saber se controlamos nosso destino ou se forças invisíveis nos manipulam — foi bastante resolvido, porque o relato não continha nenhuma história de reapaixonamento nem nada parecido; eu podia ficar tranquilo, ele não tinha nenhuma ligação com a minha vida particular.

Se havia algo bastante óbvio nesse oitavo relato do livro é que para escrevê-lo Sánchez se inspirou em "Eu vivia aqui", uma desoladora e muito breve história de fantasmas da caribenha Jean Rhys. De fato, a epígrafe era dela: "Pela primeira vez se dava conta do que realmente estava acontecendo com ela". E aqui a história que Walter contava tinha ecos evidentes de "Eu vivia aqui", pois o enredo de ambas era muito parecido.

No começo de "Eu vivia aqui", tínhamos uma mulher que, de pedra em pedra — um caminho precário que se notava que ela conhecia perfeitamente —, atravessava um riacho. A mulher seguia muito contente de estar voltando para casa e apenas o céu, lá em cima, a inquietava, pois naquele dia ele parecia levemente diferente, talvez por estar muito cinzento e vítreo. Depois de atravessar o riacho, ela parava diante dos degraus gastos de uma casa, junto da qual havia um automóvel estacionado; esse detalhe a deixava muito surpresa. Nunca tinha visto um carro? Um menino e uma menina brincavam debaixo de uma grande árvore do jardim. "Oi, oi", dizia para eles, querendo se animar. Mas eles não pareciam notar sua presença e continuavam brincando como se nada estivesse acontecendo. "Eu vivia aqui", murmurava então a mulher, e estendia instintivamente os braços para eles. O menino a fitava com seus olhos cinzentos, mas não a via. "Ficou frio de repente. Percebeu? Vamos lá pra dentro", dizia o menino para a menina, sua companheira de brincadeiras. A mulher deixava cair os braços, e o leitor então lia a frase que tanto temia e que fechava o relato: "Pela primeira vez se dava conta do que realmente estava acontecendo com ela".

Em "O efeito de um conto", Sánchez/Walter toma como ponto de partida a história de Rhys para ligar literatura e vida ao narrar a aflição que toma conta de um menino chamado Manolín quando ouve casualmente o relato "Eu vivia aqui". Esse relato é contado em voz alta por um pai a uma mãe, e o filho deles, o tal de Manolín, escuta por acaso e fica muito abalado por perceber que a história revela que todos nós, mais cedo ou mais tarde, temos de morrer, e que depois disso vamos visitar a casa da família sem que ninguém nos reconheça, como fantasmas. Então Manolín começa a questionar por que é que teve de nascer se foi para morrer e se seus pais só o conceberam para que ele conhecesse a experiência da morte.

"Já era noite em New Orleans quando a mão do pobre Manolín tremeu, sua caneca de leite caiu no chão e ele me incitou a lhe contar aquela história. Parecia tão abalado pelo que eu acabara de contar para sua mãe que não considerei nada oportuno repetir para ele nem uma só palavra do que eu tão alegremente havia narrado em voz alta alguns minutos antes. E lembro que foi perturbador ver o efeito que aquele conto teve sobre ele, pois não era uma história fácil de um menino entender. Mas Manolín, visivelmente triste, repetia como um fantasma: eu vivia aqui, eu vivia aqui... E depois ficou, por um tempo, silencioso e pensativo, muito aflito, até que se rendeu e finalmente pegou no sono. Ficou três dias de cama, embora o médico nos dissesse o tempo todo que ele não tinha nada.

O médico do conto — esse não é um detalhe exatamente irrelevante — é sevilhano, e no final do relato é possível ver que o lugar onde tudo se passa — inclusive o descomunal episódio confuso ou "momento mareante" em que o misterioso narrador, o imitador da escrita de Rhys, parece ter a ressaca do século, a ressaca de sete mil doses de rum seguidas — é uma New Orleans que, na verdade, lembra muito Sevilha. Lembrar dela, porém, não é nada fácil, pois são cidades bem diferentes, mas o narrador nos convence de que são parecidas. Ocorre que o narrador, embora nunca chegue a mencionar isso explicitamente, indica ao leitor com suficiente clareza que o menino da história é o futuro barbeiro sevilhano no momento de descobrir que, mais cedo ou mais tarde, vai morrer (talvez só tenha faltado o pobre Manolín saber que seria assassinado por um ventríloquo num obscuro beco português).

"Nunca na vida eu vi uma cara tão triste como a do coitadinho durante aqueles três dias que ficou de cama. 'A que horas vou morrer', perguntou para nós na tarde do terceiro dia. Sua mãe não sabia o que dizer. E eu, que não sou da família, sabia menos ainda como podia lhe dar a mão naquele complicado conflito. 'Descobri que eu vou morrer, sabe? Aquela história do outro dia falava isso', disse o menino. Ficamos tão petrificados que olhamos para o lado, e depois sorrimos, como se quiséssemos lhe dizer para não se preocupar."

Em certo ponto ficamos sabendo que em New Orleans, à beira-mar, todos os jovens passeiam tristes. Aí já estamos quase no final do conto:

"De noite, Manolín havia recobrado parte de sua incansável vitalidade e, como se quisesse imitar nosso sorriso de algumas horas antes, ria à toa. Achava graça em tudo. Mas não era mais o mesmo. Sua infância terminara bruscamente. Ao ouvir sem querer aquele conto, tivera acesso ao conhecimento dessa realidade indestrutível a que chamamos morte. Isso o deixara doente, mas também livre para reagir como quisesse. Para rir, por exemplo. E só Deus sabe como o menino ria, porque ele ria tanto que era impossível saber quanto exatamente ele ria, e ele também dava gargalhadas que acabavam por lhe marcar um ríctus fatal de angústia."

Com essas palavras chega ao fim "O efeito de um conto", e com ele as andanças de um menino que, com o tempo, descobriria num beco lisboeta como era verdadeiro aquilo que lhe vaticinara o conto ouvido casualmente na infância.

E hoje fico por aqui. Me deu sono, e acho que é melhor pensar que amanhã vai ser outro dia etc. Não é assim que falam os fazedores de diários? Carmen está na sala vendo TV. Fecho a porta de casa com uma dupla volta na chave, mas antes olho pela gelosia para ver como está o corredor, e aproveito para mirar o triângulo visível do corrimão da escada. Parece que não há um só morador no imóvel. Silêncio enorme no edifício. No entanto, a maioria das pessoas já deve ter entrado em casa e muitos já devem estar dormitando. Imagino Sánchez no apartamento do lado, também já recolhido, se preparando para o sono reparador e de repente se levantando de um salto, como se o menor ruído, vindo do mundo do subsolo, o tivesse alertado do perigo indefinido que eu, seu vizinho, represento, ao não comunicar a ele nem a ninguém que não paro de planejar as modificações que farei nas memórias de Walter. E olha que ainda não acabei de lê-las.

[ÓSCOPO 20]

Pensei nisso e estou meio tonto e acho que, na verdade, eu devia ir dormir, mas, como pensei nisso e não quero esquecer, acho que vou transcrever tudo aqui, mesmo caindo de sono. Não creio que seja tão ruim nem necessariamente desconcertante que Sánchez tenha incluído nas memórias de Walter uma história vivida pelo barbeiro quando menino. Na verdade, começo a pensar que a inclusão dessas histórias tão laterais em relação ao tronco central da autobiografia do ventríloquo é um verdadeiro achado, pois a vida de um homem não é determinada unicamente por acontecimentos nos quais ele está lá, presente. Coisas aparentemente muito desvinculadas de seu mundo podem acabar explicando melhor sua vida do que outras nas quais ele está muito envolvido.

Isso me lembra a primeira vez que vi que algo do gênero ocorria na biografia de um artista. Já faz alguns anos li um livro sobre Baudelaire em que a cronologia dos fatos da vida desse poeta se iniciava com o nascimento de seu avô e terminava quatro anos depois de sua morte, num parágrafo em que o biógrafo se ocupava dos passos perdidos — apoiada em muletas e falando sozinha pelos bulevares — de Jeanne Duval, a amante do escritor. Já naquela época me pareceu interessante que se considerassem também aqueles passos perdidos como integrantes da vida de Baudelaire.

Às vezes alguns focos descentrados, bem laterais, podem melhorar a iluminação da cena central.

&

Desperto, me levanto para anotar a única lembrança do final do meu pesadelo. Alguém, com uma obstinação notável, me dizia:

— Olha, é muito estranho estar lendo uma história contada há mil anos por um vizinho.

21

Imagino que a realidade não precise de ninguém que a organize em forma de trama, pois ela é, por si mesma, uma fascinante e incessante Usina criativa. Mas tem dias em que a realidade dá as costas para essa Usina sem rumo que é a vida e tenta dar um clima de romance ao que acontece. Então eu resisto, porque não quero que nada perturbe a escrita desse diário, resisto tão horrorizado quanto Jekyll diante de Hyde ao perceber que aquele homem de bem estava sendo pressionado pelo "pérfido desconhecido que tinha dentro de si". Foi isso que aconteceu hoje, quando a realidade se empenhou em me mostrar, com a melhor iluminação ao seu alcance, sua implacável máquina de romancear, o que me incomodou por um tempo até que cedi e me deixei levar por uma patética luz de neon dos fundos da rua em que fica o vetusto bar Treno, com sua iluminação extremamente horrível.

Há quantos anos eu não entrava nessa rua tão sinistra? Ela não era, do bairro do Coyote, a rua em que eu menos tinha pisado na vida? Fazia anos que eu a evitava, e certamente tinha motivos de sobra para desviar dela. O fato é que a luz de neon em pleno dia me atraiu e logo depois eu estava sentado num canto inóspito do Treno, o lugar mais amplo e também o mais antiquado do Coyote. Entrei para tomar um café duplo de que precisava urgentemente, por isso não perdi nem um minuto procurando um bar melhor, que, aliás, pelo menos naquela rua, não existia. Sentei na área de mesas menos atraente do local, uma que fica bem no final do interminável balcão antiquado, um balcão muito antigo, com prateleiras em cima, parecido com um daqueles McDonald's de outros tempos. Minha mesa era a última das que ficam separadas do salão dos fundos por uma longa vidraça opaca que não deixa a gente enxergar os fregueses que estão do outro lado, embora seja possível ouvi-los perfeitamente. E ali, sem que eu ao menos tivesse tempo de desconfiar que não sairia ileso de minha escolha de mesa, fiquei muito surpreso ao reconhecer, de repente, do outro lado da vidraça, a odiosa voz metálica e critiqueira do sobrinho do Sánchez.

Meu Deus, pensei, não é possível, é ele mesmo. O sobrinho estava contando a duas mocinhas como as coisas iam mal no mundo da literatura, onde os homens de negócios andavam se desfazendo de tudo que julgavam muito pesado, muito carregado de sentido... "Estamos nas mãos de monstros", afirmou o sobrinho de súbito, categoricamente. E começou a explicar a diferença que pensava ver entre um romancista que faz best-sellers e que trabalha com a superficialidade do pior jornalista, e um escritor profundo como... Mundigiochi.

Ele disse Mundigiochi, foi esse o nome que ouvi. Talvez a diferença entre os mundigiochis e os best-sellers, disse ele, seja a mesma que existe entre o escritor que sabe que numa descrição bem-feita há o gesto moral e a vontade de dizer o que ainda não foi dito e o escritor de best-sellers que usa a linguagem simplesmente para obter um efeito, e sempre aplica a mesma e imoral

135

fórmula de camuflagem para enganar o leitor. Por sorte ainda restam autores, disse ele por fim, nos quais há uma busca ética precisamente em sua luta por criar novas formas...

Parecia o Sermão da Montanha.

Eu não podia acreditar: aquilo tudo não passava de quatro frases feitas muito batidas sobre a situação da indústria cultural. E, a julgar por suas palavras, as duas moças pareciam deslumbradas com os comentários do sobrinho odiento. No fim das contas, pensei, vou ter que admitir que é verdade que os subalternos da Agência de Ajustamento trabalham para que me aconteçam coisas. Porém, se fosse assim e seu escritório realmente existisse, seria preciso reconhecer que eles agiam de forma bastante imperfeita, porque o *speech* do pobre sobrinho execrador era, para ser gentil, totalmente desarticulado. Como se não bastasse, depois de uma breve pausa eu o ouvi dizer que as pessoas mais interessantes eram as que nunca tinham escrito nada. Então me perguntei: o que fazemos com os mundigiochis?

Por pouco não vou até o outro lado da vidraça opaca para lhe perguntar isso de viva voz.

Foi curioso. Prodigiosamente encadeado a sua declaração em favor dos que não escrevem nada, soou na rua o uivo da sirene de uma ambulância, um barulho estrondoso. Quando ouvi novamente a voz do sobrinho, tive a impressão de que tudo havia mudado.

— Às vezes falam de mim — dizia ele em voz baixa e triste —, mas eu não tenho medo de me mostrar como sou. Detesto os que aparentam ser razoáveis, educados e tudo o mais. Falo sem pensar nas consequências do que digo. Não me preocupo com minha imagem. Mas é claro, hoje eu fiz a barba, que conste que fiz a barba — aí ele riu, ou foi o que me pareceu, uma risadinha melodiosa, um pouco imbecil. — Sou feliz desse jeito, não de outro. Não tenho medo de nada. Vocês me entendem?

Ninguém respondeu, e o silêncio delas precipitou as coisas. O sobrinho acabou revelando seu verdadeiro e único objetivo e falou demoradamente da festa que queria organizar em seu muquifo. Então tudo ficou muito maçante para mim, porque só me restava espiar a enorme falta de jeito com que ele tentava levar as duas moças para a cama. A certa altura, deixei de escutar e quando prestei atenção de novo ouvi uma delas dizer:

— Mas mesmo assim a gente gostaria de entrevistar o seu tio, você tem que nos ajudar.

Não quis ouvir mais nada, era evidente o que estava acontecendo ali. Fui em direção à porta, paguei no caixa e saí. E depois, já na rua, tendo empreendido lentamente o caminho de volta, pensei que já tinha ouvido o suficiente do sobrinho execrador, em duas ocasiões diferentes, para saber que seu lado horrível e estúpido era compensado pelo enigma que ele mesmo, com algum detalhe isolado de talento, acabava por deixar sempre claro. Em outras palavras: como eu não sabia direito de que lado ficar, pensei que o mais recomendável, sempre, seria ficar com a versão mais favorável e não com a oposta, pois, se em algum momento ele mostrou alguma genialidade, isso devia indicar que ele era de fato genial, ou potencialmente genial. Mesmo assim, eu tinha de reconhecer nele um lado muito patético, para não dizer péssimo, porque se valer, até pra paquerar, daquele discurso obsessivo contra o tio era no mínimo feio, pra não dizer coisa pior. Mas mesmo assim achei que o pobre sobrinho saía ganhando, comparado com o tio, que estava mais para um pavão inconsistente, além de cidadão insuportável, com um passado de antigo namorado de Carmen que eu ainda não tinha conseguido digerir direito.

Eu gostava do sobrinho, principalmente porque ele não tinha problema em ostentar um tipo de autenticidade que lhe era prejudicial em muitos aspectos, mas que lhe permitia *ser ele mes-*

mo. No fundo, aquele sujeito descomplexado e desbocado estava dizendo o tempo todo que não escrever e se negar a baixar a cabeça para o sistema tinha, no mínimo, um valor tão grande quanto garranchear páginas para produzir um miserável romance lucrativo. Sem saber, o sobrinho na verdade só me revelava como eu fizera bem em escolher o caminho de escrever longe do ruído mundano; o caminho de nunca publicar nada; o caminho de escrever pelo prazer de aprender a escrever, de tentar averiguar o que escreveria se viesse a escrever.

O sobrinho me inspirava sentimentos contraditórios, mas tínhamos algo em comum: ele parecia gostar da condição de vagabundo, ao contrário de mim, mas eu não podia negar que, no fundo, essa vida também me atraía, e a prova disso era a simpatia com que via a ideia de Walter de viajar aos países árabes e tentar conhecer o mito de origem, ou seja, o primeiro relato. E também com que via a ideia de fugir, que em Walter nascia da necessidade e em mim era apenas uma ideia de errância, que eu sentia que podia realizar nas próprias folhas deste diário.

&

"Não tem a menor importância, por isso é tão interessante", dizia Agatha Christie. E ao me lembrar dessa frase — já estava havia cinco minutos fora do vetusto Treno — pensei no pobre sobrinho execrador. E de repente resolvi dar meia-volta e regressar ao bar. Caminhei durante um longo minuto junto de uns chineses que andavam no mesmo passo que eu, sem encontrar um jeito de ir à frente ou atrás deles. Pareciam uma réplica de mim mesmo, ou um sofisticado arremedo do meu modo de andar, e isso me fez lembrar que ontem Carmen, talvez levada pela alegria que sente ao ver que o tempo do amor voltou para ela, me convidou a viajar para longe. Para a China, disse, e depois não falou mais nada sobre a China nem sobre nada, nem eu. Essa palavra, sozinha e estranha, ficou flutuando, *China*. Quando, minutos depois, eu perguntei por isso novamente, ela disse que não tinha falado nada. Foi como se tivesse se dado conta de algo que havia esquecido e que a impedia de viajar. O fato é que chegou a negar que tivéssemos falado sobre a China.

Parei na Bodega Amorós e tomei um gim-tônica quase de um trago só, não com a intenção de ficar instantaneamente denso e espesso, mas de me munir de mais coragem do que o normal. E quando entrei novamente no sujo Treno, deixei para trás a toda velocidade o longo balcão antiquado e fui além da grande vidraça escura e me plantei bem na frente do sobrinho no momento em que ele — mais repetente ou repetidor do que nunca — estava repetindo que seu tio não tinha mais nada a dizer. Até então eu não conseguira vê-lo, só ouvi-lo através da vidraça opaca. Quando o tive diante de mim, ele me pareceu mais asseado que da última vez que o vira, eu diria até que com as costas mais largas, provavelmente por causa das exageradas ombreiras de um blazer vermelho que lhe dava um aspecto mais juvenil e até saudável.

— Mesmo supondo que seja assim e que ele não tenha mais nada a dizer — interrompi-o sem maiores considerações —, gostaria de ter uma conversa com seu tio, com seu ilustre tio, preciso entrevistá-lo já.

Ele me olhou com espanto. E suas duas amigas — muito jovens, como eu imaginara, e com um ar intelectual conferido por seus respectivos óculos de tartaruga — também se mostraram assustadas, embora acabassem rindo, rindo tanto que os óculos de uma delas até caíram no chão, e depois caiu ela.

Acho que preguei um susto neles, que primeiro deu medo e depois os divertiu. Não vou ficar nervoso, disse comigo. Mas não percebi o rolo desnecessário em que tinha me metido. O sobrinho execrador estava mais bêbado do que eu pensava e parecia prestes a se levantar para me repreender com severidade, talvez para me bater. Então, com um quê de timidez mas mentindo intencionalmente, falei que era jornalista do *La Vanguardia*. E apontei ligeiramente para fora, em direção ao Leste, para o edifício onde fica a redação desse jornal que há alguns anos saiu do centro de Barcelona para se instalar no Coyote.

Na hora percebi como foi loucura insinuar que eu queria que Sánchez me recebesse. O que ele pensaria se ficasse sabendo? Voltei atrás e me desculpei, tentei fazer com que ele me visse como um lunático qualquer, e até que me dei bem me fingindo de doido. Citei Horácio, como se dissesse a mim mesmo: "Você folgou demais e bebeu demais. É hora de voltar para casa. *Tempus abire tibi est*".

— Então o senhor não tem a intenção de arranjar essa entrevista pra gente? — perguntou, afável, uma das garotas.

Eu só queria que a raiva do sobrinho decolasse, essa raiva que ele usa pra tudo, pensei, enquanto compreendia que, quanto menos me demorasse ali, menos ele se lembraria da minha cara depois.

— Não vou arranjar nada pra vocês, mas cuidado com o Mundigiochi, que é um avião — falei.

Não esperei que rissem ou que o sobrinho quebrasse minha cara e fugi dali voando — como se fosse Petrônio fugindo de noite do palácio de Nero, com um pequeno alforje de couro —, passei como um raio pelo longo balcão antiguinho, onde um garçom careca, que não estava lá antes, lavava pratos com um desleixo que me lembrou alguém. Pensei ouvir que me chamava pelo nome, mas não parei. Não, não queria ficar nem mais um minuto ali no Treno. Quando estava quase na rua, olhei melhor para o garçom e vi que só faltava ele se chamar Mac, porque era idêntico ao do filme do Ford, idêntico ao homem que sempre foi garçom e nunca se apaixonou. Essas coisas acontecem, pensei, admirado. Essas coisas acontecem, disse de novo. Mas nem repetir isso me ajudou a compreender o que o outro Mac estava fazendo ali.

22

Como Carmen insistia em que, bem lá no fundo, eu simplesmente vegetava — ela negava que escrever este diário pessoal, com todo o trabalho que isso implica, significasse fazer alguma coisa —, e como ela também insistia em afirmar que ficar o dia inteiro de braços cruzados era perigosamente entediante e podia até levar ao suicídio — "imagine se você se mata agora que a gente voltou a se amar tanto", ressaltava, com uma ironia que me deixava confuso porque, como ela se apaixonara novamente por mim, eu não sabia o motivo daquele inoportuno tom de deboche —, resolvi que hoje mesmo, na hora do jantar, vou lhe explicar que meu diário é escrito à mão e sempre meio compulsivamente, ainda que depois — por isso passo horas no escritório — eu o revise pacientemente, como se usasse lentes de aumento, passe tudo a limpo, revise novamente etc., e finalmente o salve num documento Word ao qual justamente ontem dei o título de *Diário de um construtor destruído*.

— Mas por que construtor? — perguntou ela.

— Estou vendo que é isso que a surpreende, e não eu dizer que me sinto destruído.

— Tudo me surpreende. Pra começar, você insistir em dizer que faz alguma coisa só porque está escrevendo um diário. Eu apareço nele, não é mesmo?

— Claro, e escrevo maravilhas sobre você, mas que você jamais vai ler.

Deveria ter dito isso de outra forma, mas falei desse jeito porque me irritava, apesar de seu proclamado desdém pelas atividades literárias, sua excessiva indiferença para com minha atividade de aprendiz. É tamanho o desinteresse que ela vem mostrando pelo diário que nem me perguntou por que nunca poderá lê-lo. Mesmo assim resolvi explicar.

— Não que eu queira esconder alguma coisa de você — falei —, só quero ter liberdade total para escrever. Mesmo assim, no diário eu às vezes me dirijo a um leitor hipotético, que eu não procuro, mas a quem falo sem perceber.

Como era de esperar, ela continuou com uma cara de que tudo aquilo não tinha nada a ver com ela. Por um trauma infantil que nunca quis me explicar direito, mas ligado, de qualquer forma, a sua dislexia, tinha aversão a livros. Sem dúvida seu trauma deve estar relacionado ao fato de que seus pais também eram disléxicos, e com o tempo também contraíram — a princípio pequena, e depois, no final, incontrolável — uma fobia do papel impresso.

— Falo maravilhas de você — disse a ela —, não quer que eu conte alguma? Não precisa ler, já sei que você não vai querer, mas posso contar uma agora mesmo.

Nem assim ela se interessou pelo diário.

No silêncio que se seguiu, pensei que, se em circunstâncias misteriosas, ligadas a um crime obscuro, por exemplo, eu de repente me visse obrigado a fugir só com a roupa do corpo — digamos que com uma camisa branca e uma calça escura e um pequeno alforje de couro com algumas coisas indispensáveis — e me perdesse pelas quebradas, por esse mundão de Deus e, na precipitação da fuga, esquecesse o diário em casa, quem sabe Carmen não tivesse saída a não ser, talvez a pedido da polícia, dar atenção a estas páginas secretas nas quais alguém — talvez ela mesma — descobriria o quanto a amei, mas também o quanto me exaspera sua indiferença em relação a meus exercícios de escrita, assim como essa estranha atitude irônica que não entendo de onde vem.

Uma boa vingança seria fugir para o Oriente e deixar o diário, e que ela tivesse de se interessar por ele, nem que fosse só para entregá-lo à polícia.

Mas tudo isso são especulações porque eu a amo, embora a pulsão de fuga, a tentação de imitar Walter e dar no pé — no meu caso, sem ter de matar ninguém —, seja realmente muito grande.

O que Carmen faria depois com as páginas do diário? Talvez as esquecesse para sempre, ou talvez desse uma de Max Brod e as entregasse para alguma editora avaliar. "Afinal, embora ele escrevesse para si mesmo, no fundo procurava um leitor", diria piedosamente Carmen, sem deixar de se mostrar insensível em seu modo de ver as coisas relacionadas ao que ela chama de "a venturosa baboseira da literatura".

Talvez ela esquecesse logo o diário, mas nunca se sabe, talvez se transformasse em meu Brod particular. E eu, lá de onde andasse perdido, vagabundo errante por mil caminhos, aprovaria e aplaudiria em silêncio que ela o publicasse e que aqueles que o lessem fizessem comigo tudo o que eu mesmo penso fazer com Sánchez, ou seja, que o lessem e, ao fazê-lo, fossem modificando o que eu tivesse escrito ali.

Entretanto, onde eu estaria? Em constante errância? Tudo

isso são especulações, mas acho que estaria escondido em algum lugar que lembrasse ao máximo a antiga Arábia Feliz — como a chamavam os antigos gregos, certamente pelo café e pelo incenso que exportavam do porto de Moca —, entocado em algum lugar que lembrasse aquele território africano no qual durante anos reinou a alegria e que hoje é puro espaço de pânico e terreno fértil para o infortúnio.

Eu me ocultaria tanto da vista de todos que certamente pensariam que eu estava morto. Ficaria lá bem escondido, à maneira de Wakefield, aquele personagem de um conto de Hawthorne, aquele marido que um dia sai pela porta de casa, diz para a mulher que vai voltar bem tarde na sexta-feira, mas vai adiando a volta para casa e passa os vinte anos seguintes morando numa casa no fim da rua, até que, passado esse intervalo de tempo, num tempestuoso dia de inverno, vê fogo naquele que um dia tinha sido seu lar e decide voltar, tranquilamente bate à porta da casa da mulher, e volta.

O que todo mundo ia achar estranho quando encontrassem meu diário seria que, tendo sido interrompido abruptamente por um sério contratempo — por desaparecimento ou por morte do autor —, ele fosse encontrado num estado que permitia que, sem que se mexesse numa única vírgula, ele pudesse ser imediatamente editado.

O manuscrito teria uma primeira e uma segunda parte perfeitamente delimitadas: a segunda modificaria parte da história (com crime incluído) que se ocultaria no centro das páginas diarísticas da primeira.

O que ia acontecer é que, contrariando as aparências, o diário não teria sido interrompido pela fuga e, portanto, não estaria por terminar, mas o contrário: teria sido planejado para que o indispensável desaparecimento do autor — que poderia sumir no mundo, mas também morrer, o que ele achasse melhor, pois a única coisa essencial ali seria que passasse a ser pura ausência — encerrasse o jogo que o próprio texto teria se encarregado de articular, de modo que fosse necessária a cumplicidade da morte ou da fuga de quem o estava escrevendo para que o artefato diarístico encontrasse o fecho ideal para o enredo posto em cena e ficasse completamente terminado, mesmo parecendo incompleto. Seria, assim, um diário planejado para que se pudesse fazer passar por "inconcluso", e até idealizado para que alguns vissem ali, camuflado, um "romance póstumo irresolvido", desde que, é claro, o autor, encarnação do Wakefield da nossa época, fizesse algo previamente para sair de cena.

Talvez Carmen se transformasse no meu Brod, coisas mais estranhas já foram vistas. Talvez ela mesma publicasse meu diário falsamente "incompleto".

Mas tudo isso, fiquei cismando hoje, eram apenas especulações que eu fazia por diversão e que saciavam, em parte, minha sede de vingança contra a indiferença de Carmen em relação a meu *discreto saber*. Especulações que, no fundo, derivavam de uma confissão inicial deste diário: minha queda por livros *póstumos e inacabados* e minha vontade de falsificar um que pudesse parecer, sem de fato estar, interrompido... Se um dia eu viesse a falsificar algum, na verdade não faria mais que inscrevê-lo numa cada vez mais concorrida corrente literária contemporânea, a dos "póstumos falsificados", um gênero da história da literatura ainda pouco estudado.

&

No meio da tarde, quando Carmen desligou o telefone depois de uma longa conversa, encomendei-me à proteção dos subalternos kafkianos da Agência de Ajustamento e rogando-lhes, sobretudo, que não me pusessem em contato, por engano, com o Departamento de Desajustamento (um obscuro departamento dentro da grande Agência), pedi também que, caso existissem de verdade, me dessem uma força e me ajudassem a conseguir o impossível: que Carmen prestasse ao menos um tico de atenção ao que eu queria lhe dizer sobre meus trabalhos de principiante.

Acreditando estar protegido, ou melhor, preferindo acreditar-me protegido pelos subalternos do Alma Kafkiana do Escriturário (outro departamento, entre os tantos, daquele lugar), fui muito decidido até onde Carmen estava e, sem nenhum preparo prévio, falei à queima-roupa que nada do que conto neste diário é inventado, exceto minha identidade de construtor destruído. Eu esperava que ela reagisse, mas isso também não adiantou nada, e então me atirei num abismo particular e disse que inventei esse passado de construtor para não ter de pensar novamente no *drama*.

Aí ela reagiu. Com cara de pânico. Quando falei do *drama* seu semblante mudou, e ela até prestou repentina atenção ao que eu dizia, pois não existe nada, há semanas, que lhe dê mais medo do que a introdução desta palavra, *drama*, em nossas conversas. Ocorre que a palavra, pronunciada assim, de imprevisto, a faz voltar ao tema em torno do qual dei incessantes voltas nos infindáveis dias que se seguiram à minha demissão do escritório de advocacia no qual trabalhei a vida toda.

Para prender sua atenção, para amarrá-la a um poste imaginário e assim poder dizer tudo o que era necessário que soubesse, contei, meio por cima, que não queria que este diário me fizesse dar de cara novamente com o *cão negro* — expressão horrível e já muito usada por outros antes, uma metáfora da melancolia —, e aí ela reagiu com um olhar de verdadeiro pavor, pois falar desse *cão* ainda lhe dá mais medo do que falar de *drama*, porque a faz voltar aos dias em que perdi o emprego e fiquei transtornado e costumava chamar meu desespero de *cão negro*.

No tempo que durou esse momento de pânico pelo possível ressurgimento de danos anímicos que ela pensava já estarem superados, aproveitei para contar que comecei a escrever o diário em parte porque pensei que talvez me ajudasse a sair daquela fossa em que caí quando fui despedido, dois meses atrás, do escritório de advocacia. E também, para fazer com que o diário me produzisse efeitos terapêuticos, tive de inventar uma profissão para mim — a atividade de construtor de imóveis foi uma solução idônea — que se afastasse do mundo das Leis e me poupasse do contínuo confronto com meu passado de advogado, pelo menos até que — esse dia chegou — eu percebesse que as feridas causadas pela humilhante e brutal demissão estivessem mais cicatrizadas. Embora não conseguisse acreditar totalmente no valor terapêutico da escrita, tinha a vaga esperança de que ela, de alguma forma, pudesse me ajudar a esquecer ao menos uma parte da grande humilhação. E tive certa fé em que o caderno me daria uma força nisso tudo. A ideia era afastar, como desse, à base do discreto aprendizado da escrita, o núcleo duro de minha desonra e degradação, a raiva pelo modo infame com que me botaram na rua, o escândalo da indenização tão insuficiente, o susto de me ver subitamente sem nada, sem nem ao menos o adusto e fleumático adeus de um colega de trabalho.

A ideia era evitar a lembrança de tudo o que pudesse me entristecer e impedir minha legítima aspiração de ser feliz no diário. Fascinavam-me os dias de ócio que faziam com que até minhas convicções mais sólidas se desmanchassem em agradável indiferença. Mas para cair nesses momentos indolentes que o futuro me prometia era necessário que parte do dia fosse ocupada com o diário, e que este se chocasse o mínimo possível, por exemplo, com meu passado de advogado, que me reportava a drama, a trauma, a *cão negro*, a desolação, a suicídio.

Contei tudo isso para Carmen e então se deu o que eu menos esperava, pois ela se permitiu um gracejo à beira do abismo e disse, num doce tom melodioso, com vontade de desdramatizar, mas com um toque frívolo:

— Melhor ser advogado honrado, ainda que humilhado, que capitalista castigado.

Eu não podia acreditar no que tinha ouvido. Capitalista castigado! O amor é cego. Repeti isso para mim duas, três vezes. Precisava me dizer isso se não quisesse voltar aos dias mais duros da crise e desabar completamente.

[ÓSCOPO 22]

Parece que continuam descobrindo que a suave amabilidade de uma liderança dá melhor resultado empresarial que os mandos e desmandos. Estudos sobre o funcionamento do cérebro (realizados com ferramentas como a ressonância magnética funcional) detectaram que o trato desrespeitoso eleva a pressão sanguínea e gera estresse. "É o caminho para a depressão, a segunda doença que mais cresce nos países desenvolvidos, segundo a Organização Mundial de Saúde. O chefe é desrespeitoso, às vezes se manifesta aos gritos. Já o líder trabalha para extrair o máximo de talento, e para tanto deve haver respeito, confiança e motivação", explicava outro dia o codiretor do programa de *coaching* executivo da Deusto Business School. Mas para mim é difícil acreditar nisso. As formas mudaram, mas no fundo as coisas são mais assustadoras do que antes, talvez precisamente porque a pessoa confia e acredita que tudo está indo um pouco melhor e não imagina que vá topar, de repente, no dia menos esperado, com a autêntica verdade: não gostam de você porque nunca gostaram e o despedem porque você ficou velho e porque arma altos escândalos e porque bebe demais e porque um dia você citou uns versos de Wallace Stevens no momento mais tenso daquela reunião do gabinete de crise.

23

O nono conto, "A visita do mestre", se abre com uma epígrafe de Edgar Allan Poe, de seu poema "O Corvo": "É — sussurrei — um visitante/ batendo à porta do meu quarto./ É só isso, nada mais".

De fato, é só isso; o Corvo sempre está lá no fundo, prestes a bater à porta, ou já batendo, ou já diretamente dentro da nossa casa, voando por todos os corredores. O Corvo é a Morte para quem, como eu, em que pese minha indubitável vocação de modificador, não é capaz de ler esse trecho de Poe de outra maneira. Diante do Corvo perco a capacidade de modificar, é bem estranho, eu fico um trapo. O Corvo sempre ganha. É como o número zero na roleta. A Casa sempre ganha. Contudo, o Zero pode ser alterado, falseado. Um falso *póstumo e inacabado* é um livro que consegue rir da Morte, tão acostumada, de um modo tão assombrosamente obstinado, a conseguir o que quer.

Hoje, não sei por que — se soubesse me sentiria melhor — acordei com a lembrança de quando minha mãe usava uma bolsa de couro de crocodilo, e logo me lembrei das bolsas de plástico transparente que Joe Brainard disse que pareciam *tupperwares* pendurados num cachecol. Me lembro, escrevi, das gravatas que já vinham com o nó feito e com uma colinha para pendurá-las no colarinho. E depois me lembrei de quando encontrava o Corvo em tudo o que lia, às vezes até com uma transparência de bolsa de plástico que me amedrontava, como quando Bardamu, no primeiro romance de Louis-Ferdinand Céline, diz: "Temos que escutar no fundo de todas as músicas o ar sem notas, feito para nós, o ar da Morte".

Pensei descobrir o eco dessas palavras de Bardamu no que é dito de repente, no nono conto, pelo mestre do nosso ventríloquo Walter: um homem que ao falar parece soar na mesmíssima tonalidade sem notas de todas as músicas.

Embora eu fosse lê-lo de manhã, deixei para a noite a leitura de "A visita ao mestre", e então passei o dia inteiro esperando que chegasse a hora das sombras para poder ler o conto com o maior número possível de chances de o Corvo ficar visível, o que provocou situações bem cômicas: que o pássaro negro aparecesse várias vezes antes da hora, pois eu o fui encontrando, de manhã e de tarde, como numa comédia de terror, em diversos lugares da casa. Quantas vezes por dia ele passa ao largo, a meu lado? Se pudéssemos contá-las, acho que acabaríamos loucos.

"Sempre tenho a morte a meu lado", Jünger conta que Céline lhe disse, e que enquanto pronunciava estas palavras assinalou um ponto localizado junto de sua poltrona, como se ali houvesse um cachorrinho.

Ah, se ao longo do dia de hoje eu tivesse conseguido domesticar a Morte, como parece que Céline soube fazer com singular talento para a doma!

Enfim, passei o dia esperando a hora lunática de ler o conto, em meio a breves mas seguidos sustos caseiros causados pelo Corvo, que parecia ter o dom da ubiquidade. Quem seria esse mestre que Walter queria visitar? Outro ventríloquo, parecia o mais lógico. Mas era preciso começar a ler o conto que, por ser o penúltimo do livro, já me deixaria às portas do final de minha releitura/leitura do romance do meu vizinho. E quando caíram as primeiras sombras, ao entardecer, não consegui esperar mais e entrei nesse conto que narra a visita de Walter a Claramunt, que ele nos diz que é "seu grande mestre", ainda que a princípio não se possa saber concretamente qual é seu magistério, o que não é nem um pouco estranho, porque o próprio Walter não parece saber, deslocando-se até a distante e recôndita Dorm sem fazer ideia do motivo de tê-lo posto num altar.

Claramunt foi ventríloquo durante anos, mas não é mestre no assunto, pois o próprio Walter escreve: "Eu o admirava, mas não exatamente por sua lendária habilidade com as vozes de seus múltiplos bonecos, mas por algum motivo meio obscuro. Eu o adorava, mas, por mais estranho que possa parecer, não tinha como localizar a causa de tanta admiração, ainda que, se eu tinha certeza de alguma coisa, era de que o admirava, admirava muito, admirava muitíssimo...".

Walter viaja até Dorm justamente para isso, para averiguar por que há anos tem esse sonho recorrente que revela que ele deveria ir até os Pireneus catalães, até a localidade de Dorm, e lá tentar averiguar por que outrora o famoso Claramunt é seu mestre. Talvez esse sonho insistente e mais que recorrente seja uma falácia. Mas e se não for? Walter não pode cruzar os braços e fechar o acesso a uma revelação que talvez lhe seja essencial. Intrigado, viaja até Dorm acompanhado de María, uma idosa com vitalidade de sobra que, tendo sido amiga íntima de sua mãe, bem como da irmã de Claramunt, se ofereceu para interceder ante o ventríloquo aposentado e conseguir que o monstro os recebesse. Porque, pelo visto, Claramunt tem um péssimo gênio, vive completamente afastado do ruído mundano, e tudo indica que foi se transformando num carrancudo consumado, um sujeito terrível, desdentado e escarrador, que vive cercado de cães e tem o hábito cotidiano de ser desagradável com quem quer que se aproxime minimamente dos arredores de seu sítio.

Claramunt está particularmente mal-humorado quando, depois da longa viagem, Walter e María batem à porta do casarão. Num primeiro momento, como nós leitores precisamos especular um pouco, suspeitamos que talvez o que Walter admire no visitado seja a grande arte que mostrou na hora de desaparecer da vida artística porque, quando nos contou a longa viagem com María até Dorm, insistiu muito na grandeza desse gesto final da vida artística de Claramunt, na majestosidade desse adeus seco e sem contemplações. Além disso, ao evocar a última atuação do mestre no teatro de Valência, lembrou suas últimas palavras no palco, palavras lendárias para os mais velhos de Malvarrosa:

"Eu sou alguém — ele diz que Claramunt disse em sua despedida no teatro Veranda — que vocês foram conhecendo lentamente e sempre por traços incertos. Sou alguém que não tem nome nem o terá e que é muitas pessoas e, ao mesmo tempo, é uma só. E sou alguém que lhes exigiu paciência porque, sem dizer nada, pedi que assistissem com calma, ao longo de anos e anos de atuações, ao processo de construção lenta e trêmula de uma figura humana..."

Enquanto lia essas palavras da despedida de Claramunt no Veranda, foi inevitável que eu ligasse esse "processo de construção lenta e trêmula de uma figura humana" a outro quase idêntico que Walter elabora em suas oblíquas memórias, em que vai construindo com vagar (e desvios no caminho, pois dá passagem a várias vozes alheias) uma trêmula figura humana de personalidade complexa; as memórias vão desenhando a silhueta de um assassino, por mais que este, por sensatos motivos de segurança, nunca deixe isso claro.

Fiquei impressionado com a fé de Walter em sua visita ao mestre, pois a todo momento ele se mostra convicto de que irá descobrir o que foi procurar na casa do velho carrancudo. E se parece tão seguro é porque acredita em seu instinto para decifrar enigmas.

Talvez, insinua María, a mestria de Claramunt se baseie em algo bem singelo, talvez resida em algo que está tão à vista que, como naquela carta roubada de Poe, seja difícil de ver num primeiro momento justo por estar excessivamente visível.

— Você terá de aguçar muito seu instinto — lhe diz María.

Em meio a uma grande cacofonia de cães latindo sem trégua, Walter e María batem à porta do casarão. E então acontece o inesperado, pois resulta que o monstro tem alma:

"Ao reconhecer María, Claramunt a abraçou comovido e derramou algumas lágrimas. Pouco depois, o pretenso carrancudo fez um gesto bem teatral para indicar que entrássemos na casa bagunçada. Sentamo-nos a uma mesa com braseiro no centro, e o monstro nos trouxe chá e patês e vinho das vinhas de Dorm. Não era tão feroz quanto o haviam pintado. Mas sem dúvida tinha o aspecto que cabia esperar dele: terno preto de veludo, envolto em cachecóis e xales, barba de cinco dias, olhar vesgo e terrível. Lá fora, encerrados numa área cercada da casa, os cães ladravam sem parar. A matilha às vezes parava por um minuto, mas logo voltava a latir e a rosnar. Era como se o tempo todo houvesse um forasteiro tentando chegar à casa e o tempo todo os cães o afugentassem. Perguntei a Claramunt se os tinha ali para proteger o lugar. Não, disse ele, cortante, eu os tenho *pelo barulho*. Pronunciou a palavra *barulho* como se ela lhe desse um prazer muito especial. Fiquei calado por um tempo, observando tudo com dissímulo, desempenhando à perfeição meu papel de sobrinho de María, pois ela me apresentou como sobrinho dela, para facilitar as coisas."

María não para nem por um minuto de contar a Claramunt histórias sobre amigos comuns, todos já mortos. E Claramunt a escuta, por vezes até com interesse. De vez em quando, cospe direto no chão. E em certo momento — com uma voz que, pelo que o narrador diz, imaginei parecida com a voz do morto alojada em meu cérebro —, fala do eclipse da lua anunciado para aquela noite e começa a citar os nomes dos cemitérios de Roma. Um após o outro, como uma estranha litania fúnebre. E o ladrar dos cães pontua suas palavras.

Cai a noite e María e Walter ficam para jantar um omelete de queijo recém-feito pelo próprio carrancudo, e falam de Portugal, "o país que, dias depois, eu iria visitar numa longa viagem de trabalho que, diante de Claramunt e para continuar a fazer meu papel de sobrinho irrelevante de María, disfarcei de excursão de turismo".

— Segundo entendi, os cafés de Lisboa estão cheios das ideias casuais de muitos zés-ninguém — diz Claramunt.

E suas palavras soam estranhas na noite. Parecem saídas de alguma prosa perdida de Pessoa. O que, nesse momento, Walter ainda não sabe é que não irá demorar a ir para Lisboa e que irá matar um barbeiro de Sevilha com uma afiada sombrinha de Java.

— As ideias casuais de muitos zés-ninguém — repete María, como se quisesse sublinhar as últimas palavras de Claramunt.

Pouco depois, como se a linguagem de Claramunt tivesse colado nela, conta uma história meio pungente sobre um jovem e um papagaio num vagão lotado de assassinos num velho trem francês. Conta isso e fica entregue, morta de sono, e sua cabeça cai suavemente sobre um vaso que descansa na mesa-braseiro onde jantaram.

— Vamos dar um passeio — Claramunt diz a Walter.

A noite está estrelada e falta exatamente uma hora para o

eclipse lunar. Vão até uma colina da qual, segundo Claramunt, poderão ver bem o fenômeno. Primeiro andam por trilhas de cascalho e depois por caminhos de terra, até alcançar o alto da colina da qual se avista Dorm inteira.

No caminho, como quem não quer nada, Walter pergunta a Claramunt se podia imaginar algum motivo para que ele, como pensa perceber num sonho recorrente que tem há anos, seja seu mestre. "Não entendo", disse Claramunt. "Há anos o admiro — diz Walter —, mas ainda não sei o porquê." Claramunt se aborrece e pergunta se ele pensa que é ele quem vai lhe dizer. Walter então caminha com o coração compungido, consciente de ter cometido um erro ao dizer aquilo a Claramunt, pois nada tão certo como o próprio Walter se incumbir de averiguar o que foi saber ali.

Ouve-se, ao longe, a música de um rádio, música procedente de um sítio, com certeza. "Os vizinhos são horríveis", diz Claramunt, rompendo seu silêncio. "Se você diz", fala Walter. No alto da colina eles sentam no chão duro, à espera de presenciar o espetáculo do sumiço da Lua. E lá Walter tem a impressão de que, mesmo que no início possa ter lhe parecido o contrário, Claramunt está disposto a colaborar para que ele possa saber por que o admira. E é isso mesmo. De repente seu mestre tem uma intuição e se deixa levar e dá passagem a uma litania — como se fosse uma prece — de suas atividades no decorrer do dia:

— Acordo às oito, dou um pulo ritual na banheira cheia de água fria, no inverno apenas alguns minutos, na primavera mais tempo. Isso espanta o sono. Canto enquanto faço a barba, não melodicamente, pois raras vezes o sentido da música desperta em mim, mas canto com alegria, isso sempre. Passeio nos arredores da cidade, na direção oposta à que estamos agora. Depois volto para casa, e de café da manhã tomo leite com mel e torradas. Ao meio-dia comprovo que não chegou correspondência, na verdade nunca me chega nem uma carta, nem um miserável sinal de que os outros existam. A princípio eu pensava que era Durán, o carteiro, que retinha essas cartas porque me odiava. Mas logo tive de me render à evidência de que a humanidade me odiava, não só Durán. Almoço, servido pela dona Carlina, e sesta. De tarde, imagino que há diante de casa uma tília centenária, e às vezes escuto os Beatles num vinil. Muito de vez em quando, mesmo sabendo que me temem, desço de noite até a cidadezinha e conto para as pessoas de Dorm algumas passagens de minha vida de ventríloquo.

Estas palavras iluminam Walter, porque compreende onde reside a mestria de Claramunt. María estava coberta de razão quando disse que talvez a mestria de Claramunt se radicasse em algo muito simples e singelo, em algo que estava totalmente à vista.

"Compreendi por que ele abandonara sua arte. Sua melhor obra era seu horário", escreve então Walter.

Claramunt era um mestre na ocupação inteligente do tempo. Um exemplo de que havia vida fora do ventriloquismo.

"Lembro do fulgor daquele instante que precedeu o eclipse. Um corvo passou e foi como se um muro tivesse desabado, e experimentei a sensação de que Claramunt e eu nos entendíamos numa zona que ia além de nosso encontro e dessa vida. Lia meus pensamentos e percebera que comigo acontecia o mesmo que com ele. E, supondo que fosse assim, tudo levava a crer que, de qualquer forma, ambos estávamos de acordo em que não só nos encontrávamos fora de Dorm como também já longe da noite estrelada que abarca o mundo."

&

Numa ala da sobreloja, no meio da noite, havia uma mulher de cabelos negros, debruçada sobre uns papéis. Eu admirava seu perfil, seu cabelo tão escuro, seu ar de quem tem obsessão pelo trabalho. Por favor, eu dizia, alguém aqui conhece o horário de Mister Poe?

24

Por sorte, não fiquei paranoico a ponto de pensar que esse vizinho do qual falava "O vizinho", décimo e último relato do livro, pudesse ser Sánchez, ou simplesmente eu mesmo. Ainda assim, comecei a ler o conto com precaução. Porque, depois de Carmen ter me aparecido em "Carmen", logicamente eu devia estar preparado para tudo, até para o mais inesperado, que imagino que poderia ser, por exemplo, a irrupção da morte, ainda que eu governe essa circunstância muito bem, porque tenho o Corvo controlado ali embaixo, ele é um pobre *cão negro*. É também o cão de minha depressão, de minha crise após a demissão; eu o mantenho ali embaixo, subjugado.

Deixo-o ali para me divertir e para dizer que "O vizinho" tem uma epígrafe de G.K. Chesterton: "Fazemos nossos amigos, fazemos nossos inimigos, mas Deus faz nosso vizinho".

A citação influiu no que li nas primeiras linhas, nas quais tive a sempre interessante sensação de estar lendo um bom contista inglês que tivesse sido traduzido com refinada exatidão. Walter, que demonstra talento para parodiar Chesterton, recomenda que entremos no que vai nos contar "quebrando em casa nozes de tom avermelhado junto a nossa boa lareira acesa". E a gente, com esse início, pensa que vai dar tudo certo, ainda que não tenhamos nozes em casa, nem lareira, e que lá fora, ademais, o calor seja abrasador, um calor antológico, diríamos.

O conto começa bem, mas logo esquece a ambientação invernal que havia posto em cena, e nós, leitores, começamos a desconfiar que o fio narrativo das nozes avermelhadas foi sendo descartado pura e simplesmente por preguiça. Seja como for, o início prodigioso do relato, com sua meticulosa descrição, quase personalização, de cada uma das fagulhas que saltam na lareira, acaba perdendo fôlego e a certa altura nos vemos presos numa atmosfera de brasa e de estranho sopor, numa paisagem anódina e confusa — quase uma homenagem aos "momentos confusos" do livro —, que me fez esquecer o que lia e levantar os olhos do texto.

Às vezes um início extraordinário prejudica o resto do relato, porque o fato é que este não consegue estar o tempo todo à mesma altura. Levantei a vista e olhei bem para o alto — como se tivesse saudade da grandeza que se fora perdendo, aos poucos, naquele conto — e reparei numa aranha minúscula num canto do teto e comecei a zanzar mentalmente pelo mundo de Chesterton e me lembrei de seu conto "A cabeça de César", no qual o padre Brown diz que "o que realmente deixa todos nós apavorados é o fato de um labirinto não ter centro, por isso o ateísmo não passa de um pesadelo".

Há quanto tempo eu não me lembrava desse excerto? E por que será que ele me viera à cabeça assim de súbito, ao ver tão distraidamente, talvez apenas intuir, aquela aranha minúscula? Enquanto procurava uma explicação que eu estava certo que existia, enredei-me numa teia de aranha mental e fui dar com *Cidadão Kane*, o filme de Orson Welles, em que sempre divisei, nos fragmentos da vida do senhor Charles Foster Kane, o desenho de uma existência semelhante a um pesadelo, a um labirinto sem centro. E então pensei, primeiro, nas sequências iniciais daquele filme, nas quais vemos o que Foster Kane entesourou. Depois pensei numa das últimas imagens do filme, aquela em que vemos uma mulher elegante e desconsolada montando, no chão de um palácio, um enorme quebra-cabeça. Essa cena nos dá a pista: os fragmentos não são regidos por uma unidade secreta, e o horrível Charles Foster Kane, magnata dos negócios do qual pensávamos ter visto uma curiosa biografia filmada, é só um simulacro, só um caos de aparências... Há brechas no relato da vida de Kane e não se contam fatos importantes, mas, em compensação, nos demoramos em detalhes estranhos e na fala de personagens laterais, só indiretamente ligados ao magnata.

Mesmo com minha própria mente perdida nesse labirinto de aparências, percebi que *Cidadão Kane* tinha pontos de contato com as memórias de Walter, que também foram construídas à base de breves lâminas de vida, de fragmentos não regidos por uma unidade secreta, mas almejando o tempo todo contar obliquamente os avatares, essenciais ou não, da história de um artista; uma trajetória feita de frações que ia compondo um infeliz quebra-cabeça que poderia ter se intitulado *Uma vida de ventríloquo*; uma vida que, por sua vez, é um labirinto em forma de teia de aranha sem centro, também é um pesadelo, só que nesse caso, no capítulo final o narrador não só encontra o centro do labirinto como descobre nele um inesperado e sem dúvida anômalo buraco na vegetação que o faz pensar que a fuga tem sua própria trilha...

Quando comecei a andar por essa trilha recobrei minha alegria, e me pareceu que "O vizinho" alçava, feliz, seu próprio voo, e percebi que apesar das angústias habituais eu não podia continuar ignorando que minha vida tinha entrado numa etapa semelhante a um espelho, em cuja superfície se desenhavam, pouco importa quão borradas estivessem, as coisas mais elevadas. Como leitor, eu podia almejar tudo. Parafraseando Gombrowicz, como leitor eu não era nada e, portanto, podia me permitir tudo. Alegrias desse tipo não acontecem o tempo todo, então desconfiei que meu bem-estar era decorrente desse meu trabalho constante de principiante na escrita literária.

A partir daí, avancei suavemente por "O vizinho", como se tivesse havido uma conjunção perfeita entre conto e leitura, uma conjunção que já de cara me fez apreciar uma cena em que pensei me identificar totalmente com o vagabundo Walter, o qual, "caminhando sob a luz da estrela do meu destino", chegava a uma cidade portuguesa perto de Évora, onde ouvia casualmente no bar uma história contada na penumbra e em voz baixa por um freguês; uma história que falava de um jovem daquela cidade — um judeu chamado David, conhecido particularmente por seu caráter austero — e também de seus vizinhos da casa ao lado, uma família de negros angolanos — um casal e três crianças — que, como contavam os fregueses do bar, estavam há pouco tempo na cidade.

Os pobres negros, os João, tinham sido repreendidos por todos por se esforçarem tanto para se fazer passar por gente habituada ao campo, quando, na verdade, eram totalmente ineptos para os trabalhos agrícolas. A história que nesse dia corria de boca em boca no bar da cidade, a que Walter estava ouvindo, na verdade tinha começado no momento em que o vizinho judeu disse aos João, aos gritos, que em assuntos do campo eram completamente inúteis, ou seja, no momento em que repetiu para eles o que o resto da cidade de fato já lhes dissera anteriormente, até com raiva.

Aquela história do jovem judeu e dos João, sempre contada na penumbrosa taberna do vilarejo português, prosseguia com uma cena aterrorizante ocorrida dias depois: ao ver pela enésima vez um frango de granja de seus vizinhos angolanos solto no seu gramado, o severo jovem David disparou oito tiros no coitado do frango, transformando-o numa bola de sangue e penas. Desse momento em diante, o violento vizinho começava, e com razão, a botar muito medo na família de angolanos.

— Mas ontem aconteceu o que eu agora quero contar pra vocês, e foi por isso que antes narrei seus antecedentes — dizia de repente, com uma leve inflexão na voz, o freguês que contava na penumbra a história de David e da família angolana.

O que o freguês contava é que, na ausência dos pais, que tinham feito uma viagem rápida até Évora, as três crianças passaram a tarde do dia anterior montando numa égua de trote, bem velha, comprada a preço de banana não havia muito tempo por seus bondosos pais. Tinham cavalgado tanto tempo no pobre animal que este, exausto, acabou desviando da linha reta e desabou no gramado do jovem judeu severo, e ali, bem ali onde talvez isso menos devesse ter acontecido, caiu morto na mesma hora. As três crianças ficaram horrorizadas e, como se fossem frangos correndo o risco de virar bolas de penas, correram para casa e se esconderam no celeiro, de onde decidiram não sair até que seus pais voltassem de Évora. Da janela do celeiro, as crianças de vez em quando olhavam para ver o que o vizinho estava fazendo. O jovem judeu não parava de olhar, incrédulo, para o velho animal que caíra morto em seu gramado, e depois olhava para o celeiro, e as crianças se afastavam da janela da qual o espiavam. Quando a escuridão caiu sobre o vilarejo, o vizinho foi até o jardim e, sentado na grama a meio metro da égua, também ficou à espera de que os pais aparecessem. Quando eles voltaram para casa, por volta da meia-noite, ficaram assustados, mudos de espanto, horrorizados ao ver o que tinha acontecido; pararam junto ao pobre animal, ajoelharam-se diante dele e choraram, pesarosos, como se chorassem por eles e pelo mundo. À luz da pequena fogueira que o jovem judeu acendera no jardim e que lançava sombras sobre o escuro corpo morto, a égua, por momentos, parecia adquirir proporções gigantescas. O casal temia que fossem ainda mais gigantescas as palavras e as medidas corretivas que o jovem judeu tomaria, mas este, de um modo que eles não podiam esperar, aproximou-se com doçura e começou a consolá--los, a acariciar carinhosamente a cabeça deles, e, em voz baixa, contou-lhes como se dera a morte instantânea do pobre animal, e depois, sempre à luz da fogueira, contou — bem devagar, sem pressa e falando com a maior gentileza do mundo — uma história que na verdade era uma antiga lenda hassídica, ainda que tenha preferido esconder isso — o dado de que era hassídica — dos angolanos, porque achou que seria uma complicação desnecessária ter de explicar o que significava a palavra *hassídica*.

A lenda dizia que, em certa ocasião, nos arredores de um vilarejo, alguns judeus estavam no final do shabat, sentados no chão, numa casa miserável, e eram todos ali mesmo do lugar, exceto um, que ninguém conhecia: um homem particularmente miserável, em andrajos, que permanecia acocorado num canto sombrio... A conversa naquela desventurada casa, que até então tinha girado sobre muitos assuntos, acabou desembocando numa pergunta que agradava a todos os judeus ali reunidos: que desejo cada um formularia se soubesse que poderia vê-lo realizado? Um deles disse que queria dinheiro; outro, um genro; o terceiro, um novo banco de carpintaria, e assim por diante, ao longo do círculo. Depois que todos falaram, ainda faltava o maltrapilho acocorado no canto escuro. De má vontade e hesitante, ao ver que insistiam tanto em lhe perguntar, respondeu o seguinte aos reunidos: "Gostaria de ser um rei muito poderoso e reinar num vasto país, e de um dia me encontrar dormindo em meu palácio e que o inimigo irrompesse das fronteiras e que antes do amanhecer os cavaleiros estivessem diante do castelo e que ninguém oferecesse resistência e que eu, acordado pelo terror, sem tempo nem de me vestir, tivesse de empreender a fuga em mangas de camisa e então, perseguido por montes e vales, por bosques e colinas, sem dormir nem descansar, chegasse são e salvo até este canto. É isso que eu iria pedir". Os outros se olharam, desconcertados, e perguntaram o que ele ganharia com esse pedido. "Uma camisa", respondeu. Aí terminava a lenda hassídica, e os angolanos, depois de alguns segundos de perplexidade, sorriram agradecidos pelo estranho consolo que lhes dera o vizinho.

Com a entrada do parágrafo seguinte, produzia-se um sutil salto no tempo, e, após uma espécie de fusão cinematográfica, passávamos dos trejeitos de riso e alegria dos angolanos a viajar para bem longe daquele jardim onde a égua jazia e começávamos a conhecer, através de pequenos fragmentos, os diferentes lugares pelos quais o ventríloquo ia passando em sua peregrinação do vilarejo português até as colinas devastadas de Sana'a, em sua peregrinação "em busca das origens da tradição do conto oral".

Depois de passar por vários pontos geográficos, sempre em direção ao leste, entrávamos com o narrador num avião que demorava para decolar, mas que, ao se elevar, de forma fulminante deixava atrás de si o sol, que naquele momento estava ao rés da pista, para depois se situar, por breve espaço de tempo, acima das nuvens branquíssimas, sob as quais, por mais que não se pudesse vê-la, se encontrava a areia infinita que há além das belas colinas do antigo reino de Sabá... O ventríloquo então contava que, ao sobrevoar a antiga Arábia Feliz, terra à qual esperava chegar naquela mesma noite, estava comprovando que não era, nem fora, nem nunca seria, um anjo. Não era, nem seria, entre outras coisas — era preciso deduzi-lo, imagino —, porque em Lisboa ele acabou com a vida do barbeiro, mas suas palavras também pareciam um comentário sobreposto a um tema de Saul Bellow, que

166

observou, certa feita, que a partir de determinadas datas do século passado a aviação deu aos escritores modernos uma possibilidade que nenhum dos que os precederam no tempo pôde ter: a de poder comprovar por si mesmos que, lá no alto, movendo-se entre as nuvens, lá onde sempre se disse que os anjos tinham seus aposentos nebulosos, não havia o menor sinal deles.

&

Fico surpreso ao ver que, dias atrás, eu pensava recordar que já perto do final de "O vizinho" Walter se atirava no centro de um canal onde havia uma espiral que penetrava no globo terrestre e, quando já parecia ter sumido naquela escuridão sem fim, a espiral o trazia de volta para cima e fazia com que emergisse de novo, para então deixá-lo numa região estranha e arcaica da terra. Devo ter lido isso em outro lugar, porque não encontrei nem sinal do assunto no final do conto e final do romance.

De onde será que tirei essa lembrança? Provavelmente a confundi com alguma coisa que li em outro livro. De fato, há um avião no encerramento das memórias de Walter, mas o que não há é a história da espiral que o empurra para cima nem a dos anjos. Agora, o que de fato há, que eu não lembrava, é uma cena com um companheiro de viagem no alto de um avião, com um homem que diz saber tudo e se entretém contando a história da família que deixou definitivamente — insiste nesse "definitivamente" — em Toronto. Em determinado momento, enquanto confirmam que logo irão aterrissar na terra das primeiras narrativas orais, na Arábia mais esquecida,* o vizinho de assento lhe

---

* Lá, naquela Arábia que em outra época foi feliz e onde talvez ainda seja possível encontrar as fontes mais primitivas do conto, o ventríloquo — tal como

conta que seu pai, em seu leito de morte em Rutherford, lhe disse que em outros tempos acreditou em muitas coisas, mas que no fim começou a desconfiar delas e ficou com uma única e definitiva fé: acreditar numa ficção que se reconhece como ficção, saber que não existe mais nada e que a refinada verdade consiste em ser consciente de que se trata de uma ficção e, mesmo assim, acreditar nela.

conta meu vizinho nas últimas linhas de *Walter e seu contratempo* — se desempenha como narrador oral, realizando seu sonho de viajar até o primeiro relato do mundo, o relato original, o Mito de Origem: "Vivo perto de Sabá e a quatro léguas de Sana'a, a cidade à qual vou todas as noites narrar histórias a pessoas sempre respeitosas e fiéis. Tenho o público perfeito. Os europeus já não escutam os contos recitados. Movem-se, inquietos, ou ficam cochilando. Mas aqui, perto de Sabá, todos os que me escutam são todo ouvidos. O tempo todo eu explico histórias para pessoas que, munidas da *jambia*, a adaga que simboliza seu espírito guerreiro, formam todos os dias círculos calorosos ao meu redor e mostram uma atenção desmedida na hora de me ouvir. Tem dias em que ao contar acredito estar criando o mundo".

25

Eu caminhava pela calle Londres muito concentrado em pensamentos dos mais obsessivos, e ademais era tão difícil respirar com aquele calor tão sufocante, que eu estava certo de que não havia mais ninguém andando por ali nem pela cidade, ninguém. Por isso quando um ser humano repentinamente me dirigiu a palavra, minha surpresa foi brutal. Faço bem em classificá-la de brutal, porque foi o tipo de surpresa que a gente tem quando é menino, se nessa idade ainda não entendeu a existência de outros seres que se parecem com ele sem ser ele: seres que um dia aparecem de improvisto, quando você menos espera e está mais convencido de que é único.

No fundo do que digo tem uma coisa que nunca expliquei antes, mas que considero incontroversa: nunca me agradou muito que em meu campo de visão apareça um ser análogo que, no entanto, não seja eu — ou seja, que seja a mesma ideia encarnada em outro corpo, alguém idêntico e, no entanto, estranho —, nunca suportei isso porque nessas ocasiões, isso acontece comigo ainda hoje, sinto aquilo que Gombrowicz definiu como "um doloroso desdobramento". Doloroso porque me transforma num ser ilimitado, imprevisível para mim mesmo, multiplicado em todas as minhas possibilidades por essa força estranha, nova e no entanto idêntica, que se aproxima de mim subitamente, como se eu mesmo me aproximasse de mim de fora para dentro.

Eu caminhava hoje pela calle Londres e, por meu estado excessivo de introversão, tinha posto uma espécie de véu sobre os olhos, e então tive de abri-los bem e esfregá-los para ver quem é que estava me cortando o passo e falando comigo, sorridente. Era um homem de olhar vivo, de uns cinquenta anos, cabelo loiro bem cacheado, à la Harpo Marx, e indumentária desastrada. Arrastava — como num sonho — um carrinho de supermercado carregado com os mais diversos cacarecos rueiros, amontoados uns sobre os outros numa torre de quinquilharias coroadas por uma vassoura muito espigada que parecia o pau da bandeira de uma recém-criada associação de mendigos do bairro.

Pessoa dizia que uns governam o mundo, outros são o mundo. O vagabundo, que vou chamar de Harpo, obviamente pertencia a essa segunda fração.

— É que acordei com dor de cabeça, muito tarde, e agora você nem imagina como estou atrasado — disse ele, como se me conhecesse desde sempre.

Essa familiaridade com que Harpo falou comigo foi tão surpreendente que cheguei mesmo a me perguntar se de repente eu não o conhecia de algum lugar, talvez fosse um companheiro de farra dos meus anos de juventude.

Mesmo que essa forma de se dirigir a mim fosse surpreendente, mais surpreendente ainda me pareceu o fato de eu sempre achar normal quando a voz do morto alojada em meu cérebro falava comigo, mas de ficar meio nervoso quando aquele vagabundo de repente falou comigo com tanta cordialidade. Pra ser sincero, eu fiquei apavorado, essa é que é a verdade. Porque não tinha mais ninguém na rua e, não havendo disponível, num perímetro de meio quilômetro, nenhuma testemunha do que pudesse acontecer ali, não dava pra saber direito como aquele pedido de esmola ia acabar, porque foi isso que entendi, que era uma mão estendida pedindo esmola, embora fosse também a mão de alguém de ressaca e com possíveis segundas intenções.

— Dormiu pouco? — perguntei, tentando fingir que não estava com medo dele.

— Fiquei de cabelo em pé depois de dormir.

Pelo visto não lhe faltava bom humor. Mas pensei que o melhor que eu podia fazer era lhe dar alguma coisa o mais rápido possível. Remexi no bolso e achei uma moeda de dois euros, que dei a ele imediatamente. Harpo a pegou no ato. Voltei a remexer no bolso, percebi que ainda me restavam cinco moedas menores e entreguei todas de uma vez. Mas ele recusou radicalmente essa segunda entrega; reagiu como se eu fosse um vampiro e estivesse lhe mostrando uma réstia de alho.

— Não, por favor — disse, quase implorando.

Isso até me fez duvidar se ele de fato me pedira dinheiro em algum momento. Tentei lhe dar de novo as moedas e ele pareceu ainda mais horrorizado do que antes. Eu não entendia o que estava acontecendo, mas, por via das dúvidas, achei mais prudente seguir em frente. No deserto não dá pra parar e falar com desconhecidos, convém lembrar. Mas antes o observei com certa atenção, como se meu olhar pudesse dar espaço a uma reflexão que me permitisse consolidar melhor meu precário domínio sobre o que estava vendo. E logo, quase sem mais delongas, segui em frente. Quando já o havia deixado para trás, ainda pude ouvir de novo, agora repetidas, as mesmas palavras:

— Não, por favor.

Duas horas depois, um pouco mais de ar circulava nas ruas e havia gente passeando por toda parte, testemunhas para tudo.

Eu estava exausto, pois nesse intervalo de tempo dera uma grande quantidade de voltas por ali, parando em alguns bares, caminhando ao léu, sempre em círculos, sem sair das áreas mais monótonas do Coyote, desembocando sempre em algum trecho da calle Londres. De alguma forma, esse movimento me lembrou outro, que um amigo sempre mencionava dizendo que qualquer estrada, mesmo a de Entepfuhl, levava a gente até o fim do mundo, mas que se a gente seguisse essa estrada de Entepfuhl inteirinha até o final, acabava voltando a Entepfuhl.

Então eu me sentia sem capacidade de fuga, encalhado no centro de minha geografia circular do Coyote, e ao mesmo tempo no fim do mundo, mesmo sabendo que, por mais que viajasse até os confins da terra, acabaria voltando à rua Londres. E a verdade é que registrar tantos acontecimentos ou meros detalhes fazia com que me sentisse muito bem, talvez por me ver imerso nesse tipo de atividades triviais que meus diários preferidos habitualmente descrevem. Por isso, por algum tempo, enquanto andava me dediquei à busca da peripécia irrelevante. Cheguei a ter a impressão de que com essa busca eu me rebelava, de alguma forma, contra os subalternos da Agência de Ajustamento, que podiam ser, decerto, seres imaginários, mas também o contrário, podiam existir mesmo, e nesse caso eu cometeria um erro se tentasse tirá-los da cabeça. E se esses agentes não fossem tão brilhantes, bravos e decididos como eu tinha imaginado, se, ao contrário, fosse completamente certo que existiam e trabalhavam sem parar e se movimentavam num ambiente de mediocridade? Claro que isso não impedia que fossem capazes de mudar nossa vida com uma penada.

Acabava de pisar pela enésima vez na calle Londres — agora com alguns tragos a mais — e estava me perguntando por que não chamavam de Ítaca aquela via à qual eu sempre voltava, quando vi de repente a chamativa nuca raspada do sobrinho de

Sánchez. Não, eu não podia acreditar. Lá estava de novo o execrável execrador. Eu bem que merecia, por andar tanto tempo em círculos pelo bairro. O tremendo sobrinho caminhava à frente, tão despreocupado quanto eu e, da mesma forma — também devia ter tomado seus tragos —, meio trôpego. Resolvi segui-lo para ver onde ele morava e o que fazia e no que trabalhava, supondo que ele fosse capaz de aguentar um trabalho. Ainda estava pensando se falava ou não com ele quando o sobrinho execrador parou de súbito e ficou literalmente imóvel, pregado diante da vitrine de uma lojinha. E eu, quando tentei ser ágil e me esconder num portal, fiz uma espécie de pirueta estranha e girei em círculo e depois dei dois passos tão bruscos que por um triz não obtenho o efeito contrário ao almejado e me estatelo direto em seu campo de visão.

Quando ele finalmente parou de olhar extasiado para a vitrine e retomou a marcha, fui em seguida ver o que tanto havia chamado sua atenção. Eram tênis. Fiquei muito desapontado. Tênis! Aquela decepção me deixou tão paralisado que quando saí do desencanto pensei que tinha até perdido o sobrinho de vista. Porém, ao perscrutar no horizonte eu o vi literalmente à minha frente, me olhando, possuído por uma obstinação convulsa, até que começou a falar e disse que gostaria de saber onde tinha me visto antes.

Só consegui dizer que era o jornalista do *La Vanguardia* que queria entrevistar o tio dele. O sobrinho inclinou o corpo todo para mim, e me pareceu ainda mais gigante do que era. E a verdade é que na última hora fui salvo pelo gongo, um gongo imaginário. Quando tudo parecia perdido, tive o acerto, no último segundo, de convidá-lo para um drinque no Tender Bar, a dois passos dali. Um drinque que ele aceitou de imediato e com inusitado entusiasmo. Acontece que, pelo visto — pouco depois eu saberia —, ele estava sem um tostão e precisava beber; beber muito, pontuou.

Não que eu tivesse dinheiro sobrando, pois, mesmo sem trocado, ainda tinha uma sucinta nota de vinte euros. Em todo caso, isso era mais do que tinha o tal sobrinho, que, nesse momento vi isso com clareza, era um desses seres que se arrastam pela vida sem nunca trabalhar, embora talvez estivesse tragicamente desempregado e então não merecesse que eu o encarasse assim, como um simples folgado. Além do mais, salvando as insalváveis diferenças, ele tinha algum ponto em comum comigo, pois eu também não trabalho, ainda que minha situação de desemprego seja diferente, é até ativa, considerando o trabalhoso aprendizado que tenho com este diário em que ensaio a escrita literária.

— Valha-me Deus, esse lance está cada vez mais divertido — disse ele.

— Do que você está falando?

— Cada vez me pagam melhor para dar informação sobre o meu tio.

Entendi na hora. Ele era, acima de tudo, um malandro daqueles. Não vi isso como um problema, ao contrário, vi algumas portas se abrirem ao vê-lo tão disposto a falar. Falar de quê? Não precisava que ele me dissesse mais nada sobre o tio — ele era muito hostil a Sánchez e seria imensamente parcial —, mas o primeiro conto de *Walter e seu contratempo* se intitulava "Eu tinha um inimigo" e, se não me engano, a história daquele relato — com a presença de Pedro, o execrador gratuito do ventríloquo que acabava se perdendo nos Mares do Sul — era parecida, em alguns aspectos, ao papel que, decerto sem saber, o sobrinho vinha desempenhando por todo o bairro. Talvez eu pudesse perguntar se ele sabia que era parecido com aquele inimigo tão gratuito do ventríloquo naquele primeiro conto daquele livro tão distante. Será que ele tinha lido? Pensei tantas coisas nesse momento que, ao levantar a vista novamente, dei com o olhar do sobrinho ainda mais fixo em mim do que antes. Eu ia perguntar o que é que ele estava olhando quando ele tomou a iniciativa e me perguntou se podia saber o que é que eu estava olhando. Então brinquei de transformar o sobrinho num repentino inimigo meu e disse que estava observando, com toda atenção, assim bem de perto, seu ódio indescritível. Ele sorriu, mas vi que ficou incomodado, com uma expressão de desagrado.

— Por que indescritível? Que ódio?

Tinha pedido um drinque e ninguém servia, falou, e então o pediu de novo aos que atendiam no balcão. Perguntei qual era o nome dele. Julio, disse ele. Julio de quê? Julio, repetiu. Esse não parecia ser o nome dele, e sim o do mês de julho em que estávamos, mas tive de aceitar, fazer o quê...

Como se tivesse me transformado em detetive particular, passei-lhe sorrateiramente minha nota de vinte euros. Estava preparando a entrevista com o seu tio, disse a ele, e queria que me dissesse se já leu um conto do Sánchez, "Eu tinha um inimigo". Julio pediu que eu repetisse aquilo devagar, e perguntei de novo. Não consegui saber se ele tinha lido, mas em compensação soube que o inimigo atual de Sánchez não era outro senão o próprio Sánchez.

— Porque Sánchez — disse ele — é um grande neurótico, um cara extremamente egocêntrico. É um "egoísta de cinema". É o estereótipo do egocêntrico, tudo tem de girar em torno dele, ele não suporta o contrário. Por isso tudo, socialmente ele é um desastre, pois nem sempre encontra aduladores que o deixem ser a estrela da festa. É um egocêntrico de marca maior! Não vê dois palmos à frente do nariz. Um danado de um neurótico. E se tem um equívoco que nós humanos sempre cometemos é pensar que um neurótico pode ser interessante, o que é impossível, pois na verdade um sujeito desses é eternamente infeliz, está sempre ensimesmado, é maldoso, ingrato, e só sabe cultivar o lado negativo de seu espírito crítico, jamais fortalece o construtivo.

Julio parecia estar fazendo um retrato de si mesmo, mas enfim, fiquei quieto. E então aconteceu uma coisa ridícula, pois, enquanto falava, Julio bebeu parte do meu gim-tônica sem ao menos pedir licença. Fiquei com raiva e já ia lhe exigir, no mínimo, explicações, quando ele começou a dizer que eu não devia mais pensar em entrevistar seu tio, mas sem dizer por quê. Parecia mais um subterfúgio para evitar que ficasse muito evidente que ele não servia de elo para chegar a Sánchez.

Na segunda dose, de repente ele falou que não queria se vangloriar, mas, como era o melhor escritor do mundo, ia me resumir de forma impecável o que acontecia com Sánchez. A história do tio, disse ele, podia ser resumida à simples narração detalhada de como uma grande inteligência se dilui na preguiça, no terror e na angústia, e de como essa inteligência se perde lentamente, como um objeto que deixamos cair no mar e do qual no fim só resta uma espuma fugaz.

Mas o pior de tudo, continuou falando, é que nos últimos meses tudo o que Sánchez queria era se parecer com um escritor norueguês que alguns críticos verdadeiramente desorientados comparavam a Proust. O que salvava seu tio era um certo senso de dignidade quando falava em público e disfarçava, quase só isso. Em uma ocasião, quando ainda se falavam, ouviu-o dizer que ia inventar um belo pseudônimo e se dedicar à crítica, ia se tornar implacável e franco, principalmente com sua própria obra; ouviu-o dizer que estava disposto a analisar seus próprios livros em autocríticas implacáveis que publicaria sob pseudônimo. Seriam, disse o tio, as únicas grandes resenhas que existiriam, porque ninguém conhecia melhor seus defeitos do que ele mesmo... Disse isso em uma ocasião, e então Julio esfriou aquele entusiasmo autocrítico do tio dizendo que, de qualquer forma, como bom sobrinho que era, ele também conhecia esses defeitos da literatura dele e podia, se quisesse, comentá-los ali mesmo, no ato, embora talvez fosse melhor que os guardasse, porque isso poderia lhe causar muito estrago... Essa foi a última vez que nos falamos, arrematou Julio.

Bom, disse eu, não acho nada estranho que vocês não tenham se visto de novo. Mas só disse isso, pois não queria confessar que tinha gastado meus vinte euros e, portanto, não podia pagar a conta, então fingi que tinha acabado de receber um *short message service* (falei em inglês para ver se conseguia impressioná-lo, pela primeira vez) e precisava sair voando.

Deixei-o praticamente falando sozinho. Fui até o caixa, onde me conhecem o bastante, e disse que ia pagar no dia seguinte o que fora consumido até agora.

— E se o cabeludo pedir mais alguma coisa, nós servimos? — perguntou um dos ociosos garçons do balcão.

— No seu lugar eu não faria isso, forasteiro.

Dei uma resposta de western, como cabe a alguém que se chama Mac e que encontrou seu nome na taberna de um vilarejo do faroeste.

Saí a passos rápidos. Com a informação de que o pior inimigo de Sánchez era Sánchez eu tinha o necessário para começar a pensar em minha repetição de *Walter e seu contratempo*.

Caminhei tão depressa que parecia estar saindo sem pagar. Numa faixa de pedestres topei com um mendigo que, se não me engano, costuma se instalar na esquina da Paris com a Montaner. Reconheci-o com uma facilidade que me deixou perplexo. O homem parecia estar de saída, parecia um sujeito comum voltando para casa depois do trabalho. Mas logo percebi que não era bem assim, mas o contrário, pois ele estava indo para seu local de trabalho. Levava um cartaz debaixo do braço no qual me pareceu que havia escrito que estava passando fome e que tinha três filhos. Ele me olhou com ódio e pensei que fosse pedir dinheiro. Se isso acontecesse, eu já sabia o que dizer: tinha dado meus vinte euros para outro mendigo. Ele não disse nada, só me olhou de cima a baixo. Esse olhar me incomodou tanto que me defendi de uma forma peculiar, invisível para ele, e também para todo mundo. Defendi-me invocando em silêncio umas palavras que costumava dizer para um amigo, grande especialista em *clochards* e muito amigo de alguns deles em Paris, e que hoje invoquei para mim mesmo numa espécie de reza secreta: "Nascerá, nasceu de nós, aquele que, não tendo nada, não vai querer nada, a não ser que lhe deixem o nada que tem".

Depois pensei no judeu da "fuga em mangas de camisa" e, enquanto deixava para trás, no segundo semáforo, o homem que dizia estar passando fome, perguntei-me se os mendigos que pareciam estar acompanhando, quase pontuando, meu passeio de hoje não seriam versões diferentes de minha imagem refletida num espelho em contínuo movimento. Se fosse assim, pensei, deveria matar todos eles nos semáforos; seria uma forma de ir antecipando minha própria morte, ou desaparecimento.

Na esquina da Paris com a Casanova vi — dadas as circunstâncias, já quase sem espanto — ali reunido o grupo de grisalhos quarentões de ar boêmio que eu vira semanas antes na companhia de Julio, no dia em que o vi pela primeira vez. Pareceu-me que passavam garrafas de vinho um para o outro e que tinham mais de *clochards* que de boêmios. Todos me pareceram em pior estado que da outra vez. Tinham se destruído assim em tão poucas semanas? Pensei em comentar com eles que podiam encontrar o sobrinho maledicente no Tender, mas no fim me distraí, e me perguntei se, por causa da dureza da crise, não estaria havendo uma lenta ocupação de mendigos no Coyote. Ou seria uma invasão de gênios incompreendidos?

&

Acordo, me levanto para anotar a única lembrança do final de um sonho que eu gostaria que tivesse continuado. Pelas janelas abertas dos conservatórios de saxofone do Coyote se ouvia o som lânguido das aulas de música, zumbido monstruoso em meio ao calorento panorama estival. Era um som que se mesclava à voz de um cantor de rua que, com sua canção desinibida no ritmo de *bamba, la bamba, bamba,* chegava a plenos pulmões até o último canto do bairro. Todo mundo dançava. E eu confirmava que o Coyote seria melhor se fosse transplantado para Nova York.

26

Se eu reescrevesse "Eu tinha um inimigo", o relato giraria principalmente em torno do contratempo que representaria para o ventríloquo Walter ser tão egocêntrico, o que sem dúvida o impediria de ter outras vozes. Incluiria também a história de um reformatório de egoístas recém-fundado ao lado de sua casa e do qual teria notícias pontuais, embora jamais conseguisse perceber que esse reformatório podia ser adequado para ele.

"Eu tinha um inimigo" não teria na abertura a citação de Cheever, mas a de William Faulkner com que Roberto Bolaño abriu seu livro *Estrela distante*: "Qual estrela cai sem que ninguém a veja?".

Até hoje, ninguém soube localizar essas palavras na obra de Faulkner, de modo que a citação pode ter sido inventada, embora tudo indique que seja de Faulkner, porque os especialistas em Bolaño dizem que ele não costumava inventá-las, muito menos se fossem para uma epígrafe.

Da mesma forma que nos perguntamos de que estrela estamos falando quando falamos de uma que caiu sem que ninguém tenha visto sua queda, imagino que também podemos nos perguntar de que diário pessoal estamos falando quando falamos de um que ninguém viu. Essa necessidade que uma estrela em queda livre tem de um espectador, bem como a paradoxal necessidade que alguns diários não escritos para serem lidos têm de um leitor, me levaram a imaginar um caderno no qual alguém inscreveria, dia após dia, seus pensamentos e acontecimentos cotidianos sem pretender ser lido, embora o próprio diário fosse adquirindo vida e se rebelando contra essa programada ausência de um leitor e pouco a pouco fosse exigindo nada menos que poder ser visto, para assim escapar de seu destino de invisível estrela cadente.

De repente algo me faz lembrar que há quatro dias tive um pensamento para esse falso livro *póstumo* (por sua vez, falsamente interrompido pela morte), livro que na verdade não perdi de vista em nenhum momento desde que comecei o diário.

Assim que escrevi estas últimas linhas, ausentei-me para realizar um simulacro de interrupção do diário, que consistiu, na verdade, em abrir outro Vega Sicilia, o último da despensa, para celebrar o retorno à ideia da construção artificial e fraudulenta de uma obra pertencente ao gênero das "obras incompletas e póstumas".

Pois não foi essa a primeira coisa em que pensei ao iniciar meu diário, e também o que a longo prazo me fez lembrar do personagem de Wakefield e sentir uma necessidade crescente de que Carmen, ou quem quer que fosse, tivesse de acabar aceitando que o diário existe? Às vezes, mesmo que tenhamos de nos ausentar para consegui-lo, lutamos por algo tão essencial e ao mesmo tempo tão simples, tal como nos esforçamos para que ao menos se dignem de nos confirmar que existimos.

Depois voltei ao escritório, a estas páginas que há quase um mês comecei sem saber onde iriam dar nem do que falaria nelas, supondo que conviesse falar alguma coisa, mas nas quais logo um tema fez ato de presença, e o fez com uma pontualidade que parecia indicar que era o único tema que tinha um encontro comigo. Apareceu antes mesmo do previsto, naquela manhã ensolarada em que eu estava escutando *Natalia*, valsa venezuelana que nunca me cansarei de ouvir. O tema era a repetição, e logo mergulhei nela, especialmente em sua importância na música, na qual os sons ou as sequências costumam se repetir, na qual ninguém discute que a repetição é fundamental se estiver em equilíbrio com as passagens iniciais e as variações de uma composição.

Logo mergulhei na repetição, e a prova disso é que agora já estou planejando a cópia modificada e melhorada do romance do meu vizinho, um livro insignificante e equivocado, repleto de ruído e furor esquecidos, mas que preferi examinar com a lentidão que imagino ser requerida por algo que me proponho, mais cedo ou mais tarde, a alterar. Se algum dia eu vier a reescrever "Eu tinha um inimigo", talvez a primeira coisa que faça seja trocar a citação de Cheever pela epígrafe faulkneriana, e essa modificação não só servirá para que o romance de Sánchez dê um triplo salto mortal de trinta anos no tempo como também para que o narrador não aja como se não tivesse passado pela experiência de·leitura oferecida por uma literatura genial como a de Bolaño.

Mas tenho claro que esta epígrafe de Faulkner não deverá estar relacionada ao que se narra em "Eu tinha um inimigo", pois não devo esquecer que sempre quis desmistificar a suposta transcendência das citações no começo dos textos e agir no estilo, por exemplo, de Alberto Savinio, que iniciou *Maupassant e "l'Altro"* [Maupassant e o outro] com uma frase de Nietzsche que dizia: "Maupassant, um verdadeiro romano".

"Maupassant, um verdadeiro romano", repito agora, só pelo

prazer de dizer. Quantas vezes voltei a essa frase, e em quantas não vejo sempre a mesma coisa, por mais que a repita? Vejo que a definição de Nietzsche ilumina a figura de Maupassant, mas, como dizia Savinio em nota ao pé da página, ele a ilumina mediante o absurdo, e a ilumina melhor na medida em que não se sabe o que Nietzsche quis dizer ao chamar Maupassant de romano, e talvez, afinal, ele não tenha querido dizer nada, como acontece frequentemente com Nietzsche.

De modo que, se um dia eu decidisse reescrever "Eu tinha um inimigo", a epígrafe de Faulkner não estaria ligada ao que é narrado no relato, mas a seu próprio estilo, viajaria solitária e desconectada de tudo, na plenitude de uma grande desconexão, como um avião fantasma sobre o céu do Chile.

Quanto ao que eu manteria do "Eu tinha um inimigo" de Sánchez, o que é mais claro é que eu conservaria o esqueleto dessa história do execrador obstinado em desejar o pior para o execrado — essa história tão curiosamente parecida com a do ódio de Julio pelo tio — e manteria também a vontade angustiante que o dono dessa voz, que no relato de Sánchez imita muito bem o estilo de John Cheever, tem de largar o álcool. Manteria, e também modificaria, a personalidade de Walter, que teria nele mesmo e em sua desmedida egolatria um segundo inimigo. Justamente seu primeiro inimigo — eu o chamaria de Pedro, como no original — censurava nele o caráter tão egocêntrico que sempre o levava a falar de si mesmo e que era, na verdade, o culpado direto por ele não ter vozes para seus bonecos. Mas para esse primeiro inimigo, de nome Pedro, eu me inspiraria na tremenda egolatria e na arrogância que observei em Julio, o qual, embora vez por outra exiba certo talento, no fundo é o clássico energúmeno que denuncia nos outros o que, na verdade, são apenas seus próprios defeitos.

Se um dia eu viesse a reescrever "Eu tinha um inimigo",

falaria de uma noite na qual o ventríloquo solucionaria seu problema de ter uma única voz pelo eficaz sistema de perceber, por fim, que eram os constantes ataques de seu execrador que o pressionavam por demais, obrigando-o a se fortalecer com uma única voz, a se fortalecer corroborando tudo o que fazia em suas atuações teatrais e em sua vida privada, o que o forçava, portanto, a se enroscar cada vez mais em meio à batalha contra seu execrador.

Certa noite, tudo isso se resolvia. Reunião no submundo. E, após uma artimanha fraudulenta, cabia a Pedro uma viagem aos Mares do Sul num sorteio irregular da paróquia do bairro. Pedro ia. E Walter via sua tática de egocentrismo defensivo fraquejar. Como ela já não era tão necessária para protegê-lo, ele relaxava e começava a se livrar de si mesmo, de sua incômoda voz única, da "voz própria tão almejada justamente pelos romancistas", transformando-se, a partir daquele momento, em um punhado de vozes que cuidariam de ir narrando os nove contos restantes.

Então eu daria a Walter a personalidade que eu imaginava ser de Sánchez, e ao inimigo Pedro eu daria o jeito conflitante e, no fundo, miserável de ser de Julio.

Nas últimas linhas de "Eu tinha um inimigo", Walter seria alguém que ia se sentir muito satisfeito em ser ventríloquo em tempo integral, e muito feliz por ser, finalmente, tantas pessoas, menos ele mesmo. Walter seria um misto de Sánchez e Julio, com alguns laivos de minha discreta e humilde personalidade e também com certos toques do caráter difícil e incansável de alguns de seus bonecos. Walter usaria um paletó com ombreiras bem largas, camisa branca (para fugir quando quisesse) e um cabo de bambu no qual estaria camuflada uma sombrinha de Java.

Mas isso tudo só seria visto no final desse primeiro conto, porque no começo do segundo relato, no início de "Duelo de caretas", Walter já não teria nenhum traço daqueles diversos tecidos humanos que compunham sua identidade.

Imagino um começo neste estilo para esse relato que talvez um dia eu reescreva:

"Pensem num ventríloquo. Ele fala de tal forma que sua voz parece sair de alguém que está a certa distância de si mesmo. Mas, se não fosse por nosso ponto de vista, não encontraríamos nenhum prazer em sua arte. Sua graça, portanto, consiste em estar presente e ausente; de fato, ele é muito mais ele mesmo quando está simultaneamente sendo outro. E não é nenhum dos dois quando a cortina desce. Vamos segui-lo agora que ele está sozinho e caminha na noite fechada e não é nenhum dos dois que deixou para trás, sendo, portanto, um terceiro homem do qual não sabemos nada e do qual nos interessaria saber para onde o levam seus passos. Mas com a barba, o gorro irlandês e os óculos de sol, além da escassa luz do lugar, fica difícil ver a cara desse desengonçado ser..."

[ÓSCOPO 26]

Por mera casualidade — na verdade dizemos "mera casualidade" quando não sabemos como foi que aquilo pôde acontecer, mas desconfiamos que há uma Agência de Ajustamento na moita, ou então uma explicação mais que razoável à qual, no entanto, nunca teremos acesso —, encontrei no fim do dia, quando estava lendo *Zama*, de Antonio Di Benedetto, uma frase que é muito plausível pensar que Roberto Bolaño leu e que talvez o tenha acompanhado durante um tempo, talvez o tenha acompanhado até bem longe; ela tem um parentesco surpreendente com a de Faulkner:

"Era a hora secreta do céu: a hora em que mais brilha, porque os seres humanos estão dormindo e ninguém olha para ele."

27

Hoje cedo, aproveitando que o céu estava nublado, dei um passeio agradável pelo Coyote. Comprei os jornais do dia, dei risadas com a mulher da banquinha (mais jovem que em outras manhãs), cumprimentei o tabaqueiro e o dono da Carson, comprei cinco maçãs no empório ecológico, encontrei os aposentados da tertúlia do Tender. Vitória de acontecimentos triviais que combinam perfeitamente com o diário. É disso que preciso, de assuntos triviais, pelo menos de vez em quando, assuntos que pareçam banais e permitam que o diário engula esse romance que espreita ali, contumaz, na selva escura que às vezes imagino diante de casa. O céu, cinza e claro, com sombras azuis sob cada nuvem. Uma bicicleta com a roda dianteira um pouco torta. Vitória dos detalhes triviais. Roland Barthes disse certa vez que o único êxito possível de todo diário íntimo é conseguir sobreviver à batalha, ainda que isso implique o afastamento do mundo. Alan Pauls: "Todo diário é, pois, a encarnação literária do zumbi, do morto em vida, do que viu tudo e sobreviveu para contar".

Como a maioria dos fregueses do Tender — costumam ser cinco ou sete, depende do dia — fuma sem parar, é bem provável que busquem a morte por essa via. Em geral o mais tagarela do grupo é Darío, engenheiro naval já há muito aposentado, sempre com um charuto entre os lábios, exceto hoje. Sempre conversei mais com ele, e essa relação permitiu que, com uma desculpa banal, hoje de manhã eu me sentasse com o grupo. Darío estava falando de seu resfriado de verão e dizia que não era nada grave, mas que o deixava abatido, porque em julho ninguém ficava gripado e também porque a febre e muito especialmente o catarro afetavam seu equilíbrio mental... Pensei que ele talvez sentisse falta do charuto, e ia dizer isso, mas no fim preferi não arriscar com uma frase tão pouco oportuna. No entanto, em meio ao silêncio que se seguiu, arrisquei uma frase ainda mais arriscada, pois — algo me impediu de evitá-la — perguntei que desejo cada um deles faria se soubesse que poderia vê-lo realizado. Nenhum deles se alterou, uns fingiram não ter ouvido, e outros não chegaram a ouvir porque sofrem de um estado importante de surdez que se mistura com a indiferença que têm pela intervenção de qualquer estranho na tertúlia. Só Darío quis responder e, depois de algumas palavras, que nesse caso eu que não ouvi direito, disse que se pudesse fazer o que quisesse iria ao centro da terra em busca de rubis e de ouro, e depois começaria uma aventura e tentaria encontrar monstros perfeitos.

Ele narrava um pouco como o vagabundo misterioso da lenda hassídica, mas também como um menino, e achei engraçado ele falar nada menos que de "monstros perfeitos", porque na verdade ali nem era preciso ir procurá-los no centro da terra, os monstros éramos nós mesmos.

Ana Turner passou por nós como um raio. Passeava com um cãozinho que parecia puxá-la, fazendo-a projetar-se para a frente, quase caindo. Acabava de cumprir, disse com um sorriso sapeca, uma missão secreta. Não esperava que ela passasse por ali e, se pudesse, teria vendido a alma para ficar invisível naquele momento, para que ela não pensasse que eu era tão bronco quanto os aposentados e que por isso estava ali com eles.

Pouco depois, bem quando eu ia me despedir dos companheiros e olhava distraído para o ensolarado horizonte da calle Londres, vivi uma experiência de alucinação e por momentos pensei ter visto Sánchez e Carmen passeando na outra calçada. Não estavam de mãos dadas. Mas parecia que sim. Isso me abalou tanto que afastei instintivamente o olhar. Mas dois segundos depois olhei novamente e na calçada defronte não havia absolutamente ninguém.

A gente precisa ir ao médico se sofre uma única alucinação? Fiquei preocupado. Seriam Carmen e Sánchez apenas dois fantasmas do meio-dia? Talvez tudo fosse apenas uma projeção dos meus medos, e que eu pensasse ter visto aquilo por associar sentimentos que há dias fervilhavam em minha mente: as suspeitas em relação a Carmen, e meu contato constante, nos últimos tempos, com as intrigas amorosas das memórias do ventríloquo.

Darío, imagino que por me ver alterado, perguntou se estava acontecendo alguma coisa. Nada, respondi, vi alguma coisa ali na frente que não está mais lá. Fiquei de pé e, apesar de estar inquieto com o que achava que tinha acabado de ver, me distraí observando como meu movimento para sair dali desencadeava um leve duelo de esgares entre os presentes. Estaria pensando em transformar essa batalha de gestos faciais em parte de "Duelo de caretas", aquele conto que eu também me propunha a um dia reescrever? Depois vi que não devia fazer isso de jeito nenhum. Tem coisas que se aprendem rápido nesse lance de idealizar e comentar projetos de escrita, e esta foi uma das mais óbvias com que jamais me deparei: o fato de a trama de "Eu tinha um inimigo" ser parecida com uma que eu estava vivendo no mundo real — Sánchez criticado por um sobrinho que o odiava de forma muito hostil — não tinha por que significar que, a partir de então, uma por uma, as tramas dos nove capítulos, que eu ainda tinha de ver como reescreveria, tivessem de se parecer com o que poderia acontecer comigo nos dias seguintes em meu mundo real. Pensando nisso e naquilo, inquieto e sem poder escondê-lo, me despedi dos broncos e atravessei a rua, dobrei a esquina e, para o caso de ser mesmo verdade que eu os havia visto, procurei Carmen e seu acompanhante na calle Urgell, mas não havia ninguém lá, só um sol imponente sobre o asfalto. Segui em frente e na última esquina fui abordado por um mendigo muito bem-vestido, a não ser na parte de baixo da calça, onde umas botas grandes e detonadas que pareciam saídas de um filme de Charlot eram o único detalhe que me indicava que ele me pedia esmola educadamente. Sem dúvida era um mendigo da nova onda, havia um punhado deles em Barcelona. Usam roupas caras e não ligam que isso cause estranhamento. Costumam mendigar de uma forma bem estudada e profissional, e sem dúvida seu estilo é diferente do que foi, historicamente, o das pessoas que pedem ajuda. Esse homem de botas incomensuráveis começou a me dizer que chama de saúde uma certa capacidade, já há anos fora de seu alcance, de levar uma vida plena. Dei-lhe uma moeda, apesar de ele estar usando uma camisa florida e de não parecer nem um pouco triste. E no fim nem me arrependi, caso ele fosse um farsante, de ter me deixado enganar por seus movimentos e gestos. Além disso, vendo-o andar, acabei admirando sua forma de caminhar, que faz com que ninguém possa ignorar suas botas: elas são como uma espécie de acessório teatral e são, sem dúvida, uma peça essencial de seu método único, junto ao domínio do discurso sobre a saúde, para obter dinheiro com engenho, e também — o que não é menos importante — com tanto brio e dignidade.

Já em casa, com o ar-condicionado a uma temperatura quase glacial, tentei esquecer a visão fantasmagórica de Carmen e Sánchez na outra calçada e, depois de procurar por um bom tempo, acabei encontrando uma forma, não muito duradoura, mas interessante, de passar o tempo e de afogar problemas, e comecei a mergulhar nas lembranças dos melhores climas de incerteza nos quais, ao longo do tempo, eu me vi envolvido.

Acabei pensando em "The Unquite Grave" [O túmulo inquieto], de Cyril Connolly, no qual se reflete com muita inteligência sobre as atitudes dubitativas. Li-o pela primeira vez na época em que trabalhava como estagiário no escritório do sr. Gavaldá, meu primeiro emprego. Tempos medíocres abrindo a porta para todo tipo de cliente e anos andando em corredores para levar café e açúcar para os deploráveis chefes. Por sorte, no bolso direito eu acariciava em segredo o livro das dúvidas de Connolly, e isso me dava a força necessária para continuar abrindo portas em meu papel de jovem e pobre advogado servidor. Nunca como naqueles dias — ainda não tinha me apaixonado por ninguém, era apenas um garçom — fez tanto sentido meu nome ser Mac.

Ah, que beleza, Connolly: "Ao passar, pensamos reconhecer alguém. Foi um erro e, no entanto, um instante depois topamos com tal pessoa. Esta previsão indica o momento em que entramos em seu comprimento de onda, dentro de sua órbita magnética".

Apesar do que estou tentando, não sei como esquecer que naquele meio-dia, pouco depois de deixar os aposentados e de dobrar uma esquina perseguindo a sombra de Carmen, encontrei-a na calle Buenos Aires com a sacola de compras. E tudo aconteceu em alguns décimos de segundo.

— Está sozinha? — perguntei.

Ela ficou atônita.

— Que bobeira é essa?

28

Carmen foi ao cinema e preferi ficar em casa. E a partir desse momento o domingo me causou tal sensação de angústia que cheguei a me imaginar de jaleco branco, transformado em médico de plantão num hospital do interior. Saí da angústia com mais angústia, me lembrando de uns versos escritos num domingo por Luís Pimentel, médico e poeta de Lugo: "Fiquei aqui,/ sozinho e quieto,/ em meu uniforme branco. A tarde é plana,/ e há um beijo frio de cimento/ e um anjo morto sobre a relva./ Passa um médico./ Passa uma freira./ Entre luzes de algodão, o quirófano ascende".

Esse quirófano do poema começou a ascender em minha imaginação, na plena solidão do domingo, e não tive outro remédio senão sair para dar uma volta pelo Coyote, àquela hora deserto.

A calma, a paz da rua foram uma bênção. Nem um ruído. Domingo com todo mundo em casa, dormitando, brincando, transando, sonhando, a maioria na verdade se irritando, porque o domingo cria um vazio que sempre é nossa ruína.

Mas a rua calma era agradável. Pensei em ir ao Caligari

esperar Carmen na saída do cinema. E estava indo para lá quando tudo se quebrou em menos de um décimo de segundo. Um Buick freou escandalosamente perto de mim e dele saiu um jovem que estava ao lado do motorista. Um sujeito de nariz proeminente, vestido com camisa e calça brancas. Mais que sair, eu deveria ter dito que ele literalmente pulou para fora do veículo. Estava visivelmente nervoso e me perguntou por que eu também estava, e eu nem respondi, justamente por estar tão nervoso. Sua palidez chamou em especial minha atenção, e por um décimo de segundo ele pareceu uma réplica inesperada do médico de jaleco branco do poema. Pareceu tanto que cheguei a me perguntar por que tinha saído para passear se de certa forma o que eu estava vendo ali era o que já tinha em casa, naquele poema de Pimentel que eu lembrara antes de sair. Mas logo vi que aquele indivíduo não era nada parecido com o meu médico de jaleco branco, era um jovem que dava passos estranhos e movia os pés de forma esquisita. Ao lado da fivela de seu cinto exagerado mas elegante destacava-se uma bolsa preta, na qual ele de repente deu um tapinha estranho, como se fosse sacar algo, como se quisesse que eu pensasse que ele levava ali uma pistola. E levava mesmo, de repente vi isso claramente.

Por um segundo, fui tomado por uma breve dúvida metafísica. Se toda aquela situação era apenas a incontrolável consequência de um poema meu que, de repente, adquirira vida de um jeito desagradável, eu não tinha por que me apavorar. Mas, se não fosse, estava claro que o forasteiro de nariz proeminente me confundira com alguém e que seria melhor eu sair correndo, talvez ir me refugiar nos bilhares que estavam abertos, como todos os domingos, ao lado da barbearia do senhor Piera, e que eram o que havia de mais próximo. Ou talvez fosse melhor, pensei, dobrar a esquina e subir correndo as escadas que levam ao primeiro andar do restaurante Shanghai, onde certamente me ajudariam a me esconder.

É estranhíssimo, mas numa situação como essa sou capaz de me abstrair e me perguntar se quando fui advogado deixei algum inimigo com sede de vingança e até de me perguntar quem diabos me mandou pensar num poema sobre um jaleco branco, mas também sou capaz de ter o sangue-frio de questionar por que fui para a rua se é sabido que tanta calma e silêncio muitas vezes acabam no outro extremo e que sempre acontece alguma coisa barulhenta e terrível... Consegui, em todo caso, me abstrair apenas por um instante, porque os acontecimentos se precipitaram e logo vi que o jovem de camisa branca avançava decidido em minha direção. Já me via como um homem morto quando, no último segundo, o valentão se desviou e foi além de onde eu estava. E me deixou totalmente para trás — eu não importava nada para ele, o que no fundo me deixou decepcionado — e foi perseguir um colombiano muito alto conhecido de todos no Coyote porque vende charutos cubanos "recém-chegados de Cuba" se valendo, às vezes, de uma tática — na abordagem dos clientes — quase intimidatória.

Em todo caso, como outros transeuntes, eu me senti atraído para ver como ia terminar aquela perseguição, e me uni a um grupo de circunspectos observadores, e aquilo acabou da pior forma possível, não só mais sem formas literárias, mas, de fato, sem formas de qualquer tipo. Terminou com um golpe seco de caratê e com o colombiano caindo mal, batendo a cabeça no meio-fio, ficando inerte no chão. Morto? O agressor, que não mostrou interesse em lhe roubar os charutos cubanos, virou-se para ver como estava tudo a suas costas e, de repente, ficou imóvel por um segundo, lançou um olhar terrível aos que estavam ali espiando, o que fez com que eu me abstraísse novamente, ainda que só por um segundo, e observasse que, mesmo que fosse jovem, aquele sujeito podia parecer um velho, porque seu nariz acabava numa espécie de bulbo branco que simulava querer combinar grosseiramente com o branco de sua camisa.

Como costuma acontecer na vida real — e percebo também, de modo evidente, neste diário —, os acontecimentos vêm e vão, sem que haja, em geral, uma virada dramática, por mais catastróficos que esses acontecimentos tenham sido. Tanto melhor, porque assim não preciso agir, no diário, como certos romancistas que insultam a inteligência do leitor fazendo com que aconteçam coisas escandalosas em seus relatos, ou que os personagens se matem entre si, ou que o sujeito mais humilde ganhe na loteria, ou que alguém se afogue no mar quando estava curtindo o dia mais feliz de sua vida, ou que um edifício de doze andares desmorone, ou que soem sete tiros no paraíso de um domingo tranquilo...

Os romances, por outro lado, às vezes dramatizam demais acontecimentos que na vida real costumam ocorrer de forma bem simples ou irrelevante, acontecimentos que vão e vêm e se atropelam, se sucedem sem trégua, superpondo-se, circulando idênticos a nuvens que o vento desloca entre enganosas pausas que finalmente se revelam impossíveis, já que o tempo, que ninguém sabe o que é, não para nunca. Esse "defeito" dos romances é mais um motivo para eu preferir os contos. De qualquer forma, às vezes encontro romances muito bons, mas nem por isso mudo de opinião a seu respeito, porque na verdade os romances que me agradam são sempre como bonecas russas, estão sempre cheios de contos.

Os livros de relatos — que podem ser muito parecidos com um diário pessoal, construído também com base em dias semelhantes a capítulos, e de capítulos, por sua vez, semelhantes a fragmentos — são máquinas perfeitas quando, graças à brevidade e densidade que elas mesmas exigem, conseguem se mostrar, em tudo, mais apegadas à realidade, ao contrário dos romances, que tantas vezes saem pela tangente.

Não achei estranho: em meio ao espaventoso incidente do homem com o cinto exagerado e do colombiano talvez morto, consegui me abstrair e refletir nada menos que sobre a tensão entre o gênero do conto e o do romance, essa fricção que se produzia em meu diário. Também não achei tão estranho que, apesar da aparente transcendência do repentino evento arruaceiro, tudo aquilo de repente foi perdendo a importância e, quando a ambulância chegou, eu tinha quase esquecido tudo aquilo, e a prova disso é que dei meia-volta muito tranquilamente e voltei para casa, quase como se nada tivesse acontecido. Lá encontrei Carmen, que tinha acabado de chegar do cinema, onde decerto vira menos "ação" que a que eu presenciara em meu passeio pelo Coyote. Fui idiota e não reparei na cara emburrada dela. Se tivesse reparado, não teria perguntado se ela sentiu muito calor, não teria perguntado nada, pois levaria em conta como as pessoas reagem mal quando estão de mau humor e alguém lhes faz uma pergunta, qualquer que seja.

Ela respondeu com raiva e me pediu para explicar por que eu estava com a camisa tão empapada de suor. É que acabei de salvar minha vida, falei. E contei sobre a perseguição e sobre o golpe de caratê e sobre o possível morto em meio àquilo tudo...

— Você não pode continuar assim — cortou ela, autoritária.

E começou a dizer que a cada dia eu faço menos coisas — como se, mais uma vez, quisesse ignorar que estou escrevendo este diário, e como se o fato de eu ter presenciado um provável assassinato fosse uma prova de minha preguiça — e perguntou o que eu tinha feito de manhã; queria saber — explicitou — se eu tinha ficado coçando o saco o tempo todo. Pensei na volatilidade das paixões e em como elas cresciam ou minguavam num piscar de olhos. Cocei tudo, menos o saco, respondi. E então os pratos não voaram por acaso, ou melhor, não voaram porque naquele momento não estavam ao alcance de Carmen.

Mais tarde, quando tudo se acalmou, Carmen perguntou, meio fora de hora, quando é que eu pretendia lhe dar a camisa para que ela pudesse pregar o botão. Quis saber se ela se referia a minha camisa suada. E no meio daquela discussão absurda, que foi subindo de tom — esclareci várias vezes que não faltava nenhum botão em minha camisa —, ela me chamou de Ander.

— Mas Ander! — disse.

O primeiro nome do Sánchez.

Eu o ouvi perfeitamente bem.

A casa toda parou, até o tempo pareceu parar bruscamente. Diante de mim, a inesperada evidência de que Carmen tinha o hábito de discutir com Sánchez e de chamá-lo pelo primeiro nome, de modo que não só era mentira que ela nunca falava com ele, como até parecia estar acostumada a discutir com ele com a mesma confiança com que discutia comigo.

Mas Carmen negou tudo, o mais estranho foi isso. Em nenhum momento tinha me chamado de Ander, ela começou a dizer e a repetir também sem trégua, jurou pela mãe e também — não era necessário — pelo papa de Roma, o de agora e o polonês, definiu. Diante disso, pouco pude fazer, a não ser me esvair na dúvida e pensar que talvez eu realmente tivesse ouvido mal, embora soubesse que tinha ouvido perfeitamente.

E agora, neste exato momento, junto com a sensação de que hoje o domingo foi pouco afortunado, percebo de novo, sem sombra de dúvida, que ela disse mesmo o que eu ouvi: não posso mudar as coisas, porque elas são como são, não posso me lembrar de outra forma do instante fatal no qual lhe escapou aquele "Mas Ander!".

Lembro-me disso perfeitamente, até mesmo do modo tão especial como ela gritou o nome dele e de como parou assim que percebeu seu erro. Mas preferi lhe dizer que tudo bem, que talvez eu tivesse ouvido mal e que decerto ela tinha dito "Mas ande", ou "Mas anda". Então aconteceu a coisa mais estranha do domingo. Ela me olhou muito irritada e disse: "Ora, Mac, por favor, eu também não disse isso". E eu: "Ah, não?". "Não", assegurou, com uma cara tão beatífica que fiquei petrificado. E eu: "Pois é, no fim você nem disse nada mesmo...". "Exatamente, eu não disse nada...", afirmou, com uma serenidade que, se fosse falsa — e com certeza devia ser —, era uma obra-prima do fingimento.

29

Ainda nocauteado pelo que me aconteceu ontem, cambaleante, entregue, com passo errante, ao cair da tarde levei ao alfaiate do bairro uma calça que comprei no ano passado e que mal consigo abotoar.

No caminho, apesar dos quatro quilos a mais eu me sentia tão frágil que tinha certeza de que qualquer rajada de vento podia me derrubar.

O alfaiate foi amabilíssimo, mas tem só um provador em sua lojinha e resolveu colocar nele não um, mas dois espelhos de pé e um tamborete minúsculo para poder se sentar. O espaço é enormemente estreito, como uma tumba. Aflito atrás da cortina, estive a ponto de perder o equilíbrio e cair e quebrar um ou os dois espelhos. Em seguida, tive medo de morrer justo no momento em que tentava enfiar o pé na perna estreita da calça. E pouco depois, superado o medo de perder o equilíbrio bem no momento de morrer, tudo piorou: eu me senti muito sozinho e, como se não bastasse, por alguns segundos não me vi no espelho.

Seguiu-se um suor frio e a comprovação de que estava vivo.

Que sorte a minha. Ao voltar para casa, me lembrei de uma história ouvida havia muito tempo, de uma mulher que largou o marido e foi embora com outro. E o marido levou uma estátua dela nua para o jardim de um amigo. "Vingança renascentista" ou simplesmente a deu de presente porque já não tinha valor para ele?

30

A manhã inteira me dizendo que não havia um minuto a perder.

Nas primeiras horas da tarde, as coisas não tinham mudado muito. Outra vez a obsessão por não perder nenhum minuto enquanto perdia todos.

— Vá para a rua de uma vez — dizia a voz.

(A voz que vem da morte.)

Mas eu não queria sair. Estava paralisado pela visão repentina do que existe de mais contraditório na condição do artista, mesmo que ele seja um principiante: ao ir para a rua, ele precisa observar aquilo que enxerga como se o ignorasse, mas depois deve executá-lo, passá-lo a limpo em casa, como se soubesse de tudo.

Paralisado. E ainda por cima parece que o dia cismava de ser o mais veloz dos que passei até agora neste mundo, talvez por decisão da intrincada Agência de Ajustamento.

Eu via as nuvens passando muito rapidamente, e mesmo assim não me decidia a fazer nada, não via como pôr a coisa para andar antes que o outro dia chegasse. Carmen viera ao escritório me avisar que a noite estava próxima. Olhei para fora, e de fato já estávamos em pleno entardecer e eu continuava sem ter feito nada durante o dia todo, nocauteado pelo ciúme, pelas suspeitas sobre Carmen, por um penoso estado de espírito. Quando já me aprontava para dormir, vi que nesta terça--feira eu só devia ter escrito isto: "A morte fala conosco com uma voz profunda para não dizer nada, para não dizer nada, para não dizer nada...". Eu devia ter lido isso e depois repetido cem vezes por escrito, para que ao me deitar eu pensasse que hoje, pelo menos, eu escrevi alguma coisa. E depois, também cem vezes (como homenagem ao parasita da repetição que se oculta em toda criação literária): "Sabemos muito menos do que pensamos que sabemos, mas sempre podemos saber mais, sempre há espaço para aprender".

— O que você está fazendo, Mac? — pergunta Carmen, quase gritando, lá da sala.

Respondo tapando a boca com uma das mãos, enquanto com a outra me livro da calça do pijama, e a deixo no armário, e fico nu:

— Nada, meu bem, continuo repetindo o romance do vizinho.

E imagino Sánchez nu, também, há quarenta anos, ou quem sabe há apenas algumas horas, pronto diante de Carmen como eu agora, pronto para o que desse e viesse.

31

Se fosse o caso, a primeira coisa que eu mudaria em "Duelo de caretas" seria a epígrafe de Djuna Barnes. Eu a substituiria por um diálogo extraído de *Distância de resgate*, de Samanta Schweblin:

"— Carla, um filho é pra vida toda.

"— Não, querida — diz. Tem as unhas compridas e me aponta na altura dos olhos."

Aqui a epígrafe teria plena relação com o conteúdo do conto.

Schweblin é uma contista argentina que não vê na loucura necessariamente uma perturbação, talvez por encontrar no anômalo o mais sensato. Tem uma admiração muito especial por Cortázar, Bioy Casares e Antonio Di Benedetto em sua faceta de contistas, e acho que esta dá uma pista certeira sobre o caminho que sua escrita percorre, porque esses três autores são três dos melhores praticantes desse tipo de literatura rio-platense que desliza por mundos cotidianos cinzentos e inquietantes e que alguém chamou de "literatura da decepção". Nunca vou esquecer

Di Benedetto chegando ao velho cais: "Lá estávamos nós, prestes a partir e não partir".

Schweblin tenta fazer com que seus relatos contem coisas que também aconteçam com o leitor. Eu gostaria, se um dia vier a reescrever "Duelo de caretas", de tentar obter esse efeito, ou de pelo menos buscá-lo. Embora pudesse eleger outros escritores que tratam o leitor dessa forma, eu tomaria Schweblin como referência para "Duelo de caretas", porque a li faz pouco tempo e estou sob a influência de *Distância de resgate*, por aquele seu clima de estiagem rural que se mistura a herbicidas e ao veneno que algumas mães destilam em relação aos filhos. Ainda hoje estou espantado: terminei de ler esse livro e senti que tinha me transformado numa mãe com instintos assassinos, que Schweblin realmente conseguira fazer com que o conto acontecesse em mim.

Por isso, acho que se algum dia eu viesse a reescrever "Duelo de caretas", me empenharia em imitar sua forma de escrever, mas não duvido que para imitá-la eu tivesse de passar anos e anos ensaiando a tristeza e a difícil arte dos narradores rio-platenses.

Em meu conto, o egoísmo do ventríloquo condicionaria tudo, em particular as relações com seu filho único. Walter seria uma pessoa de temperamento ciumento — como eu há dois dias, morrendo de ciúme, embora não tenha a menor prova de que Carmen me engana e até ache que estou fazendo papel de ridículo; digamos que eu pareço querer que ela me engane para assim ter um motivo para ir embora para bem longe —, neurótico, ensimesmado, ególatra, com uma forte rejeição física por seu único filho, uma rejeição que de algum modo já nos teria sido anunciada pela citação de Schweblin e que estaria no centro de tudo.

Diferentemente do "Duelo de caretas", de Sánchez, em minha reescrita o pai ia querer acabar de uma vez com o filho, matá-lo sem rodeios. Não estaríamos mais diante do espanto de alguém que descobre que seu herdeiro é um indivíduo tão horrível quanto ele, mas diante do desejo antinatural de um pai de acabar sem maiores considerações com um filho de trinta anos que ele considera inaceitável e monstruoso. Não tenho a menor identificação, é claro, com esse desejo criminoso de Walter, entre outras coisas porque não desejo a morte de ninguém e também porque adoro meus três filhos queridos. Ainda ontem Miguel e Antonio, os dois mais velhos, ligaram de Cerdeña, onde estão passando umas férias fenomenais junto às ruínas de Pula, onde Carmen e eu, há trinta anos, passamos nossa lua de mel. Amo vocês, falei para eles. E depois acrescentei, querendo sugerir que estou vivendo uma segunda lua de mel com a mãe deles: "Nós dois amamos vocês".

São coisas que me atrevo a dizer por telefone, mas que não ouso dizer ao vivo, menos ontem, que não reprimi nada.

— Nós também amamos vocês! — gritou Miguel, o mais carinhoso dos meus três filhos, não sei se o mais inteligente, embora isso pouco importe, porque a gente ama os filhos por igual.

— Mas eu mais! — falei.

E Carmen me reprovou por confundi-los daquela maneira. Já são grandinhos, limitei-me a responder, não ficam confusos com nada.

— Amamos vocês! — ouviu-se Antonio dizer, para não ficar atrás.

Eles levam a vida deles. Longe de nós. Se tivéssemos tido uma menina, com certeza a teríamos mais perto. Mas acho que já se sabe que os homens são muito na deles, gostam de ser livres, e nisso nossos filhos não são exceção. O terceiro é engenheiro aeronáutico e encontrou trabalho, muito bem remunerado, em Abu Dhabi, e de vez em quando falamos com ele por Skype. Não posso estar mais orgulhoso dos três. Se um dia eu me suicidasse ou desaparecesse, gostaria que soubessem que sempre tive uma grande admiração por eles. Durante muito tempo fiquei sem vê-los e não tive oportunidade de lhes dizer que me exercito todos os dias nesse diário, mas não acredito que seja preciso informá-los do que estou fazendo, por mais que me incomode que possam me imaginar abilolado, desocupado, e certamente abobado, aposentado, e o pior: advogado despedido por não estar em forma e por consumo excessivo de álcool. Que imaginem o que acharem melhor. Para mim basta amá-los e sentir orgulho deles e saber — isso é mais prosaico, mas devo incluir — que podem me emprestar dinheiro se eu me separar da mãe deles e precisar de ajuda. Eu, na época — quando a pouca idade deles assim o requeria —, fui um paizão, e Carmen uma mãe impecável, carinhosa e perfeita. No entanto, não posso deixar de refletir sobre a paternidade. E não posso negar que, quando damos vida a outro ser, deveríamos ser mais conscientes de que damos também a morte.

Damos a morte? É isso que, se eu reescrevesse "Duelo de caretas", o filho recriminaria no pai, o ventríloquo. Estou ensaiando para um dia me pôr no lugar de Walter e conseguir escrever melhor esse conto. Na verdade, penso o contrário: que damos vida aos filhos. E esse é um pensamento, uma convicção, se preferirem, que quase nunca se anuvia, se é que um dia se anuviou — de outra época —, em que resolvi descer até o porto de Barcelona e pensei ter visto — sem dúvida a imaginação me traiu — um vulto balançando na água, um vulto que ia e vinha e tinha a forma — como dizê-lo com alguma exatidão? — de um macaco morto.

Ao imaginar que estava vendo isso, fiquei ali um bom tempo me perguntando se era mesmo um macaco e se, caso fosse, o corpo estava inteiro.

Só queria que você me explicasse, lhe diria o filho em "Duelo de caretas", por que me falou tão cedo, quando eu tinha apenas quinze anos, que tudo acabava em morte e que depois dela não havia nada. Já lhe disse na época, responderia o pai, era horrível ver que, como um cão, você não fazia a menor ideia da morte.

— Mas isso foi maldade, pai. Será que naquele dia você na verdade não estava era querendo me ver morto e enterrado? Será que não detestava ter um filho e na verdade queria viver a sua vida sem ter compromissos paternos?

Assim que ouviu isso, Walter passou a considerar seu filho um perfeito e absoluto monstro. E a ter vontade de matá-lo. Veja só como são as coisas: seu próprio filho lhe teria dado a ideia. E lhe diria isso, mesmo sem dizer tudo.

— O que foi? Você é tão frágil assim? Tem que se segurar. Você é um ser para a morte — diria Walter.

E então o filho perderia as estribeiras.

— Você me cansa, pai. Eu sou poeta e você é só um ventríloquo de segunda, um homem desempregado e afetado pelo mau humor e pelo rancor para com todos os ventríloquos que acha que são melhores que você. Porque as coisas só podem girar ao seu redor, não é mesmo? Você é um *egolastra*.

— Um ególatra, você quis dizer. Nem parece meu filho, pois não aprendeu sequer a falar direito. Estou começando a desconfiar que lhe faz mal saber que é mortal.

Pouco depois os dois, filho insolente e pai "egolastra", ficariam em silêncio, justo antes de começarem a se infiltrar lentamente em meu relato alguns elementos que com certeza seriam chave na rala trama geral das memórias do ventríloquo; um desses elementos — só na aparência lateral no livro — continuaria sendo, também em minha versão, a sombrinha de Java, que, como no romance de Sánchez, seria importante por seu viés criminoso, mas talvez também porque serviria, em diversos momentos de sua autobiografia oblíqua, simplesmente para Walter agitá-la no ar e espantar, desse modo, os fantasmas que passeavam por sua mente.

Posso até ver, neste exato momento, o misantropo Walter espantando moscas no ar em sua discussão com o filho e dando trágicas sombrinhadas às cegas, iniciando assim sua voluntariosa tentativa de acabar com seu principal inimigo: ele mesmo.

O que vejo com a maior clareza é a necessidade absoluta, se acaso um dia eu decidisse reescrevê-lo, de manter intacta, em meu conto, a cena em que Sánchez nos apresenta o duelo de caretas entre pai e filho. E com a mesma clareza vejo também a necessidade de acrescentar a essa cena das caretas uma série de notas — uma por careta — no rodapé, no mais puro estilo David Foster Wallace: notas que criariam um grande contraste entre dois estilos fortes (Schweblin e DFW), sem dúvida tão distantes um do outro; notas das quais poderia sair um furacão inteiro.

Não é uma coisa que eu possa esconder justamente de mim mesmo: adoro esse descomunal e insensato extravio sem limites das notas de rodapé tão obsessivas do escritor norte-americano. Nelas sempre encontro, totalmente irrefreável, uma espécie de impulso atordoante de escrever sem parar, escrever até anotar tudo, até transformar o mundo num grande comentário perpétuo, sem uma página final.

Por isso, eu adoraria parodiar, ou render culto ao tom recalcitrante dessas notas, e faria isso por meio de várias longas notas de rodapé que estariam diretamente ligadas ao duelo de caretas entre Walter e seu filho, e ao mesmo tempo com um episódio real da história da literatura polonesa: os combates de mímicas exageradas que no inverno de 1942, numa Varsóvia ocupada pelos nazistas, ocorreram tanto na casa de Stanisław Witkiewicz como na de Bruno Schulz.

Pelo visto — como contou Jan Kott —, era frequente ver num e noutro lugar, nos aposentos ou nos corredores dessas casas de Varsóvia, duas pessoas frente a frente, em posição de combate ou já em plena luta, sempre batalhando pela destruição total do adversário, ou seja, sempre trabalhando para fazer uma careta tão horrorosa que não poderia existir nenhuma contracareta superior por parte do adversário.

Segundo Kott, eles não dispunham de um pingue-pongue melhor do que suas próprias caras: "Ainda me lembro do dia em que, tendo ouvido uns barulhos estranhos procedentes de um quarto fechado, abri a porta e me deparei com dois gênios da literatura polonesa ajoelhados um diante do outro; batiam a cabeça no chão e depois, após um sonoro um, dois, três, a levantavam de forma fulminante e passavam a mostrar as caretas mais terríveis que eu já vi na vida. Eram caretas extremas que não paravam até a destruição total do inimigo".

Minhas longas notas de rodapé — duelo de caretas entre o estilo rio-platense de Schweblin e o estilo espaçoso de Foster Wallace — se estenderiam o quanto fosse preciso, mesmo que evidentemente a estrutura do romance do meu vizinho não fosse sair ilesa de uma intervenção tão divertida e estranha e tão sobrecarregada e também sobrecarregante, ou apenas carregada.

Falei "tão divertida e estranha", mas talvez não seja tão estranha assim. É só lembrar o que um dia Foster Wallace disse quando trouxe certa luz e enigma ao provável sentido de suas glosas inesgotáveis ao comentar que estas eram quase como "uma segunda voz em sua cabeça" (sensação, claro, em que me julgo um especialista).

Eu me divertiria escrevendo essas notas de cunho inacabável, estou certo disso; eu as trabalharia em orações longuíssimas que, apesar do estilo refinado nelas empregado, exigiriam um esforço colossal do leitor. Eu me divertiria tanto com a graça infinita dessas notas que, imagino, não teria receio de incluir mais digressões além das necessárias, cada qual aparentemente mais inoportuna, quase todas incluídas com má intenção, pois buscaria o modo mais enrolado possível de inseri-las, ou seja, tentaria ser mais "pesado" do que o normal em minha tentativa de experimentar o prazer da escandalosa impunidade que DFW alcançou cada vez que se eternizava com suas notas no fundo "tão alemãs", pois lembrem que Schopenhauer já dizia que o caráter nacional autêntico dos alemães era o enfado.

Sempre fui fascinado por esse enfado alemão. Tanto que eu quero passar um dia inteiro da minha vida, ou pelo menos uma parte desse dia, tentando ser um alemão de prosa enfadonha no mais alto grau, um alemão enfastiante até limites impensáveis, um alemão que se deleitaria buscando o prazer que lhe proporcionariam as orações pesadas, enredadas, nas quais a memória, sem a ajuda de ninguém, aprenderia pacientemente durante cinco minutos a lição que lhe estaria sendo imposta até que, por fim, na conclusão da longa frase teutônica, a compreensão do que se estivera dizendo faria sua aparição como um relâmpago e o quebra-cabeça seria resolvido.

O lema de muitos alemães sempre foi este: que os céus deem paciência ao leitor. E agora que penso nisso, acho que esse lema também poderia ser o meu. Pois adoro a mera possibilidade de um dia poder me sentir plenamente um escritor alemão bem soporífero. E também amo a possibilidade de que em "Duelo de caretas", quando já estivesse parecendo que as notas de rodapé não teriam fim, elas precisamente chegassem a seu termo e deixassem o campo livre para o final do relato, um desenlace no qual teríamos o filho, perdedor do combate de máscaras, passeando errante por paragens obscuras, para não dizer profundamente sombrias. O filho, um verdadeiro morto em vida. Derrotado no duelo com o pai. Com o pé na cova. Cadáver já dentro do caixão. Cadáver se preparando para o frio das longas noites de inverno que o esperavam, para as assombrosas noites alemãs que decerto seriam mais pesadas que o chumbo: as noites intermináveis nas quais já não haveria nenhum excesso e ninguém se aproximaria de seu túmulo para lhe deixar uns crisântemos e nas quais, por não se ouvir, já não ouviria nem uma miserável prece.

32

Esta semana, ao organizar revistas velhas, topei com um suplemento dominical cuja capa era muito vistosa — Scarlett Johansson num show de Zebda —, mas não lembrava que no miolo havia uma entrevista com Sánchez. Perguntas insossas, respostas idem. Uma centelha de alegria quando a entrevistadora quis saber se algum dia ele já pensou em parar de escrever. Sánchez dizia que a questão era divertida, "pois justamente, há uma hora, na livraria do bairro, estavam me falando do bom momento que minha obra atravessa e eu disse, do fundo de minh'alma, que ia me aposentar. Minha reação me lembrou dos velhos tempos, quando eu tinha vinte anos e no último bar da noite, antes de voltar para casa, falava para a turma que estava pensando em não escrever nunca mais. Mas você não escreve, me lembravam. Está vendo? Eu ainda nem tinha começado a escrever e já queria me aposentar".

Deve ter se sentido muito bem, imagino, ao narrar a retirada de Walter em "Todo o teatro ri". Porque Sánchez parece adorar os gestos de despedida, os adeuses. No último conto, no qual também há uma despedida, fala da fuga do ventríloquo para a remota Arábia: fuga tão lenta quanto bela em busca da origem das narrativas orais, ainda que, de fato, Walter esconda o verdadeiro motivo de sua fuga; ele o encobre mas o leitor percebe que o oculta, pois é difícil acreditar que ele viaja para o Oriente porque lá espera encontrar a fonte que deu origem a todos os contos. Pois quem pode acreditar que se encontrará algo assim na Arábia? Concordo que, como provou Norman Daniel, a ficção europeia vem dos árabes, mas daí a pensar que é possível encontrar lá a voz original, a fonte primeira das narrativas orais...

Um ventríloquo é obrigado a saber que, se tem uma coisa que caracteriza uma voz, qualquer voz — incluída a voz original —, é a constatação de que ela não dura, que nasce, brilha e desaparece, consumida por sua própria fulguração. Uma voz tem alguma coisa em comum com uma estrela que cai sem que ninguém veja sua queda. Não há voz que não se extinga. Pode-se evocá-la, jamais reencontrá-la; acreditar no contrário é como pensar que com uma máquina do tempo poderíamos assistir à cena da origem.

Pode-se imitar uma voz, ou repetir o que uma voz disse, evitando assim sua extinção total, mas já não será a mesma voz nem dirá exatamente o que aquela voz disse. As repetições, versões, perversões, interpretações do que foi dito pela voz que se extinguiu irão compondo ineludíveis falsificações do que foi dito. É com elas que se construiu a literatura, que para mim é uma forma de preservar aquela chama do que foi dito de viva voz, junto ao fogo, na noite dos tempos: uma forma de transformar uma impossibilidade de ter acesso a algo perdido numa possibilidade de, ao menos, reconstruí-lo, mesmo sabendo que isso não existe, que ao nosso alcance só existe uma falsificação.

De tarde saí um pouco e, bem defronte ao Tender, tropecei literalmente com Julio, que parecia em transe, como se tivesse acabado de viver aventuras inconfessáveis. Ele estava tão bêbado que me atrevi a lhe perguntar à queima-roupa se Sánchez tinha uma amante. Ele sacou de cara.

— O que importa é a energia apaixonada do pensamento — respondeu rápido.

— Deixe de bobagem. Sánchez tem amante ou não?

— Você não sabia? Aquele safado está louco pela Ana Turner, você com certeza a conhece. Todo mundo sabe que eles são amantes. Não escondem isso, você com certeza é o último a saber.

Fiquei gelado — por assim dizer — em meio ao calor sufocante. Por um lado, fiquei um pouco mais tranquilo, pois meu ciúme de Carmen estava me deixando com os nervos à flor da pele. Por outro lado, fiquei tremendamente incomodado. Incomodado com Ana. Decepcionado com ela, por seu extraordinário mau gosto. Por que será que sempre pensamos que as mulheres que preferem outros a nós escolheram um boboca? O que será que esse tosco, esse tipo tapado, tem que nós não temos?, acabamos sempre nos perguntando.

Julio e eu nos sentamos no terraço do Tender e lá continuamos a conversar sobre assuntos completamente idiotas, então durante alguns minutos nem prestei atenção ao que ele pudesse estar dizendo. Depois de um tempo, comecei a reparar nas palavras que ele sussurrava, porque tinham um tom cada vez mais baixo e provocador, e acabei escutando uma frase já começada que não consigo reproduzir aqui com exatidão, mas que seria parecida com o que vou inserir em seguida (com o rubor lógico): "Ela, tão amada, vegeta durante as tardes, prisioneira de si mesma, amarrada a um lugar, a uma cidade mediterrânea falsamente agradável, a uma livraria como as outras, a um apartamento de solteira e a um horrível tédio de anos, amarrada a um lugar diminuto, à espera de que seu amante possa ir visitá-la...".

Fiquei particularmente irritado com o tom e também com

seus alardes de escritor frustrado, sua tentativa desajeitada — se não estou enganado — de querer me dizer de forma tão mesquinha e decerto falsa que a maravilhosa Ana Turner levava uma vida miserável, vegetando prisioneira de si mesma e do amante... Ou talvez ele tenha querido dizer outra coisa. Tanto faz, porque ali o mais intragável era seu ranço de "escritor fracassado". E também sua delirante "má literatura", porque era constrangedora aquela história de que ela "vegetava prisioneira de si mesma".

Por isso fiquei ainda mais chocado quando de repente, agora com uma voz quase insuportavelmente baixa, ele disse que era o melhor escritor do mundo.

Resolvi sair dali o quanto antes. Mas antes, morto de curiosidade, perguntei se ele não tinha nenhuma ocupação.

— Não quero me apaixonar por você — respondeu.

Preferi pensar que ele só estava tentando me desconcertar, talvez estivesse bêbado demais. Diante daquela frase, achei que seria melhor, e até mais correto, eu preparar minha fuga. Mas ainda me demorei um pouco, porque decidi averiguar no que ele tinha trabalhado antes. Tinha sido professor de colégio por muitos anos, ele meio que balbuciou, enquanto parecia procurar uma guimba no bolso de seu paletó gasto. Foi expulso por desacato à autoridade. Que autoridade?, perguntei. Ele continuou falando como se não tivesse me ouvido. Essa expulsão, disse, foi muito criticada por seus filhos, e sua mulher o deixou. Agora todos eles — imbecis, perdidos, ressaltou Julio — moravam em Binissalem, Mallorca. Deixavam-no viver em paz. Não tinha ninguém no mundo — disse isso tão alto que todos os fregueses do Tender nos olharam e só faltou começarem de repente a rir —, mas ele não pretendia se mudar, se sentia "mortalmente lúcido", e o chá e o álcool o estimulavam e sempre o faziam ver que o futuro era dele; um dia ele seria um poeta incrível e todo mundo se curvaria diante dele, e eu seria o primeiro, pois não podia negar que estava abaixo dele, além de eu ser apenas um sujeito muito perdido cuja curiosidade enchia de manchas de óleo. Não quis me dar ao trabalho de dizer que não tinha entendido essa última frase. Decerto, ele disse de repente, você teria de me dar mais. Mais o quê? Óleo, disse ele, quase babando. E depois pediu dinheiro. Enquanto eu lhe dava uma bronca, ele apoiou a cabeça no meu ombro. Percebi que, se eu deixasse que se recostasse ainda mais, as coisas iam se complicar, e no final íamos virar pasto de comentários maldosos no bairro. E eu não queria isso, muito menos que os ecos chegassem aos ouvidos de Ana Turner. Mas não sofra por isso, disse ele, você não é tão inferior a mim, só meio metro.

Agradeci que tivesse tido a delicadeza de me sussurrar aquilo e dei um jeito de me safar dele e de sua cabeça grudenta, que por alguns segundos cheguei a ter completamente apoiada em meu ombro. Quando tentei me afastar também de seu corpo, empurrei-o ligeiramente para o lado, mas sem sorte, porque ele nem se moveu e parecíamos dois gêmeos unidos pelo cordão umbilical. Além disso, se nesse momento alguém tivesse se dado ao trabalho de reparar seriamente em nós, poderia até pensar que, levando involuntariamente para a vida um conto de Sánchez, tínhamos nos transformado por um momento num pai em posição de combate contra seu filho louco, o que daria na mesma: dois solitários em meio à tarde plana e triste, prestes a começar um duelo de caretas, cabeça dolorosa contra cabeça desengonçada.

33

No imaginário popular, a profissão de ventríloquo está ligada ao terror. Então, quando Sánchez transformou Walter num criminoso, os poucos leitores que o livro teve devem ter achado a trama bem normal: marionete de ventríloquo e crime. Acontece que um ventríloquo sempre mete medo: ou ele mete medo, ou o seu boneco.

O primeiro ventríloquo que vi na vida foi uma mulher, não um homem, e não causava pânico, nem pretendia. Chamava-se Herta Frankel e era austríaca. Fugindo da destruição e da barbárie nazista, tinha aportado em Barcelona em 1942 com a companhia Los Vieneses, da qual também faziam parte Artur Kaps, Franz Johan e Gustavo Re, artistas que ficaram morando pelo resto de seus dias nessa cidade, onde se tornaram muito famosos.

Frankel — mais conhecida como "srta. Herta" — ficou famosa nos primeiros anos da Televisión Española como ventríloqua, manipulando fantoches e marionetes em programas infantis. Sua marionete mais célebre foi o insolente poodle Marilín, que pontuava todas as suas intervenções dizendo para a dona com muita ênfase: "Srta. Herta, eu não gosto da TV". Com a frase, Herta queria indicar — pelo menos foi o que sempre achei — que era um mau lance do destino ter que trabalhar em algo tão moderno e tão grosseiro quanto um estúdio de TV; decerto ela pensava que seu lugar estava em outra parte, num cabaré centro-europeu ou num teatro de variedades de sua cidade natal.

Todos os outros ventríloquos da minha infância que eu recordo tinham um traço sinistro. Entre os mais inesquecíveis está o que aparece em "The Glass Eye", o melhor episódio daquela série que Hitchcock fez para a TV. Nele, um anão manipulava um boneco apolíneo, invertendo o truque do ventriloquismo. Seu efeito era tão perfeito que conseguia fazer uma jovem inocente se apaixonar. A lenda reza que tanto a atriz como o ator anão e mais sete intérpretes daquele filme morreram em circunstâncias estranhas.

Mas o mais inesquecível dos ventríloquos sinistros talvez seja o que aparece em *O grande Gabbo*, o filme atormentado de Erich von Stroheim. Nele, Gabbo era alguém que trabalhava feliz com seu boneco Otto até o momento em que se apaixonava por uma bailarina que não o amava e Otto tinha de lhe dar conselhos — até mesmo no próprio palco — sobre o que fazer para atrair a atenção da moça. Pouco a pouco, a trama ia se tornando mais sórdida e inquietante e caminhava para a fatalidade, para um tosco espaço rude que parecia, digamos, controlado pelo mundo do crime. É bem provável — talvez um dia eu tente confirmá-lo — que Sánchez tenha se inspirado nesse filme de Von Stroheim na hora de escrever *Walter e seu contratempo*.

Entre as histórias relacionadas a esse universo de bonecos e terror está a que meu pai contava, sobre um ventríloquo argentino, um homem que acabou louco porque quando seu filho nasceu ele viu seu boneco preferido morrer de ciúme e ficar mudo e cabisbaixo. Um dia, o ventríloquo — acho que se chamava

Firulaiz, nome estranho, aliás — se distraiu e o bebê levou à boca a mão do títere como se fosse uma chupeta. Ao perceber um grande silêncio, Firulaiz correu para o quarto e viu seu filho totalmente violáceo: tinha morrido sufocado pela mão do boneco que havia entalado em sua garganta. Desesperado, jogou no fogo a marionete, que era de papel machê, e, muitíssimo abalado com o que acabara de acontecer, rompeu num choro convulsivo sobre o corpo do filho. Parece que em certo momento, ao olhar para o fogo, viu entre as labaredas os olhos de porcelana do boneco, que o fitavam sustentados pelo frágil mecanismo de arame, e tudo indica que essa última imagem deixou Firulaiz transtornado para sempre.

Parece que o ventríloquo mais célebre da história — pelo menos segundo a enciclopédia *Espasa* que herdei havia vinte anos de meu pai e que na época, apesar da oposição de Carmen, melhorou muito este escritório — foi Edgar Bergen, de origem sueca mas nascido em Chicago. Ainda adolescente, começou a aparecer acompanhado de um boneco que um carpinteiro amigo fabricara para ele: tratava-se de uma marionete que representava um vendedor de jornais irlandês, que ele chamou de Charlie McCarthy e que se transformou no eterno parceiro de seus espetáculos. Bergen sempre estava na estica com um formidável fraque, ao passo que o boneco usava um elegante monóculo, cartola e smoking. Charlie tinha a língua muito solta e lançava frases que atingiam toda classe de pessoas; sua mordacidade não tinha limites, e não fazia distinção entre poderosos e proletários. No tempo de maior sucesso e popularidade da dupla, em meados dos anos 40, Bergen se casou com Frances Westerman e tiveram uma filha, que tempos depois se tornou uma atriz muito famosa, Candice Bergen.

Assim que aquela menina nasceu, Charlie McCarthy se transformou num monstro completo. Anos mais tarde, Candice contou numa entrevista para a TV uma história traumática, explicou como ficou mal quando começou a notar que seu "irmão de madeira" a insultava e sempre se interpunha entre ela e seu pai. A cama de Charlie McCarthy ficava no quarto de Candice — ou talvez fosse o contrário: Candice foi alojada no quarto do ciumento Charlie McCarthy — e ela lembrava que, quando pequena, teve de se acostumar a dormir de noite vendo o boneco em estado inerte — puro cadáver — olhando para o teto com fúnebre obsessão.

Enquanto eu também olhava para o teto hoje de manhã — nesse caso, o teto do meu escritório — não podia deixar de pensar em como reescreveria "Todo o teatro ri" se um dia resolvesse reescrevê-lo. O que eu mudaria nesse relato, se ele era o único do romance todo que de fato me agradava? Além do mais, havia nele uma saída de cena que me atraía, uma interrupção dramática da vida do artista que me fascinava. Percebi que, na verdade, só teria de modificar a epígrafe do conto, cortar a de Borges — pouco adequada, pois o sempre detectável estilo borgeano não aparecia em lugar nenhum — e substituí-lo por uma de Pierre Menard, o repetidor criativo por excelência: "Há tantos Quixotes quanto leitores do Quixote". O resto podia ficar igual, sem mudar uma vírgula.

Então resolvi que iria repetir o conto inteiro, à maneira de Menard, pois o que me aconteceu com "Todo o teatro ri" foi que, como leitor, eu de alguma forma me identificara com o ventríloquo e seu crime. Gostava de representá-lo, embora fosse uma função teatral levada em meu escritório. Eu gostava de lidar com um público imaginário e repetir aquele momento comovente no qual Walter cantava quase soluçando "Não se case com ela, que foi beijada./ Pois seu amante a beijou quando a amava".

Para cantar isso direito — o que, paradoxalmente, significava cantar tão mal quanto Walter, ou seja, deixando aflorar o drama do pobre homem humilhado que, em Lisboa, diante de seu público, cantava desesperadamente uma canção de ciúme e de amor e no fim deixava escapar uma nota falsa e estridente, dava uma esganiçada tão trágica quanto ridícula — era preciso saber entrar totalmente no papel do ventríloquo. Eu certamente saberia fazer isso na solidão do escritório, e imaginar que o inexistente público explodia numa estrepitosa gargalhada geral.

Como se tratava de uma representação muito especial, que se movia apenas no âmbito de minha mente, não era nada estranho — dada a impunidade, ademais, que acompanhava qualquer ato mental — eu considerar Ander Sánchez o candidato ideal para sofrer a sina do barbeiro assassinado.

Ri quando pensei nisso. Isso se chamava assassinar simbolicamente o autor. O que, no fim das contas, era bem merecido. Pois o tal grande autor, por mais que muitos anos se tivessem passado, não tinha, por acaso, namorado a Carmen, tendo, portanto, posto nela suas mãos sujas? E olhe que não me esqueci de tê-lo visto, pouco tempo atrás, hipnotizar Ana Turner, o que era ainda mais imperdoável.

— Morra Sánchez, morra o autor! — gritei para mim mesmo na solidão de meu teatro inventado.

E passei a representar diante de um público imaginário aquele terceiro capítulo. Atuei um pouco no estilo de Petrônio, acho que poderia chamá-lo assim, pois não fiz mais do que levar à vida o que previamente — nesse caso, trinta anos antes — havia sido escrito, digamos, só para mim.

E fui me sentindo tão identificado com Walter que comecei a me indagar quem seria o matador que em algum momento receberia meu encargo de assassinar aquele autor, o encargo de deixá-lo estatelado com um tiro certeiro numa esquina qualquer do bairro. Aquele matador, resolvi por fim, podia perfeitamente ser o sobrinho execrador.

Como é fácil, às vezes, induzir uma pessoa a cometer um assassinato, pensei no ato, sabendo, sobretudo, que eu jamais me sentiria culpado.

De fato, ainda hoje de manhã falei isso de viva voz no meio do escritório:

— Jamais me verão como culpado.

E todo o teatro riu, e pediram que eu repetisse.

Não tem problema, falei, a repetição é o meu forte.

E me senti tão bem que me animei a olhar pela janela para ver se por acaso via o assassinado Sánchez passeando, vivo e saracoteando pelo bairro. Se eu o visse, com certeza ousaria lhe gritar lá de cima:

— Ei, o que você está fazendo por aqui se eu encomendei seu assassinato e o mataram? Não vê que já está liquidado?

Então imaginei que, diante de minha surpresa, Sánchez não mais estava na rua, e sim dentro do meu próprio escritório, me olhando com uma cara indignada e de forte reprovação.

— Mas — eu dizia, assustado — não é o que parece. Porque eu não sou culpado. É um engano. Como eu poderia ser culpado se tudo isso acontece na ficção?

— Boa pergunta — disse Sánchez —, mas você não vai negar que é assim que os culpados costumam falar.

[ÓSCOPO 33]

Se eu desaparecesse e meu diário fosse encontrado por uma pessoa que me conhecesse pouco mas que, por algum motivo, tivesse acesso aos arquivos do meu computador, essa pessoa, caso se desse ao trabalho de entrar nestas páginas, em algum momento poderia até pensar que se as falsificações me fascinam a ponto de, por exemplo, eu chegar a ocultar aqui dias a fio que fui advogado, me fazendo passar por construtor de imóveis, eu também poderia estar mentindo ao dizer que sou um principiante em questões de escrita. Mas esse leitor, essa pessoa que estaria no direito de pensar que não sou um estreante, não só estaria muito enganada como estaria também menosprezando, terrivelmente, o trabalho árduo e intenso que tenho todos os dias para ajustar, o mais perfeitamente possível, o texto; um trabalho repleto de sentido, graças à compensação que recebo ao ver que estou aprendendo a ir em frente com este caderno, no qual ensaio caminhos dia após dia, sempre querendo saber mais, sempre procurando saber o que escreveria se viesse a escrever: dia após dia costurando meu imaginário, tecendo uma estrutura que não sei se em algum momento sentirei que está finda; dia após dia construindo um repertório que intuo seja finito e perpétuo como todo léxico familiar: um diário no qual eu poderia permanecer por muito tempo, modificando pouco a pouco cada trecho, cada frase, até repetir tudo de tantos milhares de maneiras diferentes que esgotasse o repertório e me visse nos limites do nunca dito, ou melhor, às portas do indizível.

34

Anteontem, quando Julio repetiu de novo que era o melhor escritor do mundo, pensei num relato inacabado de Dostoiévski, lido numa velha antologia de contos que perdi anos atrás. Nesse conto um jovem violinista russo do interior se considera o melhor músico do mundo e viaja a Moscou porque sua cidade natal ficou pequena para ele. Na capital, ele encontra trabalho numa orquestra, mas logo é demitido. Encontra trabalho numa outra, mas também é mandado embora. Muito convencimento, mera inaptidão musical. Não se sabe se por um motivo, ou por outro, talvez por vários ao mesmo tempo, ele sempre acaba fora do mundo laboral. Ninguém reconhece seu talento, exceto uma pobre criada doente que, apaixonada, não quer contrariá-lo quando ele lembra que é o melhor violinista do mundo. A moça, que às escondidas dos patrões o abriga em seu quartinho, lhe dá dinheiro, o pouco que tem, para que ele possa continuar sua luta em busca de reconhecimento. Quando a pobre criada já não consegue bancar sua errância (e sua jactância), vemos o "melhor violinista do mundo" andando perdido pelas ruas da severa Moscou invernal, parando diante dos cartazes que anunciam ao transeunte a programação musical da cidade: cartazes nos quais nunca aparece o nome do melhor violinista do mundo, do violinista insuperável que ninguém consegue ver. Estão cometendo uma injustiça com ele, o músico segue pensando. E aqui o conto é interrompido, ou melhor, aqui Dostoiévski o interrompe. Talvez a continuação fosse desnecessária, porque tudo já estava dito.

[ÓSCOPO 34]

Abri o e-mail e encontrei spam por todo lado, bem como avisos embaraçosos do banco; notificações que informavam a situação dos juros, comissões e gastos ao longo do ano em curso. E, em meio a tanta bobagem digital, notícias de Damián, meu colega de infância e um bom amigo que, deliberadamente sozinho, estava fazendo uma viagem de introspecção — como ele a chama e continua chamando — a uma ilha quase deserta, a de Corvo, na parte leste dos Açores: uma viagem, à maneira de um experimento, para viver numa cabana como Robinson e tentar aprofundar a experiência de estar sozinho em paragens desérticas. Corvo é uma ilha que tem menos de quatrocentos habitantes no inverno. Seu e-mail anterior me chegou de lá: descrevia sua moradia "selvagem" e a ausência de vida social, exceto — conforme ele contou — pelo contato com uns botânicos aventureiros que lhe prestaram ajuda quando, assim que chegou, quebrou um dedo da mão esquerda.

No e-mail de hoje ele dizia que estava na ilha do Pico, na região central dos Açores, e que, apesar de a ilha ter mais habitantes — uns catorze mil —, ele estava se vendo muito mais sozinho do que em Corvo. Me descrevia o vulcão com o pico nevado que ocupava quase toda a ilha do Pico e era a montanha mais alta de Portugal, e me explicava que, em outra época, a ilha conheceu, graças ao esplendor de suas vinhas, uma fase economicamente boa. A próxima ilha à qual ele pensava em ir dois dias depois num longo trajeto de avião era a de São Miguel, a maior do arquipélago, com mais de cem mil almas.

Sua mensagem me fez pensar em ilhas desertas e, procurando no Google alguma coisa sobre o assunto, alguma frase engenhosa com a qual pudesse surpreendê-lo e diverti-lo na hora de responder, fui parar em *Causas e razões das ilhas desertas*, breve manuscrito de Gilles Deleuze dos anos 50, nunca publicado, embora ele o tenha incluído na bibliografia de seu livro *Diferença e repetição*.

Não tinha notado que uma ilha é sempre única, diferente de todas as outras, e que, ao mesmo tempo, uma ilha nunca está sozinha, pois é preciso enquadrá-la em algo, digamos, serial, em algo que paradoxalmente se repete em cada ilha singular.

Quando esse tema surgiu, fiquei ainda mais curioso sobre o livro de Deleuze e, durante a pesquisa, topei com uma observação de Marcelo Alé, de tom certeiro: "É porque não há original que não há cópia e, portanto, tampouco sua repetição".

Era um bom comentário, mas não me servia de resposta para Damián, que ignorava completamente que havia mais de um mês eu estava discorrendo sobre o tema da repetição. A afirmação de Alé, dita por mim, o teria inquietado. Então resolvi dizer simplesmente que se em Pico, que é mais habitada, ele está mais sozinho do que em Corvo, deve se preparar para ficar ainda mais sozinho em São Miguel do que em Pico. O mais provável, falei, é que você esteja em São Miguel querendo ir para uma ilha ainda mais deserta que Corvo, para a ilha de Crusoé, por exemplo, para enfim poder se sentir verdadeiramente acompanhado.

Genial, respondeu ele, quase no mesmo instante.

É isso, pensei, comunicação direta com as ilhas desertas.

35

Do quarto conto, "Algo em mente", eu manteria o traço de Hemingway que Sánchez deixou na narração da história. Com efeito, não faz muito sentido contá-la se não for sob esse selo que leva a marca da teoria do iceberg, de Hemingway. Porque a trama de "Algo em mente" não é nada sozinha, não é nada se não estiver acompanhada de uma segunda história que está ausente, que é a parte do relato que não é contada.

O conto é protagonizado por dois frágeis farristas apaixonados por uma jovem da qual nunca falam, mas que deduzimos que mantém os dois obcecados, competindo por ela. Se eles têm algo em mente ao longo de tudo o que se conta nesse relato, é essa moça. Daí o título.

Se nos três anteriores o narrador era o ventríloquo, no quarto capítulo o narrador é anônimo.

Se eu reescrevesse "Algo em mente", esse narrador seria um duplo meu — mas jamais seria eu mesmo, porque isso me parece impossível: que eu saiba, quem fala (num relato) não é quem escreve (na vida) e quem escreve não é o que é —, seria um Mac duplicado que se limitaria a ser fiel à ideia de contar uma história banal como a que Sánchez reflete em "Algo em mente", mas mudaria a trama dos dois jovens farristas pelo diálogo trivial que tive com Julio hoje de manhã, quando tive a infelicidade de encontrá-lo sentado no terraço do Tender. Tudo o que conversamos lá beirou a futilidade ou a estupidez absolutas, mas o diálogo de repente fez aflorar um traço inesperado do caráter de Julio. Inesperado e muito perigoso.

As coisas se passaram assim: encontrei Julio esta manhã no terraço do Tender, fumando um cigarro e com o olhar aparentemente perdido no horizonte, e minha primeira reação foi torcer para que ele não me visse, e fugir dali o mais rápido possível. Mas ele não só me viu como me perguntou as horas, como se saber as horas fosse muito importante para aquele folgado infame. Será que ele queria se fazer passar por um homem muito ocupado? Tem gente que teme que os outros descubram que eles não só não têm nada para fazer como vivem imersos num estado de vazio absoluto.

Em vez de lhe dizer as horas, me deixei levar por uma espécie de vileza instintiva e sugeri que matasse seu tio. Depois, para justificar de alguma forma o que eu ousara lhe dizer, inventei uma desculpa e falei que precisava vê-lo, por um momento, com uma cara de assassino implacável, para me inspirar para uma história que pretendia escrever.

— Veja — falei, amenizando um pouco minha proposta —, é que, para um romance que estou preparando, eu preciso vê-lo como um matador de aluguel, só isso. Mas não pense que eu, de fato, sugeri que cometesse um crime. Se tivesse a gentileza de me lançar um olhar de matador solitário, para mim já seria suficiente, já me daria uma força.

— Em suma — disse ele —, você precisa acreditar no que vai escrever.

— Quero me inspirar em você para a figura de um matador de aluguel, só isso.

— Tenho uma aparência tão ruim assim? Matador de aluguel... E não poderia pelo menos receber a grana?

Começou a me olhar de um jeito antipático e com uma cara de metido e me pareceu cada vez pior. E pensar que no primeiro dia eu estava tão louco que pensei ter visto nele uma reencarnação do sobrinho de Rameau! Começou a me dizer que não estava entendendo — não entendia nada, de fato — e a falar de uma forma um tanto pedante sobre o "efeito de verossimilhança", que, para funcionar para o leitor, falou, antes precisa necessariamente funcionar para o narrador. Sim, sim, ele me entendia, repetiu várias vezes. Mas queria, se eu não me importasse, que eu o convidasse para jantar e que o transformasse num verdadeiro matador de aluguel, ou melhor, que simplesmente lhe desse uma paga. Caso contrário, falou, ia informar a polícia. Depois ele tentou ser ainda mais engraçado: lembrou que eu pretendia entrevistar seu tio para o *La Vanguardia* e quis saber se devia matá-lo antes ou depois da entrevista.

Quando eu menos esperava, Julio me lançou um olhar estranho, de profundo desprezo — antes disso, eu nunca vira nele um olhar assim —, e depois ficou mais ensimesmado do que nunca, com aquele ar insuportável de homem eternamente infeliz. Como deviam estar sossegados sua mulher e seus filhos lá na remota Binissalem, pensei. Que sujeito mais nefasto. Por que o era tanto assim?

— O que houve? — perguntei-lhe na lata.

— Como?

— Perguntei se pode me dizer o que houve com você, cara. Porque isso não é normal. Viu o olhar assassino que me lançou há um instante?

Quando ele entendeu, acho que perfeitamente, que eu estava perguntando por que ele era um sujeito tão sinistro e tão atravessado, tentou me falar do calor, e depois do "aquecimento global". Devíamos indagar, disse por fim, sobre o mistério do calor excessivo deste verão.

— Não precisa — falei, tentando encurtar a conversa-fiada — dar muitas voltas no mistério, simplesmente aceite que estamos diante de um enigma que sabemos que é impossível de resolver. Além disso, a famosa realidade é assim mesmo: inescrutável e caótica. Ou você acha que existe uma Agência de Ajustamento que manipula o tempo também?

— Agência do quê?

Essa pergunta me abriu horizontes naquela conversa sufocante sobre a temperatura do ar, mas, quando pensei que finalmente ia poder falar dos agentes do Destino, ele voltou a impor o batido assunto do tempo e me falou de uma onda de calor infernal no verão de 2003 em Paris e das tardes que ele perdeu nas banquinhas de livros do Quai Voltaire, e de uma calorenta loja de animais lá perto delas, onde ainda hoje se pode ver, falou, uma grande quantidade de micos enlouquecidos tagarelando sobre um pedaço de banana podre...

Micos? Percebi que não ouvia essa palavra havia cinquenta anos. Quando era menino, uma vez minha mãe me falou dos micos que tinha visto no Brasil: uns macacos que eram mais sociáveis que os chimpanzés e que respeitavam a vez de se manifestar quando se comunicavam entre si.

Por um momento, enquanto o calor parecia aumentar vários graus também no Tender, o próprio Julio, com seus gestos descontrolados e sua tagarelice desenfreada e banal, me fez pensar num desses micos chorões sobre os quais acabara de falar. Só lhe faltava a banana podre no lugar de sua banqueta no bar.

Ele deve ter percebido claramente que eu já o condenara e que o fitava com maus olhos, porque mudou de assunto e voltou ao monotema da atividade estéril de seu tio, talvez por pensar que ali se movia com mais desenvoltura. Estávamos nessa, imersos numa cena que para mim era de uma banalidade suprema, quando aconteceu algo que mudou tudo de forma irremediável e para sempre, porque surgiu, quase do nada, aquilo que até o momento tinha permanecido invisível, mas que era o pano de fundo do que realmente estava acontecendo ali, sob aquela aparência de conversa trivial.

A revelação surgiu em consequência de um trejeito bem casual da boca de Julio e durou apenas alguns décimos de segundo, suficientes para caçar a essência de seu ser, ou melhor — pois dizer isso seria muito grandiloquente —, para caçar justo o que ele tinha em mente naquele momento.

Foi um simples ricto: sua boca carnuda se abriu e se fechou ao mesmo tempo, como se quisesse articular vogais, ou dizer alguma coisa que lhe exigia grande esforço. E li perfeitamente sua mente, pelo menos durante breves instantes: ele queria que eu me fodesse; tinha concentrado em mim todo o seu ódio pela humanidade. Era, obviamente, uma coisa irracional e voluntariosa de Julio, mas o caso é que aquele gesto frustrado de tentar articular vogais me fez entender que ele me desejava o pior, talvez por ter se incomodado com o fato de que eu ia escrever um romance ou apenas porque pertencia à estirpe dos que pensam: já que eu nunca vou ser alegre, que os outros também não sejam, pois isso seria uma afronta.

Isso me lembrou a filha da putice de um jovem poeta maldito que passou por Barcelona nos anos 70 e que se esmerava para impedir que seus amigos escrevessem: já que ele não tinha talento suficiente para criar, que os outros também não criassem nada. Hoje ele está lotado de dívidas e de mulheres que o admiravam por ele ser uma máquina do mal.

E pensei: seria mil vezes preferível a altivez, a excentricidade, a perversidade e a maluquice que imagino em Sánchez ao que poderíamos chamar de "sujeira dos fatos", que é mais ou menos o que penso que gera a maligna feiura moral de Julio.

Às vezes, embora pareça estranho, basta um ricto, um mínimo gesto casual, uma brevíssima e fulgurante visão instantânea para que — como dizia Rimbaud — a gente possa descobrir o desconhecido, "não numa distante terra incógnita, mas no próprio coração do imediato".

[ÓSCOPO 35]

Com que facilidade o sobrinho execrador poderia, diante do esplendor de Sánchez, simplesmente agir com paciência, agir como o marido de um conto de Ray Bradbury e simplesmente esperar a chegada da maré. Neste relato de Ray Bradbury, "O verão de Picasso", um casal norte-americano vai de férias para um lugar à beira-mar, entre a França e a Espanha. Foi o marido que insistiu para ir, porque sabe que Picasso mora lá e que às vezes aparece na praia. Não acredita que vá vê-lo, mas quer ao menos respirar o mesmo ar que Picasso respira. Depois do almoço, a mulher resolve descansar e ele prefere ir passear. Vai até a praia, caminha ao longo da orla. Percebe que há outro homem caminhando à sua frente. Vê-o de costas: é um velho muito bronzeado, quase nu, completamente calvo. Segura uma bengala, e de vez em quando se inclina sobre a areia e desenha alguma coisa. Ele o segue e segue seus desenhos: representam peixes e plantas do mar. Depois Picasso se afasta, fica cada vez menor, e desaparece. O homem senta ao lado dos desenhos, espera. Espera até que a maré apaga tudo e a areia fica lisa de novo.

36

Leituras que deixam sua marca para sempre. *53 jours* [53 dias], por exemplo, o romance inacabado de Georges Perec. Na verdade, acho que ele tem exercido sigilosamente sua influência neste diário de aprendizagem. Bom, não que eu ache isso, agora estou certo de que ele anda influenciando meu diário, embora até hoje eu nem tivesse me lembrado dele. Adoro o título do livro de Perec, uma referência direta ao número de dias que Stendhal levou para escrever sua obra-prima, *A cartuxa de Parma*.

Perec não pôde terminar o livro, morreu enquanto o escrevia. Mas talvez isso deva ser nuançado. Desde que, um ano trás, li *53 jours*, tento entender o estranho fato de o manuscrito, que foi parar com seus amigos oulipianos Harry Matheus e Jacques Roubaud, fosse encontrado praticamente pronto para ser editado. Como se explica isso? O manuscrito tinha uma primeira e uma segunda partes perfeitamente delimitadas: a segunda estudava novas possibilidades da história policial que era narrada na primeira, e até a modificava. Essas duas partes eram seguidas de curiosas anotações intituladas Notas, que remetem às páginas redigidas, que, além de dar uma nova volta no parafuso que a segunda parte já havia dado na primeira, pareciam delatar o seguinte: o romance de Perec não fora interrompido pela morte, já fora terminado havia muito tempo, mas precisava de um contratempo tão forte quanto a morte — que Perec já havia incorporado ao próprio texto — para ser completado, embora à primeira vista pudesse parecer interrompido e incompleto.

Um romance, portanto, perfeitamente planejado e "terminado", no qual Perec tinha calculado tudo, até mesmo a interrupção final.

Toda vez que folheio de novo 53 *jours*, quero crer que na verdade Perec o escreveu para rir da morte. Ou não é rir da arrogante Morte lhe ocultar que o autor caçoou dela fazendo essa pobre vaidosa acreditar que foi sua foice ridícula que interrompeu 53 *jours*?

37

Na hora de reescrever "Dois velhos cônjuges" eu certamente substituiria a epígrafe de Carver — que não faz o menor sentido num conto cujo estilo lembra qualquer autor da história da literatura universal, menos Carver — por uma do norte-americano Ben Hecht, autor cujo estilo tem mais afinidade com a história de Baresi e Pirelli. A menos que optasse por uma operação reversa e, em homenagem àquele apoteoticamente insensato "Maupassant, um verdadeiro romano" de Nietzsche, deixasse Carver continuar ali, e o livro então passaria a contar com dois relatos nos quais a citação inicial não teria relação alguma com o conteúdo do conto.

Se optasse por mudar a epígrafe, a de Hecht viria de "The Rival Dummy" [O boneco inimigo], relato no qual Erich von Stroheim se baseou para O grande Gabbo.

Ben Hecht foi um contista genial e um roteirista fora de série, cujo estilo, rezam algumas lendas, surgiu do que aprendeu em suas precoces e bem aproveitadas leituras de Mallarmé — ninguém menos que aquele poeta francês tão difícil —, embora depois essa influência tivesse se esfumado, para mal ser notada em *I Hate Actors!*, seu livro mais conhecido.

Essa epígrafe de Hecht devia ser uma frase um pouco terrível que, na época, pesquei no ar no filme de Von Stroheim:

— Otto é a única parte humana que há em você.

A frase foi dita por Marie, que era assistente do Grande Gabbo e estava muito apaixonada por ele, apesar de não entender por que o ventríloquo tinha de dizer tudo por intermédio de seu boneco Otto.

Por isso, acabava dizendo para o Grande Gabbo — que de grande tinha pouco — aquela frase tão horrível de que Otto era o único lampejo de humanidade que apreciava nele.

Quando vi o filme, essa frase me impressionou tanto que a gravei, talvez por ter pensado que não gostaria que algum dia pudessem me dizer algo parecido. E quem sabe a frase tenha sido a causa indireta de ontem de noite eu ter tido um pesadelo com Otto, ou melhor, um sonho ruim com uma cena bem concreta do filme, justamente aquela que abriga a frase de Marie. No pesadelo, a atmosfera rarefeita era a mesma que se vivia naquele momento tenso de *O Grande Gabbo*. Mas em vez de Marie era Carmen quem me dizia, em meio ao espaço amorfo que separava o camarim do palco:

— Olha, é que acho muito estranho você escrever o romance do Ander.

— Mas muito mais estranho — eu reagia — é você falar comigo como se estivesse falando consigo mesma. Será que não se transformou numa ventríloqua?

Ao olhá-la com mais atenção, ainda deslumbrado por um holofote lateral, vi que ela tinha de fato virado uma ventríloqua, vestida com um smoking preto impecável, e que eu era seu boneco, seu servo e marionete, e também — diga-se de passagem — a única parte humana que havia nela.

235

&

Se eu reescrevesse "Dois velhos cônjuges" respeitaria o esqueleto da história, mas não seria fiel ao diálogo entre Baresi e Pirelli no bar de um hotel da Basileia, já que não faria esses cavalheiros encarnarem a tensão nas relações entre realidade e ficção, e sim as relações entre o simples e o complexo na literatura. O simples, nesse caso, seria o que não comporta riscos narrativos, o convencional. E o complexo seria o experimental, o que apresenta dificuldades para o leitor médio e que às vezes é muito enredado, como aconteceu anos atrás com a narrativa do *Nouveau Roman* e como ainda acontece com a chamada Escola da Dificuldade, tendência que propõe que vejamos todos os avanços significativos de nossa história cósmica como saltos para novos níveis de complexidade.

Entre os representantes do *Nouveau Roman* que na época eu li com interesse e serena capacidade de compreensão estavam Nathalie Sarraute e Alain Robbe-Grillet. Entre os da Escola da Dificuldade, me interessaram particularmente David Markson e William Gaddis. Esse último movimento ainda está bem vivo, repleto de autores que compartilham, sem procurar consenso, a ideia de que a narrativa é um processo que desconhece o ponto de chegada. Eu não poderia estar mais de acordo com esta última afirmação. Por outro lado, está bem claro que o ponto de partida é o abandono deliberado das ideias tradicionais sobre as quais se sustenta o conceito de romance. Procura-se cifrar tudo num programa de renovação do gênero romance, uma transformação que responda à necessidade de dar uma forma concorde com as circunstâncias históricas que vivemos. Ao longo de minha vida, em alguns períodos com mais intensidade do que em outros, senti empatia por aquela já velha Escola norte-americana que nunca negou que a possibilidade de escrever grandes romances continua existindo, mas não quis ignorar que o problema dos romancistas — não só os de agora, mas também os de um século atrás — é simplesmente não continuar com o gênero tal e qual ele se formou no século XIX e procurar outras possibilidades para ele.

O romance, lembro que Mathieu Zero dizia, é um meio que precisa se adaptar à ambiguidade essencial da realidade. Para inscrever "Dois velhos cônjuges" nessa tendência a se adaptar conforme essa ambiguidade vai se movendo, eu nunca perderia de vista o que disse um dos teóricos da Dificuldade, alguém de cujo nome não posso lembrar, mas que chamei de Zero no começo deste parágrafo. Acho que também foi o próprio Zero que pediu que a narrativa de nosso tempo se pusesse à altura dos níveis de complexidade que a música moderna e a arte contemporânea haviam alcançado. E citava o caso significativo dos Beatles, que ao lançarem *Sgt. Pepper's Lonely Hearts Club Band* houve quem criticasse a irrupção da complexidade nas canções do grupo. Mas se os Beatles tivessem encalhado em sua simplicidade inicial, dizia Zero, é bem provável que não fossem o ícone cultural que são agora. E, considerando que até os fãs mais antigos aplaudiram a evolução do grupo, perguntava-se também por que não foi permitido aos autores literários o mesmo que aos músicos pop.

Claro que, para ousar inscrever "Dois velhos cônjuges" na já velha tendência literária da Dificuldade, eu deveria ter uma experiência como escritor que vou demorar a ter, supondo que algum dia chegue a tê-la.

Se algum dia, que vejo bem distante, eu me sentisse capaz de reescrever "Dois velhos cônjuges", respeitaria o esqueleto da história, mas transformaria o conto em "teatro escrito" e o inscreveria no gênero cômico. Seria um diálogo entre o simples (Baresi) e o complexo (Pirelli). Se do lado de Baresi tudo tenderia a uma simplicidade tão acachapante quanto, em momentos menos pontuais, muito comovente, do lado de Pirelli só haveria altas doses de complexidade. Como Baresi seria por demais compreensível, Pirelli tentaria enredá-lo da forma mais infernal possível, e seria visto permanentemente conspirando contra o pobre homem tão simplesmente simples que estava sentado a seu lado no balcão.

A peça seria profundamente cômica e grotesca, porque se notaria no autor tanto sua ignorância em relação ao experimentalismo em literatura como sua inépcia ao parodiar sem engenho e sem nenhum sentido o que ele achava que podia ser — não podia imaginá-lo de forma mais pedestre — um relato da Escola da Dificuldade transposto para o palco quando, na verdade, este não chegava a ser sequer uma peça ruim do teatro do absurdo.

Já na primeira imagem de "Dois velhos cônjuges" algum leitor morreria de rir: sob uma luz própria de um interior de Hopper e à maneira de uma gélida cena sem movimento humano da qual tudo partiria, veríamos dois senhores imóveis, Baresi e Pirelli, debruçados no balcão de um bar na Basileia, perto de uma janela na qual um letreiro luminoso estaria mudando nesse momento para o lilás através das cortinas meio cerradas, iluminando de um branco bem mortiço alguns papéis que estavam sobre o balcão e que, supunha-se, continham o diálogo que teriam ali aqueles dois senhores tão quietos, cada um representando um papel diferente na obra: um dos dois, aferrado ao mundo do simples na hora de narrar, e o outro aferrado ao mundo do complexo. Mas isso só na aparência, porque não havia nada escrito nos papéis — daí seu branco tão mortiço —, e os dois personagens quietos estariam ali simplesmente se preparando para se pôr em movimento quando recebessem as instruções do ponto.

Mas esse ponto, que sempre foi, tradicionalmente, alguém que assiste ou orienta os atores quando eles esquecem o texto ou não se movem corretamente, não seria, de maneira nenhuma, uma pessoa. Logo se veria que o texto do diálogo — no fundo, uma troca de experiências amorosas truncadas — seria ditado de fora do palco e chegaria a Baresi e a Pirelli por meio do som persistente de umas gotas d'água que começariam a cair de repente sobre um linóleo disposto sob um discreto radiador estragado, que estaria num canto do bar. Seriam as gotas d'água que supririam, assim, a antiga figura do ponto. E isso não só seria muito hilário como seria a gota d'água que faria com que o copo do ridículo transbordasse. Um ridículo que aumentaria quando se descobrisse que o radiador estragado — na prática, o computador que possibilitava que as gotas d'água pretendessem ditar o diálogo inteiro entre o simples (Baresi) e o complexo (Pirelli) — teria na obra uma importância descomunal, porque continha em seu disco rígido um documento etnográfico integral capaz de resumir nossa era com toda sorte de signos e detalhes.

Nesse gélido instantâneo inicial de onde tudo partiria — Baresi e Pirelli quietos, simplesmente se preparando para dar início à representação da errônea e grotesca paródia da literatura da dificuldade — nada faria prever a soterrada agressividade que viria à tona mais tarde, já perto do final.

Uma violência regida por Pirelli, com suas propostas indecorosas, ansioso por violar Baresi, que acabava aceitando com singeleza e docilidade o presente da sombrinha de Java e subia até o quarto, onde se deixava penetrar com desmesurada alegria por parte de um Pirelli fora de si, que ainda teria fôlego, depois do ato, para — no mais puro estilo da dissertação descontraída — seguir informando seu enrabado amigo da complexidade da existência e das utilidades muito diversas de relações matrimoniais que, como Pirelli ia dizendo com voz cansada mas eufórica, "no mundo se deram, se dão, e acredite, Baresi, confie no que digo, se darão, não sabe quanto se darão".*

* Nota do editor: Não posso deixar de intervir e dizer que esses dois famosos velhos cônjuges, a ficção e a realidade, me esperavam hoje à tarde na portaria quando, depois de dar uma parada na revisão do diário de Mac, tomei dois cafés de uma virada e o efeito que eles me causaram me levou a ler Paul Klee, seu caderno de viagem à Tunísia. Ele foi para o norte da África a fim de pintar e conhecer lugares diferentes em 1914, na companhia de outro grande pintor, seu rival e amigo August Macke. Passavam o dia comendo e bebendo. No final da leitura, guardei que a cor laranja era a preferida de Klee. E também, acima de todas, esta frase: "Aqui também impera o vulgar, mas, certamente, apenas por influência europeia".

Só ao terminar o caderno de Klee descobri que o livro continha também o diário de viagem de August Macke, embora o texto deste só pudesse ser apócrifo, posto que esse pintor morreu na Grande Guerra, pouco depois de voltar da Tunísia, e não deixou nenhum diário de sua viagem africana.

No texto de Macke — que mais tarde eu soube que na verdade foi escrito por Barry Gifford, que o suplantou — se modificam ou se corrigem os episódios da Tunísia contados por Klee. E ocorre um fenômeno curioso no qual justamente já pensei na semana passada quando indaguei se, caso algum dia se concretizasse o remake de Mac das memórias de Walter, ele não poderia acabar parecendo mais autêntico que o original de Sánchez. No livro que li hoje, ocorre algo parecido: o diário de Macke parece mais crível e verossímil que o de Klee, talvez porque este nos narre apenas o que ele teria preferido que tivesse acontecido com ele, enquanto no de Macke tudo se percebe realmente vivido e muito colado à realidade. Com o diário falsificado de Macke eu também me diverti muito. "Meu preconceito irracional contra Klee começa pelo cachimbo", escreve. E em outra parte: "Hoje no jantar, Louis e Paul comeram como porcos, mas eu ganhei deles".

38

Ao meio-dia, tendo retornado, horas antes, a um passado tão distante, acabei pregado e escrevendo no escritório trinta vezes, separadas uma da outra, as nove letras da palavra Wakefield, escrevendo-as com caprichada caligrafia numa folha de papel quadriculado, e depois escrevendo trinta vezes também, na mesma folha, exatamente em cima do já escrito, as treze letras — quatro delas em maiúscula — que há em *O Que Se Ausenta*.

Apoteose, portanto, da repetição. E letra escrita sobre letra escrita, por sua vez escrita sobre outra letra também já escrita. Aquilo começou a ficar parecido com o que Tim Youd faz, quando datilografa clássicos da literatura mas não muda o papel, e com isso o resultado da transcrição de um romance é "uma folha saturada de tinta".

Estava imerso nesse trabalho de saturar de tinta uma folha quando Carmen chegou do trabalho. Pensando que eu não a estivesse vendo, riu sozinha. Não me contive e perguntei de onde vinha tanta alegria.

— De ver que cheguei a tempo de ajudá-lo — falou. —

Sempre quis dar uma força, mas você nunca deixa. Olha com que capricho rabisca esse papel... Estou falando sério, Mac Vives Vehins. Até gosto que você faça garatujas e pinturas. Mas, olha, talvez você também devesse fazer outras coisas, né?

Quando ela me chama por nome e sobrenomes completos, não tem erro: Carmen está pensando que ando perdidão pelo mundo. E aí não há o que fazer. Apesar de eu tê-la informado do meu venturoso trabalho de principiante neste diário, hoje percebi claramente que ela continua pensando que meu desumano final no escritório de advocacia continua me deprimindo. E não é bem isso, pelo menos já há algum tempo. Mas ela é teimosa e continua achando que é isso. Menos mal que nem imagina que eu às vezes flerto com a sedução do suicídio, mesmo sem ter a menor vontade de tomar esse rumo. Sorte também que não fica sabendo que eu às vezes brinco de pesar duas possibilidades das quais Kafka já falou: tornar-me, ou ser, infinitamente pequeno. E que sorte também que ela ignore que certas noites caio em meditações perigosas, embora não acredite que elas sejam mais perigosas que as de qualquer mortal que sente a angústia surgida da consciência de se saber vivo e morto ao mesmo tempo.

39

Tanto faz como continue ou deixe de continuar.

Bernard Malamud

Aquele Hemingway em estado terminal, cujos heróis sempre foram rudes, resistentes e muito "elegantes no desconsolo", viajou do sanatório até sua casa em Ketchum no início de 1961. Para animá-lo, lembraram que ele tinha de contribuir com uma frase para um volume que ia ser entregue para o recém-empossado presidente John Fitzgerald Kennedy. Mas um dia inteiro de trabalho não o levou a nada, não lhe saiu uma única frase, só foi capaz de escrever: "Não mais, nunca mais". Fazia tempo que desconfiava disso e agora o confirmava. Estava acabado.

Quanto à elegância no desconsolo, não se pode dizer que se gabasse muito dela no final de seus dias. Cheirando a álcool e à mortal nicotina de sua vida, certa manhã decidiu acordar todo mundo com seus disparos de divorciado da vida e da literatura.

— Na semana passada ele tentou se suicidar — dizia de um

freguês um velho garçom em "Um lugar limpo e bem iluminado", provavelmente seu melhor conto.

E quando Mac, o garçom jovem, perguntava para o velho por que aquele freguês tinha tentado se matar, recebia esta resposta:

— Estava desesperado.

Esse narrador em estado de desconsolo deixou Cuba e foi para uma casa em Ketchum, que era uma casa para se matar. Bastava ver uma foto daquele lugar para saber disso. E num domingo de manhã ele se levantou bem cedo. E, enquanto a mulher ainda dormia, pegou a chave do quartinho onde estavam guardadas as armas, carregou uma escopeta de dois canos que tinha usado para matar pombinhas, pôs o cano duplo na testa e disparou. Paradoxalmente, deixou uma obra pela qual passeiam heróis de todo tipo com estoica resistência face à adversidade. Uma obra que exerceu uma influência que vai além da literatura, pois até o pior Hemingway nos lembra que, para se comprometer com a literatura, primeiro é preciso se comprometer com a vida.

40

O que eu mudaria em "Um longo engano", aquele relato no qual um tal de senhor Basi — tudo indica que é Baresi, o pai de Walter — tem um rolo monumental com um túmulo? De cara, deixaria que a epígrafe continuasse sendo de Malamud, numa comovida homenagem a seu "tanto faz como continue ou deixe de continuar", mas narraria o episódio de forma kafkiana, porque contaria com clareza a história oculta que há no conto, enquanto complicaria a história visível e simples de tal forma que a transformaria na mais enigmática do mundo.

Quando chegar a hora, vou narrar claramente como, dentro do túmulo onde Basi enterrou a esposa, cresce uma grama muito verde e viçosa que contrasta com a grama raquítica do exterior. Por outro lado, vou narrar, de modo mais emaranhado, as intermináveis gestões burocráticas do amante da mulher de Basi para obter a ordem judicial de traslado da morta para outro túmulo.

No personagem triste de Basi eu nem vou tocar, vou deixá-lo tal e qual ele aparece no relato: como provável pai de Walter e, portanto, como o homem do qual herdou a sombrinha de Java.

Quando ele também tiver de fazer gestões para o traslado de túmulo, vou documentar meticulosamente todos os trâmites da papelada. E vou me demorar enlouquecidamente nos tediosos passeios dos burocratas pelas galerias e pavilhões de um infinito e sórdido Palácio da Justiça.

A vida, vista através das mais arrastadas gestões administrativas, deve ser — como de fato já é hoje em dia — de uma tristeza brutal, deve ser um glacial conglomerado de galerias e pavilhões intermináveis, burocratizado até os dentes; uma infinidade de escritórios e milhões de corredores que enlaçarão galerias que parecerão infinitas e terão todas um matiz sinistro, a não ser, talvez, a remota "Câmara de Escrita para Desocupados", onde alguns subalternos, com sua escrita elegante, copiarão endereços e redigirão cartas perdidas: duplicarão, transcreverão escritos... Serão seres humanos que parecerão de outro tempo e que, de todo modo, evitarão que o conjunto de galerias e pavilhões seja ainda mais deprimente.

Mas poucos, apesar de percorrer continuamente os corredores frios, saberão dar com esse último reduto da vida de antanho aqui na Terra, esse reduto no qual se concentrará o perdido, o esquecido, tudo aquilo que ainda estará em condições — precárias, mas, enfim, condições — de nos lembrar que em outros tempos a escrita se pautou por parâmetros diferentes dos atuais.

Enquanto digo e escrevo isto, pareço ver como um dos subalternos, sentado no ângulo mais recôndito da última galeria, anota, ao terminar seu trabalho, algumas palavras numa folha de uma sequência de cento e três folhas soltas que, pelo visto, ninguém conseguiu encadernar por falta de recursos:

"Não mais, nunca mais."

41

De manhã, numa conversa trivial com Ligia na relojoaria dos irmãos Ferré, fiquei sabendo por acaso que Julio, flertando e sem que tivesse nada a ver, outro dia disse para Ligia, com uma desenvoltura que a surpreendeu num homem tão sebento: "Quando você souber que eu morri, aí sim terei vencido! Nunca você me amará tanto, nunca terei ocupado tanto espaço em sua vida".

Ligia comentou essa situação com Delia, a mulher de Sánchez, que ficou perplexa. Seu marido não tem sobrinhos.

— Tem certeza, Delia?

— Absoluta.

&

No comecinho da tarde, tentei reescrever "Carmen", mas não passei de um trecho que certamente incluiria na parte final do conto. Fingi para mim mesmo que não estava surpreso por tê-lo escrito, mas minha alegria começou a transbordar.

"Ela continuava sendo a beleza de sempre, mas, para falar a verdade, tinha se arrastado demais, durante toda uma década, por festas inúteis, dançando rock com um furor idiota, e às vezes mexia suas pernas poderosas de um lado para o outro segurando o cigarro recém-fumado até achar o cinzeiro para, sem perder um só passo da dança, esmagar o toco nele. Continuava sendo a beleza de sempre, mas tinha desperdiçado os melhores anos de sua vida. No entanto, ainda conservava a maior parte de seus encantos, em especial a graça no andar displicente. Mas havia algo estranho em seu tailleur preto, talvez porque já fizesse quatro anos que ela só usava aquele tailleur, para não falar nas meias de seda, tão inacreditavelmente descuidadas. Nos furos dessas meias — que pareciam ter o mesmo poder de cifrar o futuro que uma borra de café — a gente podia prever que no futuro iria se apaixonar por Carmen um caipira com o qual ela se casaria e que, inchado pelo raticida que ingeriu, morreria dois anos depois do casamento."

Não passei desse trecho, mas tive consciência do salto que tinha dado, porque pela primeira vez não escrevia o que reescreveria, ia além disso. Tudo tem um começo, pensei, justo quando estava mais espantado com minha proeza. Mas a surpresa veio quando percebi que, ao partir para a ação, tinha conseguido saber o que se sente ao se escrever, sem desvios, um trecho de ficção ao invés de um trecho de diário. E acho engraçado ter de dizer isso, mas vou dizer, claro que vou: a gente sente uma coisa idêntica nos dois casos. E daí? A gente sente a mesma coisa, sim. E isso só vem confirmar que escrever é, como dizia Sarraute, tentar saber o que escreveríamos se viéssemos a escrever. Porque com certeza escrever, o que se denomina escrever, nós nunca chegamos a fazer. Deve ser por isso que senti a mesma coisa que se tivesse especulado e escrito sobre como escreveria sobre alguma coisa se viesse a escrevê-la.

Não escrevemos, mas talvez não se trate de preencher um papel com signos, e sim de saber, ou melhor, de tentar saber. E de criar sem complexos. Pois, ao contrário do que pensam alguns frustrados que odeiam a criatividade, para enfrentar desafios da imaginação não é preciso deixar de ser humilde. A criatividade é a inteligência se divertindo.

No meu caso, precisamente, tentar saber me habituou — ao longo deste diário — à graça das sombras e foi me convertendo, dia após dia, num leitor engraçado que às vezes se compraz com a invisibilidade, o velado, o nublado, o secreto, e que às vezes até gosta de lavar o rosto com poeira cor de cinza para ver se, na medida do possível, eu consigo, perante todos, parecer mais cinzento.

&

Acordo confuso e venho aqui anotar a única coisa que me lembro do final do pesadelo, em que alguém, com insistência, me dizia:

— Olha só, Moby Dick tinha vinte e cinco páginas de epígrafes na primeira edição original.

Resolvo perguntar se esse dado tão descomunal é correto, e, ao comprovar que de fato é, fico gelado, como se tivesse caído de paraquedas na Groenlândia. Com certeza um dia eu já soube desse dado e me esqueci. Caí na risada, só de pensar que pensava ter me excedido, aqui, nas epígrafes.

42

Dei uma longa volta pelo Coyote tentando averiguar se de fato havia algo entre Carmen e Sánchez, isso quando já estava certo de que não havia nada.

Mas dei início a essa tarefa por pensar que, apesar do absurdo de fazer uma investigação tão desnecessária, e apesar do risco, ainda por cima, que ela implicava — pois eu podia ser visto como um chifrudo ou um louco —, para mim tudo estaria bem se eu saísse dessa com uma boa história que pudesse substituir o imbecil relato "Carmen" escrito por Sánchez.

Afinal, disse para mim mesmo, é preciso correr algum risco quando se quer encontrar uma boa história. Um escritor sabe disso, sempre, como sabe que todo relato corre o risco de não fazer sentido, mas que não seria nada sem esse risco.

Agora vou dar uma parada para incluir um esclarecimento que sei que o próprio diário agradecerá: quando falo de um "escritor", tenho a impressão de que, por motivos que me escapam, penso em geral num sujeito que tira as luvas, dobra o cachecol, fala da neve para um pássaro que tem engaiolado, esfrega as mãos, move o pescoço, pendura o casaco, e vai além e se atreve a tudo.

Se não se atrever a tudo, jamais será um escritor.

Esse escritor com pássaro engaiolado que chega a sua casa e pendura o casaco foi a imagem mais recorrente que, com o passar dos anos, eu tive dos escritores em geral. E acho que isso se deve ao que vi, no final dos anos 60, em *Le Samouraï*, um filme de Jean-Pierre Melville no qual um assassino profissional vive na mais profunda solidão. Desde aí essa imagem me acompanha. Um homem sozinho e um pássaro, possivelmente um açor ou um louro numa gaiola, aqui a memória me trai. Trata-se de uma imagem dominada pela solidão mais glacial, mas, por algum motivo que sempre me escapou, talvez pelas luvas e pela chegada à casa, sempre me pareceu ao mesmo tempo calorosa.

O escritor como assassino profissional. Isso poderia explicar por que outro dia, ao ver o falso sobrinho — tão investido de seu papel de talento ainda por descobrir, de "melhor do mundo", embora secreto —, eu tenha proposto que ele virasse um assalariado do crime.

Fui dar uma longa volta pelo Coyote para encontrar uma história na qual pudesse encaixar direito o trecho de "Carmen" que eu havia escrito e do qual secretamente me orgulhava: "Ela continuava sendo a beleza de sempre, mas tinha se arrastado demais…".

Saí convencido de que não seria tão difícil que na rua me acontecessem coisas que combinassem bem com esse breve trecho. O que quer que acontecesse, isso me valeria para compor um retrato da Carmen de agora, vista pela gente do bairro.

Primeiro fui interrogar a balconista da Carson. Mas antes encontrei, ao passar diante do caixa eletrônico de Villarroel, aquele mendigo de cabelo loiro e embaraçado que outro dia arrastava um carrinho de supermercado e recusou algumas moedas minhas. A porta do caixa eletrônico estava aberta e dava para ver, ali no chão, o loiro deitado sobre uns pedaços de papelão e sob uns cobertores (em pleno verão!). Quando me viu, perguntou, com refinada formalidade, se eu podia lhe dar alguma coisa. Tive outra vez a sensação de tê-lo conhecido no passado. Mas esse efeito de proximidade talvez viesse da familiaridade com que ele sempre se dirige a mim. Será que é porque vejo nele uma espécie de versão amável do execrador Julio, o anverso da figura odienta do falso sobrinho, e isso talvez faça com que a cada dia eu simpatize mais com ele? Dei-lhe três euros, e ele falou para eu tentar dar menos outro dia.

— Não desperdice — disse por fim.

Do jeito que estão as coisas, pensei, essa pessoa é a que mais se preocupa comigo neste mundo. E depois também pensei que esse mendigo fantasmagórico parecia saído daquele relato de Ana María Matute, no qual um conto adotava a forma de um vagabundo que chegava aos lugares, contava sua história e logo ia embora, mas sempre deixando suas marcas, lembranças indeléveis.

"Não desperdice", eu dizia a mim mesmo, tentando saber se aquilo que eu tinha ouvido era engraçado ou se só era um pouco comovente, só o gesto de uma pessoa que se preocupava com minhas finanças, que intuía, apesar das aparências, serem muito precárias.

Ao dobrar a esquina, a caminho da Carson, topei com um vagabundo muito velho e claramente louco que eu nunca vira antes e que estava cantarolando, o que me impactou e me fez notar que, em nenhum lugar, nem mesmo nos pátios internos das casas do bairro, se ouve alguém cantando hoje em dia. Quando eu era menino, essa era uma tradição muito arraigada em Barcelona, e não sei se por isso a cidade era mais alegre e desinibida, mas o fato é que se cantava. Também os vagabundos fazem parte, nesta cidade, de uma tradição muito especial, já que seu herói moderno é um vagabundo, é o arquiteto Gaudí, malvisto em vida e objeto de todo tipo de zombaria por conta de sua indumentária. O grande gênio da cidade foi atropelado fatalmente por um bonde e, devido a sua forma descuidada de se vestir, foi confundido com um vagabundo. A ponto de o condutor do bonde descer para afastar o corpo e assim poder seguir seu caminho, e sem que houvesse um único transeunte sequer que socorresse o hoje herói da cidade. Não é preciso dizer que o motivo secreto, inconsciente, que faz de Barcelona uma cidade que fascina todos os seus visitantes é o espírito de vagabundo do maior gênio que esse lugar já produziu.

E nisso cheguei à Carson, onde fiz meu primeiro interrogatório. Depois não parei de perguntar, de investigar, embora muitas vezes evitasse a pergunta direta e fizesse rodeios esdrúxulos, a ponto de nem parecer que estava perguntando. Acho que quase todo o bairro pensou que, mais do que ter enlouquecido, eu tinha resolvido me dar um dia de divertimento e de loucura, como se tivesse decidido me dar uma festa depois de quarenta anos no Coyote.

O fato é que interroguei — ou chateei — o padeiro amigo da Carmen, a florista louca (grande personagem), o casal da tabacaria, o barbeiro Piera, Ligia, Julián (do Tender), os irmãos Ferré, o obtuso substituto (por um dia) da jornaleira da banquinha, o advogado que é meu amigo desde que estudávamos direito juntos, as três farmacêuticas, os motoristas de táxi do ponto da calle Buenos Aires, a bilheteira do Caligari...

Ninguém sabia nada sobre Carmen e Sánchez, ninguém jamais os vira juntos. Vi que tantas bocas fechadas, ou seja, uma conspiração de silêncio, não era de muita ajuda, porque não fornecia quase nada para se contar num possível conto intitulado "Carmen". No entanto, o que havia era isso, um bairro calado. Era isso que havia, não havia mais nada: ninguém sabia nada de nada, e o contrário, é claro, teria sido muito estranho. Como se não bastasse, a quase totalidade dos interrogados pensou o tempo todo que eu estava brincando, menos o substituto da jornaleira, que se negou a conversar comigo porque, em suas palavras, ele não fornecia informações à polícia.

O calor não podia ser mais sufocante. Alguém ter me chamado de "polícia" me enervou. Por fim, me sentei no terraço do Congo para beber com meu amigo advogado, em quem, talvez por estar ligado a minha juventude, tenho grande confiança e para quem conto muitas coisas. Com seu humor habitual, ele perguntou se no fundo eu não estava querendo descobrir que tudo aquilo não passava de falsos bonecos gigantes, *trompe-l'œils*, loucuras momentâneas, semelhantes às que vivi outro dia quando pensei que o espelho do provador do alfaiate do Coyote tinha sumido e que eu saía num caixão.

— O que é que a minha mulher tem a ver com o alfaiate do Coyote? — falei.

— Está desconfiando do alfaiate, também? Você é terrível, Mac.

&

O EFEITO DE UM CONTO

Pouco depois dei uma parada no Tender. Ainda perturbado. Porque o que eu pensei, lá no Congo, que fosse uma brincadeira do meu amigo, acabou se mostrando verdadeira. Carmen estava me enganando com o alfaiate. O relacionamento deles tinha começado meses atrás, talvez há mais de um ano. A gente não imagina que um dia vai acabar escrevendo isto: Então eu soube, de repente, que já há algum tempo estou vivendo *um longo engano*.

Isso podia até explicar algumas coisas. Por exemplo, por que estivera a ponto de me matar, outro dia, no provador do maldito alfaiate?

— Você continua desempregado? — perguntou-me Julián do outro lado do balcão do Tender. Há um mês lhe confessei minha situação de desempregado e o homem não esqueceu.

— Não mais, Julián. Agora trabalho como modificador.

— Modificador do quê?

Julián ficou confuso e eu também, e bem nesse momento entrou um barbudo de péssimo aspecto, um homem de meia-idade que disse se chamar Tarahumara e foi de mesa em mesa pedindo esmola, sempre com uma grande e chamativa arrogância. Parecia estar reivindicando, assim, sem mais, o que considerava dele. Logo que captou a insolência do visitante, Julián saiu disparado do balcão para botá-lo na rua. Não acompanhei bem a cena, porque continuava muito abalado pelo que acabara de averiguar sobre Carmen. Não tinha a menor ideia do que devia fazer, provavelmente devia ir com Walter para a Arábia Feliz, ou algo parecido. Nunca me senti tão perdido, isso com certeza, ainda que, pensando bem, fazia meses que, inconscientemente, eu estava querendo que ela me enganasse para assim eu ter um motivo concreto para ir embora, para empreender aquela fuga à la Wakefield.

Nesse meio-tempo, Julián gritava com Tarahumara tentando empurrá-lo para a rua. Meu Deus, pensei, que exagero esse interesse em salvaguardar a paz dos fregueses...

Há uma crise econômica que piora a cada dia. Mas a TV, controlada pelo partido corrupto que está no poder, anuncia que economicamente tudo está bem de novo. E no meio disso tudo observamos com clareza que nos mentem de uma forma tão cínica quanto descomunal. Apesar do atual estado de coisas, a revolução não estoura. Mas ela se move sigilosa pelo bairro, onde a crise adere a tudo, impregna tudo, não deixa que nada seja como antes, e impele os Tarahumara a estender a mão e reclamar o que é seu.

43

A VISITA AO MESTRE

Eu visitava o mestre, o temível Claramunt, e tudo parecia ser como um desses devaneios nos quais zanzamos por um paiol de pólvora levando na mão uma vela acesa. Só pelo modo de me mover pelas ruas de Dorm dava para ver que eu estava imerso na primeira etapa de uma longa fuga, como se tivesse matado o alfaiate do Coyote e, de repente transformado num Walter outra vez sanguinário, não me restasse outra saída senão fugir.

Eu batia três vezes à porta do casarão, e me atendia o homem cujo horário era sua melhor obra. Seu aspecto era tenebroso: terno preto de veludo, envolto em cachecóis e xales, barba de cinco dias, olhar vesgo e terrível. Fora da casa, presos numa área cercada, pulavam e latiam seus cães raivosos.

— Tenho eles pelo barulho — dizia novamente Claramunt, referindo-se aos cães.

Mas nessa visita, como tantas vezes nos sonhos, eu sabia mais do que cabia esperar de mim. Sabia, por exemplo, que, apesar das aparências, aquele homem não era tão horripilante quanto o pintavam, assim como sua melhor obra não era seu horário. Esse detalhe era tão importante assim? Sem dúvida, porque para fugir com sucesso depois do meu crime me convinha dispor de um horário tão flexível e aberto quanto o do meu admirado mestre. Posto que havia matado o alfaiate, dispor de todo o tempo para fugir era absolutamente fundamental.

Eu me sentava com ele e falava dos cães, do barulho formidável que faziam e de como eram úteis para guardar a casa. Claramunt se remexia em seu assento e dizia ser totalmente contra qualquer som que pudesse resultar agressivo. Era uma contradição, mas não me chocava muito. A essa contradição se seguia outra, quando Claramunt me dizia que admirava o repentino som que na Antiguidade deve ter rompido o silêncio do caos original do universo, e se admirava também, dizia, dando certa ênfase a isso, do quão grandes e portentosos deviam ter sido os sábios da humanidade, os que inventaram, onde quer que a tenham inventado, a mais extraordinária obra de arte: a gramática da língua. Deviam ser maravilhosos, dizia ele, todos aqueles homens que criaram as partes da oração, os que separaram e estabeleceram o gênero e o caso do substantivo, adjetivo e pronome, e do verbo, do tempo e do modo...

— Quando você escreve — dizia um Claramunt muito escarrador e carregado, devido ao tom subitamente proverbial —, nunca deve se dizer que sabe o que está fazendo. Deve escrever de um ponto de vista que abrigue seu próprio caos, porque apenas dele nascerá a primeira oração, como aconteceu quando surgiu o primeiro sentido, a canção de Salomão.

— De Salomão?

Depois eu descobria que a "canção de Salomão" podia ser muitas coisas ao mesmo tempo, mas muito especialmente o relato que ele imaginava ter inaugurado as narrativas orais, ou seja, o primeiro relato do mundo. O que você tem de fazer, dizia, é continuar escrevendo suas memórias. É o que estou fazendo, ainda que muito obliquamente, eu respondia. E fugir, acrescentava Claramunt, você tem de correr, fugir. É o que estou fazendo, eu esclarecia.

— Mac, Mac, Mac.

Eu não sabia do que a voz do morto queria me advertir, mas sem dúvida ela tentava me prevenir de alguma coisa.

— O que está fazendo com a cabeça afundando no pescoço? — perguntava Claramunt.

Havia algo estranho em sua voz.

— O que está fazendo com a cabeça desse jeito? — insistia.

Já fazia um momento que eu tinha notado, mas agora isso parecia óbvio: a voz dele era idêntica à do morto que se alojara em meu cérebro.

Fuja para o lugar mais distante possível, me dizia Claramunt, deixe a cidade para trás antes que o acusem. E eu perguntava do que ele pensava que podiam me acusar. Fuja, dizia, e passe a ser mais pessoas, fale com os outros que existem em você. Fuja, não deixe que eles o façam acreditar que você não será, um dia, todas as vozes do mundo, e um dia então será, por fim, você mesmo se confundindo com as vozes de todos os outros.

Então eu percebia que não é que o meu mestre tivesse a mesma voz do morto; ele era o próprio morto.

— Mac, Mac, Mac.

44

Ir embora só com a roupa do corpo, ou ir embora com a roupa do corpo e com um pequeno alforje de couro, no estilo de Petrônio, aquele estilo que o leva a viver do que escreveu e do que leu. Nessa fuga na qual a pessoa perderia tudo o que tem, não consigo deixar de ver a história que meu pai costumava me contar sobre a ocupação de uma grande propriedade rural na guerra civil espanhola. Os donos da casa senhorial tinham ficado escondidos nos porões durante um longo tempo e depois conseguiram fugir. Meu pai e outros soldados assumiram o controle da propriedade, e certa manhã apareceu um soldado de seu próprio exército que disse ser irmão da dona da propriedade e perguntou se podia levar o pequeno retrato a óleo de sua irmã, pendurado numa parede do quarto principal. O pedido desse soldado fez meu pai pensar em questões relacionadas à propriedade e em como, nas horas em que tudo vem abaixo, voltamos a nossa casa e a única coisa que queremos salvar é um pequeno quadro, o resto pouco importa.

Ir embora só com a roupa do corpo, e de casa salvar só um

livrinho de Charles Lamb, *Melancolia dos alfaiates*, no qual se fala de uma melancolia muito afim ao ofício dos costureiros de bairro, um fato que poucos se aventuram a questionar, até Piera, que fazia uma hora que estava cortando meu cabelo enquanto eu pensava nisso, em abandonar minha casa só com a roupa do corpo, incluindo entre a roupa essa morte que levo comigo tão "trabalhada", essa morte que viaja costurada em mim, como se fosse — e de fato é — "meu próprio contratempo", o mais íntimo deles.

Não era Rilke que falava de uma "morte própria", contratempo supremo?

Estava pensando nisso, em ir embora só com a roupa do corpo, e ao mesmo tempo, enquanto pensava, tinha me ligado numa crônica do jogo Sevilla-Barça de ontem à noite em Tbilisi. Pensava em minha "fuga em mangas de camisa" e estava me eternizando naquela página de esportes quando fui hipnotizado pelo frasquinho da loção capilar Floïd que Piera me mostrou de repente, com a intenção de rematar com a colônia aquela sessão de corte de cabelo. Como os eflúvios desse produto sempre me lembraram meu avô, que era adepto dessa loção, virei a página de repente, só para reagir, e entrei na seção de Cultura, na qual vi com surpresa que havia um artigo de Joan Leyva cujo início dizia que Ander Sánchez dispensava apresentações, mas que esta poderia ser: "É tão desnecessário como explicar um sujeito tangível, cujos livros podemos ler, cujos movimentos podemos observar na rede, cuja voz, também, poderíamos ouvir. E ao mesmo tempo é oportuno descrevê-lo, porque se trata de uma pessoa irreal que vive aparecendo e desaparecendo nos livros que inventa. O protagonista supremo de seus livros é um sujeito que está para não estar, algo assim como uma exalação que não se dissipa".

Ri particularmente ao ler "uma exalação que não se dissipa", porque são palavras certeiras. Porque, por exemplo, faz dez anos que Sánchez não para de fazer rodeios em torno da ideia de que vai embora de Barcelona, mas sempre dando a impressão de que vai desaparecer pelo paradoxal sistema de permanecer. Já um que nunca amolou ninguém com a ideia de desaparecer, o Julio, sumiu do bairro, já faz dias que seu paradeiro é desconhecido e, curiosamente, até sua sombra evaporou desde que foi desmascarado. Quem é, então? Tendo evaporado, não podemos perguntar a ele. Talvez só se possa saber algo dele lendo umas palavras inesquecíveis de Del Giudice em *O estádio de Wimbledon*: "Pode ser que ele tenha percebido que havia fracassado. Mas sempre foi um fracassado".

Isso deve ter me ocorrido há uma hora. Comecei a ouvir uma espécie de arrastar de malas dos vizinhos do andar de cima da barbearia. Isso durou alguns segundos, até que me perguntei se não era eu que estava imaginando aquele ruído no sótão do meu cérebro, eu mesmo arrastando as malas do ser.

— Mac, Mac, Mac.

A voz do morto procurou me corrigir. O que você arrasta, falou, é a indecisão de fulminar ou não o alfaiate, mas tanto faz que seu crime seja imperfeito ou que nem vá cometê-lo, se eu fosse você fugiria do mesmo jeito.

Enquanto ouvia isso, tive a impressão de que, do outro lado da última parede da barbearia, havia um homem sentado no chão: suas pernas compridas pareciam enfronhadas em botas discretas e seu rosto era a própria imagem da inveja mais rasteira.

Acho que me bastaria um furo na parede, e olhar através dele, para logo ver esse homem tóxico, sempre fingindo não se importar em não ser um criador, mas envenenando tudo por não ser, envenenando tudo ao intervir diretamente na vida das pessoas com uma espécie de terrorismo da negatividade disfarçado de espírito crítico.

Mas talvez fosse melhor eu me esquecer do homem no chão.

Pensava nisso em voz baixa ao voltar para casa quando, ao dobrar a esquina do Baltimore, vi os clássicos jovens já um tanto maduros que não encontraram seu lugar na sociedade, os três justamente sentados no chão, com as pernas esticadas. Com suas caras passivas, de extrema indolência, não pareciam fazer parte da revolução sigilosa. Talvez fossem gênios ocultos, mas não pareciam ter a energia que, bem utilizada, poderia estar na base de um movimento novo no bairro. Em todo caso, não eram os mesmos que acompanhavam o sobrinho execrador no primeiro dia em que o vi. Mas eram tão parecidos que por pouco não perguntei se eles sabiam por onde andava o terrorista da negatividade, o desaparecido Julio. De qualquer forma, confirmei que, com a crise, o bairro parece estar se enchendo de gênios incompreendidos.

— Fuja, Mac.

45

Por que tanto interesse em Marte? De minha parte, nenhum. Mas Carmen sempre foi louca por essas coisas. Não é a única com quem isso acontece, claro. Marte interessa a muitas almas penadas porque tem gravidade, tem atmosfera, tem ciclo de água. Além disso, é um planeta mais antigo que a Terra, a origem da vida poderia ser encontrada lá.

A origem da vida! Isso também deveria interessar a mim, que tanto interesse tenho pela origem dos contos. E talvez tenha sido esse interesse de fundo que fez com que eu topasse ver com Carmen, ontem à noite, um antigo filme B sobre marcianos. Mas antes, é claro, por pouco não perguntei por que ela não ia ver o filme com o alfaiate sarnento e me deixava em paz. No fim mordi a língua, achei melhor continuar escondendo o que sabia e ganhar tempo para planejar bem a decisão que ia tomar, e que não queria que fosse detonada por uma reação precipitada minha, muito temperamental.

Rodado em 1954, *Mundos que se chocam* foi um filme no qual um cientista que realizava testes atômicos morria num acidente aéreo e era ressuscitado por uns extraterrestres para que trabalhasse para eles como espião. Enquanto víamos o filme, aproveitamos para jantar. Passei mal porque via o alfaiate até na sopa, e eu não poderia dizer melhor, pois abrimos o jantar com uma sopa fria. Me contive o máximo que pude porque julgava inútil começar a reprovar a infidelidade, muito menos lançar uma saraivada de frases demolidoras contra o costureiro.

Jantamos em paz, e quando o filme terminou fomos para a cozinha lavar a louça. Carmen lavava e eu enxugava. Tudo parecia perfeito, como sempre quando eu resolvia ajudar nas tarefas domésticas. Tudo ia bem, sem sobressaltos, até que Carmen falou dos voluntários que se inscrevem na Mars One Foundation, uma organização que planeja enviar humanos a Marte em 2022 e lá estabelecer o primeiro assentamento permanente fora da Terra. Calculam, disse Carmen, que vão demorar uns sete meses para chegar a Marte, onde vão morar em tendas de campanha de cinquenta metros quadrados e cultivar seus alimentos. A particularidade dessa viagem é que seria só de ida, não haveria volta: a pessoa assinava para sair sabendo que nunca mais iria voltar.

O que eu tinha acabado de ouvir era para rir, mas também para chorar, isso porque Carmen insinuou que assinaria de bom grado para fazer aquela viagem sem volta. Para o caso de ser isso mesmo que ela quis me dizer, comentei que não entendia como uma pessoa na plenitude de sua consciência estivesse disposta a ir para outro planeta sabendo que nunca mais voltaria para a Terra.

— De que plenitude você está falando? — ela então perguntou.

E eu vi que aquilo ia virar um imbróglio e que podia ser pior que um tsunami com ondas de cem metros em Marte.

— Fuja, Mac — ouvi a voz dizer.

Comecei a enxugar a louça mais depressa, evitando a todo

custo olhar para Carmen. Ela também não me olhava, mas de repente rompeu o silêncio para dizer que ia se inscrever na Mars One Foundation. E começou a explicar que pretender que com sua idade a aceitassem como aspirante a astronauta podia parecer uma extravagância, mas que ela tinha averiguado, e que não era. Afinal, falou, esse sempre tinha sido o sonho da vida dela, e ela esperava que eu não me opusesse. Vi que estava com os olhos brilhantes, à beira do choro. Não vou me opor, disse eu, ao mesmo tempo que amaldiçoava em voz baixa aquela mania delirante que ela tinha de se reafirmar como pessoa de ciências e não de letras: como se para reafirmar sua personalidade ela precisasse ser o oposto do que sou.

— Sério que você não vai se opor?

— Não vou me opor, não.

Afinal — pensei, para não ficar com mais raiva ainda —, eu sou o Walter, ou talvez só tente sentir que sou o Walter, mas o fato é que eu não tenho por que ligar para essa ideia pavorosa de minha mulher. Sem demora me ofereci para lavar e enxugar o resto da louça sozinho. A proposta foi aceita por Carmen com tanta rapidez que, segundos depois, eu já estava a sós na cozinha, dono absoluto do meu destino. Passei um pano em cima da mesa e, como já estava com a mão na massa, limpei o chão. Peguei o saco de lixo e o deixei no patamar da escada, e, depois de alguns momentos de hesitação, acabei por levá-lo até a rua. Era uma noite muito úmida e maravilhosamente estrelada.

A casa estava às escuras quando entrei novamente. Carmen estava no banheiro. Parei diante da porta do chuveiro e disse a ela que não era por vingança, mas que eu também tinha pensado numa viagem de ida sem volta. Não iria para Marte, mas para mais perto, para uma aldeia junto a um oásis próximo de um deserto que eu havia localizado recentemente e que, tudo indica, não aparece nos mapas.

Carmen perguntou do que eu estava falando.

— Estava dizendo que vou para um deserto desconhecido, também sem passagem de volta.

Ela não se alterou, mas estranhou que minha voz soasse tão diferente.

— De onde vem essa voz, Mac?

Era a minha, mas cada vez mais adaptada à personalidade que eu atribuía a Walter. Enfim, era preciso estar muito a fim de complicar a vida para começar a explicar tudo isso a Carmen.

— De onde vem? — perguntou outra vez.

Vi que o bafafá era iminente e não fiz nada para evitá-lo. Como se não bastasse, perguntei se, caso a gente discutisse de uma hora para outra, ela se importaria que eu tomasse nota de tudo, porque depois eu gostaria, quando fosse escrever, de refletir profundamente sobre o acontecido.

— O que você quer, tomar nota do que a gente disser na discussão? — perguntou, particularmente exaltada.

Seguiu-se um tsunami em Marte.

46

Trinta e cinco em vez de cinquenta e três, o que me fez pensar novamente em *A cartuxa de Parma* e no minúsculo número de dias empregados por Stendhal para compor seu minúsculo romance. Acontece que trinta e cinco é a idade com que morreu, hoje, Albert, o padeiro da esquina com a Torroella. Não morreu pela onda de calor deste que é o verão mais quente que Barcelona já viu em mais de cem anos. Matou-o uma saída absurda ontem à noite, essa saída desesperada de alguns: um acidente idiota de madrugada, quando já queria voltar para casa; um gim-tônica a mais ao sair do Imperatriz, o bar mais nefasto do Coyote.

Pensei na fragilidade do ar estranho e no fundo tão inverossímil que nos envolve e que nunca pareceu feito para nós, e nesse intuitivo senso que temos do desterro, da falta de lar, de tudo isso que nos impele a querer voltar para casa, como se ainda fosse possível. Wallace Stevens, advogado e poeta, dizia isso muito melhor: "Daí brota o poema: de vivermos num lugar/ que não é nosso e, ademais, não é nós mesmos,/ e isso, apesar dos dias heráldicos, é difícil".

Rostos do Coyote que vejo habitualmente e de repente deixo de ver e nem percebo, a não ser meses depois, quando um dia me vêm à mente outra vez e me pergunto o que terá sido deles, e me dói compreender que foram visitados pelo irremediável, e isso que não eram nem meus amigos nem conhecidos, ainda que, sem que eu percebesse direito, talvez fossem o símbolo da vida.

Contínuos naufrágios cotidianos. O Coyote inteiro acolhe pessoas que um dia estão ali e no outro evaporaram. "O que é feito de todos eles, que, porque os vi e os tornei a ver, foram parte da minha vida? Amanhã também eu me sumirei da Rua da Prata, da Rua dos Douradores, da Rua dos Fanqueiros. [...] Amanhã eu também serei o que deixou de passar nestas ruas..." (Fernando Pessoa).

Percebo que no auge deste verão de Barcelona — agora é oficial: o mais quente da história, alguns já o chamam de verão índio — faz frio em tudo o que penso.

47

O VIZINHO

Hoje de manhã, densa sessão de escrita no escritório. Me dediquei a descrever uma visita fugaz, incógnito, à cidade de Lisboa. Um pouso ou parada no caminho antes de viajar para aquele vilarejo perto de Évora, onde certamente vou ouvir, num bar qualquer, uma conversa em voz baixa dos fregueses, um papo meio secreto que, imagino, gira em torno de um jovem judeu e de uma égua morta. Por um bom tempo me entretive descrevendo esse primeiro movimento da viagem, o movimento lisboeta, mas depois concluí que tinha perdido tempo e que nada do que escrevera tinha a menor serventia e que eu devia repetir tudo, e então resolvi ir para a rua e tomar o máximo de ar.

Minha cabeça estava explodindo, como se diz por aí. E dentro desse estrondo havia todo tipo de sombras e labirintos, porque eu tinha me identificado com a "fuga em mangas de camisa" de Walter. Ademais, eu andava tão envolvido com essa fuga que vi que podia até me transformar em Walter se alguém me tratasse como se eu de fato fosse o Walter, e foi isso que pensei que havia acontecido quando me vi na livraria La Súbita com o Sánchez e ele me tratou como se eu fosse um de seus infelizes personagens.

Voltei a ter a impressão de que meu vizinho era extremamente vaidoso. Por que era tanto assim? Por causa de certa popularidade que tinha ganhado na TV? Por flertar com a ideia de sumir do mapa como Robert Walser quando este, na verdade, emudeceu por intrincados caminhos suíços e, sobretudo, pelo interior de seus microgramas, ao passo que aquele faz isso com espalhafato, acumulando prêmios e outras cafonices?

Tudo bem, eu sei que estou falando como se fosse seu pior inimigo. É claro que me senti humilhado com a atitude dele.

Teve um momento em que não consegui me segurar e acabei perguntando se aquele seu personagem, Walter, se chamava assim por causa do Walser, ou então por causa do Walter Benjamin. Embora decerto se tratasse de um nome de ventríloquo já muito distante para ele, não precisou pensar muito para responder.

— Olha — disse com um sorriso largo —, eu o chamei assim por causa de um jogador de futebol do Valência, Walter Marciano de Queirós, um atacante brasileiro que morreu muito jovem, num acidente de automóvel. Quando eu era menino, a figurinha do negro Walter foi a única que faltou para eu completar meu álbum.

Eu teria rido com ele se não tivesse confirmado que, até no jeito de me olhar, ele me tratava mal, me tratava como se eu fosse um ser ligeiramente inferior, talvez porque nunca me gabo de nada, gosto de ser comedido e humilde e extremamente disciplinado no aprendizado do discreto saber. Isso pode tê-lo confundido e ele pode ter pensado que eu sou um coitado, alguém ultrapassado que antes era advogado e agora não é nada.

— Então — disse ele —, estão me dizendo que alguém se

faz passar por meu sobrinho e que você o conhece. Que história é essa?

— Como assim que história é essa? Se eu conheço ele?

— Não, essa história de alguém dizer que é meu sobrinho.

Percebi, nesse exato momento, que eu pensava conhecer bem o Sánchez, mas que, na verdade, ele era um perfeito estranho para mim. Talvez o fato de ficar tantos dias enfiado no mundo de seu antigo romance tenha me levado a cometer esse erro. Ele me olhava de um modo tão superior que eu, numa reação espontânea, disse que o falso sobrinho tinha me contado que havia semanas estava reescrevendo *Walter e seu contratempo*.

O olhar que ele me lançou foi memorável, um misto de assombro e de terror.

— Será que ouvi direito? — perguntou.

— Ele modernizou, parece, o enredo do romance, e melhorou principalmente o conto intitulado "Carmen". Pelo menos foi isso que ele me disse da última vez que o vi. Segundo ele, sua versão do romance vai superar, de longe, as memórias de Walter.

— Não tão depressa — pediu ele. — Poderia repetir a última frase?

— Então, que as relações entre a repetição e a literatura são justamente o tema central do trabalho do seu sobrinho.

— Não é de estranhar, já que se trata da repetição do meu livro — disse ele.

E riu. Riu, como se dizia, "às bandeiras despregadas".

Eu o vi tão altivo e feliz que resolvi estragar sua festa.

— Seu sobrinho se empenha em confirmar que não existe um só romance que chegue a nós completo, um só texto que possa ser considerado totalmente escrito.

— Mas ele não é meu sobrinho. Pra começo de conversa — disse, e passou a me perscrutar minuciosamente, de cima a baixo;

parecia pensar o mesmo que naquele momento eu pensava dele: que a gente jamais conhece bem o vizinho.

Expliquei-lhe que para seu falso sobrinho há uma sucessão de obras na história da literatura, uma série de livros de contos, por exemplo, que nunca se detêm num lugar definitivo, e são, portanto, passíveis de serem encaixados numa nova volta do parafuso.

Sánchez caiu de novo na risada, parecia estar adorando aquilo. Não sabia, me disse, que você falava dessa forma tão estranha. Fiquei ofendido, mas fingi que não me alterava minimamente. Poderia ter lhe perguntado se minha discrição e humildade o fizeram pensar que eu era um idiota. Preferi fingir que não tinha notado seu desdém, mas, é claro, tentei atingi-lo de alguma forma.

— Seu sobrinho faz tudo isso pra se vingar, não sei do quê — falei. — No começo, da primeira vez que o vi, ele me pareceu um *clochard*, depois um *clochard* inteligente, e por fim descobri que era apenas um cara opaco e invejoso e que na verdade se chama Pedro e trabalha sob as ordens de um outro Pedro, o alfaiate do bairro. Você o conhece?

— Quem?

— O alfaiate.

— Tem um alfaiate no bairro?

Contei-lhe que aquela espécie de alfaiatezinho feliz dava muito dinheiro ao falso sobrinho para que, a pretexto de estar fazendo uma livre versão das memórias de Walter, ele aproveitasse a jogada para modificar radicalmente o conto "Carmen", que era o que de fato importava ao alfaiate.

— E por que eu me importaria com uma coisa dessas? — perguntou Sánchez, de novo muito risonho.

— Parece que ele quer se vingar, por intermédio do seu sobrinho, da relação que um dia você teve com a Carmen real.

Nem dizendo isso consegui fazer com que ele perdesse aquele ar risonho. Ao contrário, começou a rir ainda mais.

— Então o alfaiate é amante dela? — disse por fim. Intencionalmente ou não, a pergunta já indicava que eu ia acabar me vendo como o que de fato era: um marido enganado. Mas também é verdade que eu tinha procurado isso, pensei que fosse muito esperto e terminei me metendo num belo de um rolo.

O mais insuportável naquele momento: Sánchez rindo sem parar, como se alguma coisa que eu não conseguia pescar estivesse lhe provocando uma gargalhada incontrolável, infinita.

Em todo o caso, eu tinha de responder à pergunta dele. Se eu dissesse que não, que o alfaiate não era o amante de Carmen, ficava sendo o que sou: um chifrudo. E se dissesse que sim, também ficava.

— Seu falso sobrinho também comentou — falei praticamente à queima-roupa — que toda vez que relia algum capítulo das andanças do seu Walter ele tinha vontade de desenterrar você e de golpear seu crânio com sua própria tíbia.

Ele também achou muita graça nisso, o que me deixou com uma necessidade absoluta de largá-lo ali plantado.

— Se um dia eu topo com ele, vou matá-lo — falou de repente, mudando por momentos o semblante, de repente sombrio.

Fiquei com medo dele.

— Vou matá-lo — repetiu.

Pensei em ir embora, em começar ali mesmo uma "fuga em mangas de camisa". Deixar minha casa à la Petrônio, com um pequeno alforje de couro. Ou então dizer a Carmen, de uma vez por todas, que ia descer para comprar cigarros no Tender e me mandar. Ou então homenagear modestamente a lendária morte pelas próprias mãos do herói do Coyote, José Mallorquí, o antigo morador do apartamento de Sánchez. Que deixou esta simples

273

nota: "Não aguento mais. Me mato. Na gaveta de minha mesa há cheques assinados. Papai".

Mas o suicídio sempre me suscitou dúvidas porque, quando penso nele, sempre me lembro daquele homem que, depois de empurrar a cadeira que lhe servia de apoio, ao dar o salto para o vazio, só conseguiu sentir que a corda o amarrava cada vez mais à existência que ele queria abandonar.

— Ou seja, se entendi bem — disse Sánchez interrompendo o que eu pensava —, agora eu tenho execradores que se chamam Pedro.

— Isso mesmo.

Ia acrescentar:

"Dois inimigos, a corda e o vazio."

Mas optei por algo bem diferente e disse que há contos que se introduzem em nossa vida e prosseguem seu caminho se confundindo com ela.

Nova gargalhada. Na verdade, uma gargalhada enorme. Era triste ver que ele estava adorando o que eu dizia. Talvez o mais irritante de tudo: ele estava convencido de que seu "falso sobrinho" era falso, não existia.

48

O crepúsculo avançava e, no tempo que dura um percurso pela rua do Sol, como costuma acontecer nos trópicos, a noite caiu subitamente. Mas eu não estava em nenhum trópico e uma coisa era certa: andava bem desperto, atento aos perigos daquela rua, andava pensando em mim — em meu destino, para ser mais exato — e evitava a todo custo sorrir, porque sempre que sorria parecia triste. Não queria me delatar para os transeuntes da rua do Sol. Até que percebi a máscara de arlequim protegendo meu rosto. Como pude me esquecer? Parece que eu estava indo a uma festa a fantasia, então meus temores não podiam ser mais absurdos. Quem iria me reconhecer? Ninguém podia saber de minha tristeza, muito menos de meus crimes. Eu me apoiava numa bengala da qual não tinha a menor necessidade para andar, mas necessária para meu disfarce. Mancava para fingir melhor meu personagem de homem anônimo que vai para uma festa no sul de Lisboa. Avançava aos trancos pela rua empedrada quando, de uma janela aberta, me chegou uma música dos Beatles cantada em português por uma moça de voz delicada. A canção repetia várias vezes: "Agora preciso de um lugar pra me esconder".

&

A dúvida de se os jovens ainda leem Marco Polo.

49

Só penso na vida, aqui nesta cidade perto de Évora, onde as horas passam lentas, mas vívidas. Não há quase nada no meu quarto, quase nada na cidade: alguns móveis deste quarto contrastam vivamente com a cal, e lá fora a terra avermelhada abriga imensas quantidades de restolho seco. Daqui posso ver uma humanidade agrícola, vestida com calças e saiotes, como se fosse de outros tempos. Já colheram o trigo e não pegam mais no batente. Nem eu.

Ter ido embora com este caderno, mas sem o computador, deveria fazer eu me sentir mais livre de peso, mas a sensação que tenho é estranha, pois sinto falta o tempo todo de revisar com paciência, como fazia lá em casa, e de voltar a escrever o já escrito de manhã, e de depois passá-lo para o computador e então imprimi-lo para voltar a lê-lo no computador, onde nessa etapa da revisão eu me sentia como um pianista diante do piano: fiel à partitura, mas com liberdade para interpretá-la.

Cada dia um prazer maior em repetir. Um prazer, enfim, ligado a meu próprio diário, centrado, quase desde o primeiro momento, na repetição como tema.

Não esperava isso, mas logo vi que nesta nova etapa estar com pouca bagagem tem suas desvantagens, porque agora a única coisa que faço é sentir cada vez mais a falta daquela tarefa perfeccionista que eu fazia lá em casa, aquela tarefa de repetir várias vezes o escrito durante o dia até me transformar num perseguidor maníaco do já escrito, que eu sempre achava que podia melhorar. Agora vejo que, na verdade, em Barcelona eu buscava o esgotamento físico e mental quando repetia, quantas vezes fosse preciso, as palavras do dia. Em Barcelona eu começava a parecer aquele pintor de longas barbas que, quando eu era menino, passava os verões a convite do meu avô no sítio da família, e que ao longo de três ou quatro anos pintou mais de cem vezes a mesma árvore, talvez por achar graça — como acontecia comigo em relação ao que escrevia — naquela indagação constante sobre o já retratado.

&

Ao cair da tarde fui ao bar do povoado, porque pensei que se eu não aparecesse podia levantar suspeitas. Na certa em Lisboa já estavam à minha procura. Ao atravessar a praça, cruzei com alguém com toda a pinta de ser o alfaiate do lugar; parecia um sujeito que tinha acabado de fechar seu ateliê e ainda segurava um alfinete. Cabeça baixa, melancolia, um tom muito lânguido em tudo. Pensei novamente no que teriam os remendeiros — me permito o prazer de chamá-los assim — para serem assim tão taciturnos; seu mundo não contrasta com o dos barbeiros e com o grande interesse destes pelas coisas da vida, interesse tão difícil de encontrar no mundo dos sorumbáticos alfaiates?

No bar do vilarejo não consegui ouvir a conversa dos fregueses. É que falavam muito baixo, como no último relato do romance do meu vizinho. Talvez estivessem contando a história da égua morta e do jovem judeu. Eu temia que alguém, de repente, me pedisse fogo e perguntasse se eu não era o ventríloquo que estavam procurando lá em Lisboa. Nisso, uma mulher entrou no bar. Quadris largos, extremidades afuniladas e uma palidez um tanto excessiva, que, junto com sua maneira instável de avançar até o balcão, me fez vê-la como um fantasma com pouca vontade de sê-lo. Já eu estava tão soturno que parecia estar fantasiado de esqueleto. Ao longe restavam nessa cena os mendigos e outros conjurados do Coyote. Na verdade, ao longe restava tudo, porque essa minha viagem não tinha retorno, era uma espécie de passagem só de ida para Marte.

Virei minha taça de vinho, e, quando já ia sair do bar, pude ouvir a mulher pedindo fogo a um freguês, com voz baixa e palavras desconexas que me pareceram árabes. Vi aquilo tudo se complicar tanto que lembrei que devia tomar meu rumo. Mas ainda me distraí um tempinho fazendo uns breves desenhos no escuro, movendo com rapidez o cigarro aceso. E me lembrei de outros tempos, de quando de repente o pensamento mais profundo do mundo me assaltava e eu logo o perdia, ele logo evaporava em minha mente, muito antes que eu encontrasse algo com que escrevê-lo.

50

Ao acordar, tive a sensação de ter mudado para uma escrita terrestre, sem saber por que no sonho meus amigos a chamavam assim, *terrestre*, embora intuísse que era porque, tendo ficado sem escritório e sem livros dos quais lançar mão na hora de escrever, eu tinha me sentado no chão, sozinho com este caderno, exatamente como estou agora: nesse caso, sentado na areia da praia de Algeciras, em trânsito, ou melhor, em fuga para o Marrocos.

Escrever ao rés do chão. E sentir, a cada segundo que passa, uma alegria que me invade aos poucos e parece me devolver a essa substância pura de si mesmo que é uma impressão passada, com a vida pura conservada em estado puro (e que, como diz Proust, só podemos conhecer conservada, pois no momento em que a vivemos ela não aparece em nossa memória, só rodeada de sensações que a suprimem), uma impressão passada, um regresso extraordinário a uma substância pura de si mesmo, a algo que só diz respeito a você, que é completamente seu e de repente, mais de meio século depois, você recupera: está relacionado a um caderno, ao chão no qual você estava sentado, com certa

280

idade — eu devia ter cinco anos naquele dia, na casa de minha avó materna —, com as primeiras letras agrupadas em meu caderno de desenho, a primeira vez em toda a minha vida que eu compunha uma história, o primeiro contato com uma narração escrita, e claro, tudo isso sem escritório, nem computador, nem livro algum que fosse meu. Um retorno a mim mesmo. Pensei nos turistas, e também em todos aqueles amigos que viajam para ver o que tanto sonharam: a torre de Pisa, o Palácio de Cristal em Madri, as Grandes Pirâmides nos arredores do Cairo, as sete colinas de Roma, a Gioconda em Paris, a cadeira do bar Melitón em Cadaqués, na qual Duchamp se sentava para jogar xadrez, o Musetta Caffé no bairro de Palermo, em Buenos Aires... Um amigo sugeriu, outro dia, que na verdade o melhor mesmo era descobrir o que ainda não se viu nem se espera ver e que decerto, disse ele, não seria nem o grandioso, nem o impressionante, nem o estrangeiro, e sim o contrário, podia ser o familiar recuperado.

É doloroso eu pensar nisso estando tão longe do meu passado e da minha cidade, mas pelo menos o caderno e o gesto de traçar palavras que não se sentem protegidas pelas paredes de meu escritório me permitem agora, sentado de frente para a África, sentir que alguma coisa me devolve a essa substância pura de mim mesmo, me aproxima do familiar já perdido, mas talvez recuperável sob essa luz tão ferrugenta de hoje, a que sempre existe, dizem, sobre este estreito.

51

Eu já ouvira falar das vozes de Marrakech, mas não sabia o que poderiam ter de peculiar. Talvez sejam diferentes das vozes do resto do mundo, pensei, ao me instalar no terraço deste bar do qual se pode abarcar tudo o que acontece na praça de Jemaa el Fna, onde, durante séculos, e ainda hoje, a narrativa oral vem sendo cultivada, motivo pelo qual ali se ouve histórias de todo tipo contadas de viva voz, enquanto se fazem transações comerciais no meio de um grande bulício, da luz ofuscante do norte da África e das tendas desbotadas pelo sol. Vejo pela praça narradores, músicos berberes e encantadores de serpentes. Percebo que nunca se fala da cor das vozes, mas que Marrakech é um espaço propício para uma atividade como essa. Voz terra de Siena de Petrarca, voz cor de veste de faquir hindu, voz profunda e escura de New Orleans. Desse modo, não foi estranho que, quando do garçom marroquino apareceu, eu tenha percebido em sua voz o fundo sonoro dos muezins na hora que, dos minaretes, convocam à oração. Voz cor de cal de torre de mesquita.

De repente apareceu um doido com uma pele escura que

contrastava com seu cafetã. E toda minha atenção centrou-se nele, e em sua voz tênue. Eu nunca vira gestos tão exaltados como os desse homem: seus gestos pareciam reproduzir, no ar entrecortado, a história de uma vida. Com certeza, a sua. A biografia de um tronco solitário erguido como um mastro no meio desta grande praça. Assumi que ele falava sempre de si mesmo, de seu tronco solitário e dos dias em que amou a aventura e viajou para terras estranhas, e nesse périplo foi se apropriando de trechos de histórias de outros solitários, e com todos esses retalhos foi compondo uma biografia inventada. Uma biografia muito esquelética que, com artimanhas de mímico, pode ser que ele venda diariamente como um sonho para um público sempre fiel, aqui em Jemaa el Fna. Eu o imagino vendendo a história oblíqua de sua vida, uma trajetória vital que poderia ser sintetizada em alguns poucos gestos que clamavam aos céus e em quatro vibrações acústicas e rítmicas de voz cor de fraque branco de músico negro de jazz de Chicago.

52

Ao sul da Tunísia, entre as palmeiras altas do oásis de Douz, imaginei que em minha fuga eu me alistava na Legião Estrangeira e começava a ver — como se estivessem sendo projetadas nas dunas brancas do Grande Erg Oriental — imagens oriundas de minhas lembranças mais antigas de filmes de ação, ou de romances de aventuras africanas. Passei a ver lembranças do brilho do sol no fio das espadas do exército inimigo, por exemplo. E mais tarde, na noite luminosa do deserto, me vi na companhia de legionários e de beduínos amigos e de um prisioneiro chamado Boj. E assisti, com meu semblante mais aguerrido, à suave e lenta dissolução de minha identidade no anonimato. Noite luminosa depois da tempestade de areia que nos fustigou, noturno profundamente quieto e dobrado sobre si mesmo. Ao meu lado, o prisioneiro Boj não para de convocar histórias e vozes de personagens de todo tipo que, ao narrar passagens de sua vida, vão desfilando diante de mim como se fossem pacíficos nômades de uma lenta caravana do deserto. Esta noite, ao sul da Tunísia, entre as palmeiras altas do oásis de Douz, me vem a terna mas também amarga sensação de que eu sou eu, mas também sou Boj e também todos os integrantes dessa lenta caravana de histórias de vozes anônimas e de anônimos destinos que parece confirmar que há contos que se introduzem em nossa vida e prosseguem seu caminho se confundindo com elas.

53

Neste povoado próximo das ruínas de Berenice, na hora de me despedir da amável e bondosa gente do lugar, aconteceu comigo algo muito parecido com o que Stevenson conta ter passado com os habitantes de uma das ilhas Gilbert, onde desembarcou procedente de Honolulu e a caminho da baía de Apia, em Samoa.

Aqui em Berenice passei vários dias convivendo com os pescadores e narrando para eles, com uma considerável variedade de vozes, os avatares mais importantes de minha vida, ou, o que dá na mesma, as histórias que ouvi outros contarem e das quais, ao longo da viagem, fui me apropriando. Na hora da despedida, depois de trocar abraços com toda essa gente tão amável, eu me vi obrigado, por falta de vento, a esperar algumas horas no pequeno porto. Durante todo esse tempo, os ilhéus ficaram escondidos atrás das árvores e sem dar sinal de vida, *porque os adeuses já tinham sido dados.*

54

Eu sou um e sou muitos e tampouco sei quem sou. Não reconheço esta voz, só sei que passei por Áden e organizei uma caravana de vozes incansáveis e anônimas que levei até o estreito de Bab-el-Mandeb. Só sei que ontem voltei a caminhar, repeti o passeio do outro dia. Escuridão e poeira além das colinas devastadas. Da estrada vi meu próprio quarto com a luz acesa. A desmaiada luz da pequena janela, junto à qual passei horas escrevendo. Caminhar é extraordinário. Acontecem coisas e às vezes há coincidências e acasos que fazem você morrer de rir, e há coincidências e acasos com os quais você morre. Sentimos que, à medida que percorremos o mundo e o sulcamos em todos os sentidos, mais somos envolvidos pelo fantasma do familiar que um dia esperamos recuperar, pois essa é, de fato, a única coisa que sempre foi nossa. Percepção de uma escrita pedestre, de uma geografia da qual esquecemos que somos os autores. No caminho pensamos e às vezes esbarramos no esquecido. Acabo de me lembrar, por exemplo, da coca-cola sabor cereja.

ESTA OBRA FOI COMPOSTA EM ELECTRA PELO ESTÚDIO O.L.M./ FLAVIO PERALTA
E IMPRESSA EM OFSETE PELA GRÁFICA BARTIRA SOBRE PAPEL PÓLEN SOFT
DA SUZANO PAPEL E CELULOSE PARA A EDITORA SCHWARCZ EM JULHO DE 2018

A marca FSC® é a garantia de que a madeira utilizada na fabricação do papel deste livro provém de florestas que foram gerenciadas de maneira ambientalmente correta, socialmente justa e economicamente viável, além de outras fontes de origem controlada.